Manchmal geht man Umwege in der Liebe,
um ganz sicher dort anzukommen,
wohin man wirklich gehört.
Vielleicht ist es wichtig,
den Melodien anderer zu lauschen,
um die Seele in ihrer Tiefe zu erinnern,
welches die wahre unverkennbare Resonanz
auf die ureigene Melodie ihre Seelenliebe ist.
Manchmal muss man erst andere Herzen
und deren eigenen Klang kennenlernen,
um zwischen den verschiedenen Herzschlägen
das Herz welches im eigenen Takt schlägt,
fühlend im Echo der Seele zu erkennen.

von Erika Flickinger

D1722601

5

Auftakt

Es war eine wundervolle Zeit, während ich mich durch diese Geschichte habe tragen lassen und mir die Worte nur so auf das Papier flogen. Ich war unsterblich verliebt, in die Geschichte und in die Protagonisten – und nur durch diese Energie war es möglich, diese Seiten so zu füllen.

Vieles in meinem Buch ist frei erfunden. Ähnlichkeiten mit Namen, Personen oder Charakteren sind rein zufällig.

Durch meine Affinität zu Frankreich und im Besonderen zu der Stadt Paris malte ich mir zu den in dieser Geschichte dargestellten Szenen bunte Bilder, und natürlich verlieh mir die Erinnerung an eine wundervolle Zeit den entsprechenden Rahmen.

In dem Kapitel „Sina" diente mir die Castingshow „The Voice of Germany" als Vorlage. Namen sowie der Ablauf zur Show habe ich modifiziert (siehe dazu auch den Text in den Anmerkungen) – dennoch sind Ähnlichkeiten zur Show möglich.

Die Geschichte

Eric – ein Mann, der die 50 überschritten hat, aus der Linie der de Chagny, bei dem die Natur ihre sonderbaren Launen spielen ließ, lebt zurückgezogen mit seinem langjährigen Freund Justus. Gemeinsam bewohnen sie ein nicht gerade unscheinbares Anwesen in einem vornehmen Stadtteil von Hamburg.

Sabrine – eine Frau in den besten Jahren, die das Gefühl hat, das Leben hätte ihr nichts mehr zu bieten. Sie lebt mit ihrem stupiden Job, ihrer Couch, zwei Katzen und einem Fernsehapparat in vollem Einklang. Also ein richtig aufregendes Leben! Sie liebt es aber zu tanzen und bunte Bilder zu malen und inspiriert durch neu entdeckte Kompositionen der Musik, nimmt sie Gesangsunterricht bei Ute, ihrer Freundin und Lehrerin. Eines Tages entscheidet diese, dass sie das Zeug für eine neue Herausforderung hat und schickt sie zu ihrem langjährigen Freund, den bekannten Musicalproduzenten Gérard.

Sabrine erscheint also im Thalia Theater zum Casting anlässlich seiner Produktion der Musicalwelt.

Gérard ist nach ihrem Vorsingen nur mäßig begeistert und erteilt ihr eine Absage. Da Ute aber seine beste Freundin ist und er sie nicht enttäuschen möchte, gibt er Sabrine das Gefühl, es ließe sich vielleicht mehr aus ihrer Stimme herausholen. Noch am selben Tag ruft er sie an und unterbreitet ihr das Angebot, sich mit seinem Freund Eric in Verbindung zu setzen, der ihr gegebenenfalls zum nötigen Feinschliff verhelfen könnte. Die erste Begegnung mit diesem Eric ist dann aber mehr als ungewöhnlich, denn er tritt ihr gegenüber erst einmal gar nicht in Erscheinung. Stattdessen begegnet sie in seinem Haus immer wieder Fabien, der einfach umwerfend aussieht und ihre Gefühle ganz schön durcheinander wirbelt.

Damit beginnt für Sabrine eine emotional bunte Reise, die sie vor manche Herausforderung stellt, und es bedarf so einiger mutiger Schritte, um der Wahrheit ins Gesicht zu sehen. Bei alledem scheinen im Hintergrund Gérard und Justus Puppenspieler zu sein, die in einem Theaterstück alle Akteure geschickt wie Marionetten führen.

Abschließend noch ein paar Worte zur Autorin

Amanda Marleen Ash ist mein Künstlername. Schon als Kind hatte ich eine unglaublich blühende Phantasie und erfand unermüdlich irgendwelche bunten Geschichten. Später in der Schulzeit dann manifestierten sich diese Fantasien zu philosophischen Texten und spannenden Geschichten. Heute ist das Schreiben meine Inspiration für das Leben und eine Bereicherung, die meinen Alltag erfüllt. Anregungen hierzu hole ich mir aus den Situationen, die das Leben schreibt.

Generell bin ich eine sehr Kreative, liebe es zu tanzen, zu malen und Theater zu spielen. In meinem Herzen bin ich jung geblieben und habe noch immer viele Flausen im Kopf.

Liebe Leserin, lieber Leser, ich hoffe, Sie haben ebenso viel Freude an dieser Geschichte, wie ich, mit der ich sie erfunden habe.

Herzlichst
Amanda Marleen Ash

Auf Umwegen

Die etwas andere Liebesgeschichte

Inhalt

Der erste Schritt 12

Ungewöhnliche Begegnung 21

Neue Freunde 53

Die Ouvertüre 62

Die Herausforderung 81

Die Castingshow 92

Ein Traum aus Seide gesponnen 106

Der Maskenball 114

Auf dünnem Eis 131

Heiligabend mit Ole 143

Eine Offenbarung 150

Das Gesicht der Wahrheit 158

Ungewohntes Terrain 178

Umwege der Gefühle 189

Die verpasste Chance 209

Der letzte Schritt 236

Abschied 270

Der Triumph 274

Anmerkungen 281

Der erste Schritt

Ich war auf dem Wege nach Hause – es war für Ende August wunderbar warm, und ich genoss den Wind, der mit meinen Haaren spielte. Die Musik im Auto bis ins fast Unerträgliche laut gedreht, zelebrierte ich den Augenblick. Meine Mitstreiter auf der Autobahn sahen mich nur mitleidig an oder schüttelten verständnislos den Kopf. Aber mich störte das so gar nicht. Im Gegenteil, lauthals sang ich die Titel mit, und es brachte mir ein Gefühl der Freiheit und die Chance auf einen Neubeginn.

Ute, bei der ich das ganze letzte Jahr Gesangsunterricht genommen hatte, und die mir zwischenzeitlich eine liebe Freundin geworden war, vereinbarte für mich ein Vorsingen bei Gérard Morel, dem bekannten Theaterintendanten. Er produzierte gerade ein Potpourri im Thalia Theater hier in Hamburg, eine Mischung der Highlights aktueller Musicals. Darauf hatte ich die ganzen letzten Wochen und Monate gewartet, hatte darauf hingearbeitet – ich wollte endlich einmal vor Publikum singen. Und jetzt war es vielleicht soweit.

Morgen Nachmittag sollte ich vorsingen. Ich konnte es kaum abwarten.

„Hey Mama, du bist ja schon da! Das ist ja super."

Sina, meine Tochter, die mitten im Studium steckte, überraschte mich mit einem köstlichen Essen. Sie ist eine Meisterin der asiatischen Küche – heute gab es mariniertes Hühnchen in süß-saurer Soße – einfach göttlich.

Meinen Mantel achtlos über den Sessel fallen lassend, stürmte ich förmlich auf sie zu:

„Stell dir vor Sina, ich habe morgen ein Vorsingen bei Gérard im Thalia Theater."

„Bitte wem? Muss ich den kennen?", war ihr einziger Kommentar dazu.

„Ja klar, das ist der Produzent für alle bekannten Musicalproduktionen dieser Welt!"

Natürlich empfand sie meine Idee, „noch in diesem Alter" zu singen, etwas befremdlich.

„Oh Sina, das ist doch wunderbar!"

„Ja, Mama, und lass mich raten, was du vorsingen wirst – sicherlich ein Stück aus dem ‚Phantom der Oper'."

„Hm, ja, vielleicht, ich habe aber auch noch ein paar andere Ideen dazu."

Und ich strahlte über das ganze Gesicht. Ja, genau das wollte ich natürlich singen, und zwar den Part: „Denk an mich". Ich hatte es in den letzten Wochen fast ausschließlich und mit Inbrunst über meine Lippen segeln lassen. Ich konnte sie verstehen, ihr musste dieses permanente Summen und

Singen fürchterlich auf die Nerven gehen – nein, nein, nicht weil ich singen wollte, weil es immer wieder dieselben Passagen aus dem Phantom der Oper waren.

Am späten Nachmittag des folgenden Tages bog ich also in die Straße Alstertor ein. Meine Hände fühlten sich zwischenzeitlich etwas feucht an. Ich holte tief Luft, bevor ich das sichere Wageninnere verließ und mich direkt zum Haupteingang begab. In der Eingangshalle herrschte ein reges Treiben – natürlich war ich nicht die Einzige, die heute vorsingen würde. Mit vielen anderen Anwärtern saß ich dann im Parkett und verfolgte gespannt, was auf der Bühne vor sich ging. Je mehr ich von den anderen Künstlern sah und hörte, wuchsen Zweifel an meiner Qualifikation, und es nagten unendlich viele kleine spitze Zähne an meinem Selbstwertgefühl. Mich hatten schon fast der Mut und jede Zuversicht verlassen, als plötzlich mein Name aufgerufen wurde und ich nun doch gezwungen war auf die Bühne zu gehen. Oder sollte ich vielleicht besser davonlaufen? Auch keine Lösung. Die Erfahrung hatte mich gelehrt, so etwas rächt sich erbarmungslos.

Emma, eine wirklich hübsche Brünette mit langen gewellten Haaren, reichte mir ein Blatt Papier, auf dem ich noch ein paar Angaben zu machen hatte.

„Hallo, ich bin Emma, Mädchen für alles sozusagen. Beeil dich, Gérard mag es nicht, wenn er warten muss."

Ganz offensichtlich sah sie die Skepsis in meinem Gesicht und meinte aufmunternd:

„Mach dir nur keine Sorgen, hier gibt es keine Guillotine, alles ist völlig entspannt, und du wirst deinen Kopf wieder mit nach Hause nehmen dürfen."

Na, die war vielleicht lustig – wenn sie wüsste, wie ich mich in diesem Augenblick fühlte.

Über die Entfernung zwischen Bühne und Sitzreihen sprach mich Gérard an:

„Sabrine?" Ich nickte wortlos.

„Hallo meine Liebe, wie geht es dir? Du kommst von Ute! Sie hat mich bereits informiert und gesagt, ich solle dich unbedingt anhören – na, dann schieß mal los. Was willst du uns denn zum Besten geben?"

Scheinbar ohne Punkt und Komma, hatte ich gar keine Gelegenheit zu antworten. Das erwartete man wohl auch nicht von mir. Inzwischen war mir irgendwie ganz schlecht.

„Ich habe den Part aus der Oper von Hannibal, ich meine, dem Musical Phantom der Oper, ja also, das ..." – mein Gott, war es denn so schwer, ganze Sätze zu formulieren?

„Also ... ‚Denk an mich' aus dem Phantom der Oper."

„Ja denn, auf geht's," meinte Gérard etwas ungeduldig. Ok, nun hatte ich mir die Suppe eingebrockt, jetzt musste ich sie auch auslöffeln, ganz gleich, wie heiß sie war. Etwas holprig, stotternd und ganz offensichtlich sehr zaghaft begann ich die erste Strophe zu singen.

„Stop, stop, stop! Geht das auch lauter?"

Ich nickte nur. Mon Dieu, war ich nervös. Und dann schmetterte ich das Lied herunter, gab alles, was ich in den vergangenen Monaten gelernt hatte und war mir sicher, ich würde das Urteil nicht hören wollen. Als es vorbei war, herrschte einen langen Augenblick Stille – Gérard schien in sein vor sich liegendes Manuskript vertieft zu sein, bevor er mich ansprach.

„Ja, das war schon recht hübsch, aber für dieses Arrangement fehlen mir noch mehr Klarheit und Feingefühl in deiner Intonation. Das, was du da singst, kaufe ich dir nicht ab. Da fehlt jede Emotion. Du musst dich in die Situation hineinversetzen, du musst es dem Publikum glaubhaft präsentieren."

Dieser Gérard war wirklich erbarmungslos. Schließlich stand ich zum ersten Mal auf der Bühne und war entsetzlich nervös. Was erwartete er von mir?

„Du brauchst mehr Intensität in deiner Stimme, und damit meine ich keine Lautstärke – ich bedaure, aber für heute habe ich leider keine Verwendung für dich."

Ja genau, für heute habe ich leider kein Foto für dich! Dieser Spruch, eine Kreation aus „Germanys next Topmodel" von Heidi Klum, fiel mir regelmäßig ein, wenn mir das Leben in den für mich wichtigen Situationen wieder einmal ein Nein entgegenschmetterte.

Prima, das war doch mal eine Ansage. Besser hätte es nicht laufen können. Wie versteinert verließ ich die Bühne und begab mich so schnell ich konnte zum Ausgang. Was bildete sich dieser Typ eigentlich ein? Aber vielleicht hatte er auch Recht. Nur half mir das in diesem Augenblick nicht weiter. Ich wollte nur noch hier weg, mich in der letzten Ecke verkriechen oder meine Niederlage in einer Flasche Wein ertränken. Das Letztere klang besser.

Die Tür zum Ausgang hatte ich schon fast erreicht, als jemand meinen Namen hinter mir rief.

„Sabrine, warte, ich würde gerne noch ein paar Takte mit dir sprechen."

Irritiert drehte ich mich um. Gérard – welch eine Überraschung! Er kam in einem eleganten Sprint auf mich zu. Von der Bühne aus hatte ich ihn, da ich natürlich mal wieder meine Brille nicht dabei hatte, in den ersten Reihen des Zuschauerraums nicht gut erkennen können. Jetzt allerdings, so direkt face to face, baute sich eine interessante Erscheinung vor mir auf. Groß, schätzungsweise in meinem Alter, in einer grauen verwaschenen Jeans, einem weißen Poloshirt und weißen Sneakers, machte dieser Mann eine stattliche Figur. Seine Glatze fand ich geradezu ästhetisch. Das Gesicht war mit einem Dreitagebart bekleidet, und durch eine bunt gerahmte Brille schauten mich zwei lustige graue Augen an.

„Ute ist eine sehr gute Freundin von mir, und auf ihr Urteil kann ich mich blind verlassen. Deshalb war ich etwas überrascht, dass du mir nicht mehr Leistung gezeigt hast. Deine Stimme ist recht ordentlich, aber du müsstest an deinem Ausdruck arbeiten."

Man konnte mir nicht nachsagen, ich sei eine Diva, aber ab und an benahm ich mich wie eine – purer Selbstschutz.

Baute damit eine Mauer um mich herum auf, um Verletzungen anderen gegenüber nicht sichtbar werden zu lassen.

„Hören Sie Herr Morel, Sie können versichert sein, dass ich mich durch Ihr Urteil keineswegs einschüchtern lasse und alles daran setzen werde, mein Ziel zu erreichen. Das Ziel, eines Tages die Bühnen dieser Welt zu erobern – na ja, vielleicht würde mir eine auch schon reichen."
Wieder dem Ausgang zugewandt, ließ ich ihn einfach stehen.
„Ist das ein Versprechen?"
Mit meinem schönsten Lächeln, das ich zu bieten hatte, strahlte ich ihn über die Schulter hin an.
„Ok, wenn das Lächeln hält, was es verspricht, dann sehen wir uns wieder!", rief er mir noch zu.

***

Irgendwo klingelte mein Handy. Halb blind kramte ich in meiner Tasche danach. Offensichtlich hatte ich etwas mehr getrunken, als es eigentlich gut tat. So aus dem Schlaf gerissen, fühlte ich mich jetzt ziemlich elend.
„Ja, hallo."
Meine Stimme klang nicht so gut oder besser überhaupt nicht, denn sie blieb mir im Halse stecken. Am anderen Ende hörte ich nichts.
„Hallo?", nun etwas energischer.

„Ja, hallo, Gérard hier – ist alles in Ordnung bei dir?"

„Ja, mir geht's gut!", log ich – war plötzlich stocknüchtern. Was wollte er so spät am Abend von mir?

„Ich habe da noch so eine Idee", sagte er. „Ein sehr guter Freund von mir, der könnte dir vielleicht behilflich sein, deine Stimme entsprechend zu modellieren. Mag sein, dass es etwas bringt – ob es allerdings noch für diese Produktion reicht, müssen wir abwarten. Also wenn du willst, melde dich bei einem Justus."

Aha – was immer es auch war, offenbar hatte ich doch einen nachhaltigen Eindruck hinterlassen. Er gab mir die Adresse und eine Telefonnummer.

„Ruf vorher an, du solltest dir einen Termin geben lassen." Etwas übertrieben arrogant dankte ich ihm, und er wünschte mir eine geruhsame Nacht mit dem Nachsatz: „Und trink nicht mehr so viel, das schadet deiner Stimme!"

Wochen später – ich fuhr eine nicht enden wollende Allee entlang. Die Straße war feucht, und man sah, dass der Herbst den Sommer vertrieben hatte. Überall lagen die bunten Blätter auf dem Asphalt, und der Nebel gab nur wenige Umrisse von Bäumen und Häusern preis. Wenn es nicht das Ende der Sackgasse gewesen wäre, ich hätte das zurückliegende schmiedeeiserne Tor gar nicht wahrgenommen und wäre daran vorbeigefahren. Es stand offen. Ja klar, ich hatte ja auch angerufen und einen Termin vereinbart. Justus – was für ein Name – hatte mir gesagt, er würde dafür sorgen, dass ich freien Zugang zum Haus bekommen würde. Ich hatte keine Ahnung, wer das war. Ich hatte überhaupt keine Ahnung, was mich hier erwarten würde. Und wenn ich im Entferntesten nur eine Ahnung gehabt hätte – alle Beteiligten, mich inbegriffen, ich hätte sie für verrückt erklärt.

Ungewöhnliche Begegnung

Langsam fuhr ich die Einfahrt hinauf. Ein mit Kies ausgelegter Weg führte mich durch einen Park – zumindest sah es aus, als wollte das Grundstück nicht enden wollen. Ein uralter Baumbestand, hügelige Rasenflächen und Sträucher, in denen sich immer wieder Blumenbeete befanden, die das endlos scheinende Grün auflockerten. Im Sommer musste das wunderschön aussehen. Der Anblick hatte etwas Geheimnisvolles. Es sah alles so märchenhaft aus – es fehlten nur noch die Waldgeister und Kobolde oder vielleicht sogar Hexen?

Ein prachtvoller Bau erstrahlte in weißem Sandstein mit Rundbögen, Erkern und Butzenscheiben – der Aufgang zum Haus bestand aus naturfarbenen Marmorstufen, seitlich von schlichten weißen Säulen umgeben. Es gab keine Klingel, nein, das wäre zu trivial gewesen für dieses erhabene Erscheinungsbild – es gab einen schlichten Ring aus dunklem Eisen als Türknauf, eingelassen in eine weiße, mit Intarsien versehene Tür. Ich holte tief Luft und benutzte den Knauf. Es dauerte eine Weile bis sich die Tür öffnete. Ein etwas in die Jahre gekommener Mann stand vor mir. Er war schwarz gekleidet mit einem blütenweißen Hemd.

„Oh wie schön, Sabrine Forster – richtig?"

„Ja, das bin ich – ganz richtig."

„Treten Sie doch ein."

Wenn mich die äußere Erscheinung des Anwesens schon beeindruckt hatte, so war das, was ich jetzt zu sehen bekam, geradezu – wie würde man sagen – gigantisch!

Ich betrat eine Halle, deren Größenausmaß von außen so nicht zu vermuten gewesen wäre. Der Fußboden hatte dieses klassische schwarzweiße Tafelmuster, das aus großen Marmorplatten bestand. Zu beiden Seiten führte eine Treppe in das obere Stockwerk. In der Mitte der Halle thronte auf einem Podest ein schlanker Buddha aus dunklem Messing in erhabener Schönheit.

Dahinter, weiter geradeaus, war eine große Flügeltür aus geschliffenem Glas – sie war jedoch auf der Innenseite mit dicken weißen Vorhängen verkleidet, sodass sie keinen Einblick in das Innere des Raumes frei gab. Ich war schier überwältigt und stand staunend in der Halle.

„Darf ich Ihnen den Mantel abnehmen? – Mein Name ist Justus – wir haben miteinander telefoniert. Wenn Sie mir bitte folgen möchten."

Er führte mich in den linken Flügel des Hauses, einen schmalen Korridor entlang, ausgelegt mit dicken persischen Teppichen und ebenso interessanten Gemälden an der Wand, dessen Gesamtbild ein harmonisches Ganzes formte. Er öffnete eine Tür und ließ mich ein.

„Bitte, nehmen Sie doch Platz."

Auf einer kleinen Sitzbank im Biedermeier-Stil aus grün und beige bezogener Seide machte ich es mir, sofern das mit der anwachsenden Spannung in meinem Körper überhaupt möglich war, bequem. Sie stand zusammen mit den dazu passenden kleinen Sesseln in einem lichtdurchfluteten Erker, der den Blick in den hinteren Teil des weitläufigen Gartens frei gab. Ich fühlte mich ein wenig deplatziert. Wo war ich nur hingeraten! Mir schien, als wäre das alles hier eine Nummer zu groß für mich.

„Sie möchten also Ihre Stimme ausbilden lassen?"

„Gérard Morel ist der Auffassung, dass ich für einen Auftritt im Musical-Ensemble noch nicht die nötige stimmliche Reife mitbringe. Er war es, der Sie mir empfohlen hat. Deshalb bin ich heute hier. Werden Sie mich unterrichten?"

„Ich bin untröstlich, Madame Forster, aber das kann ich leider nicht. Mir ist es nicht vergönnt, interessanten Damen wie Ihnen Unterricht zu erteilen – das macht Monsieur Chagny."

Wow, was für eine Ansage – wusste gar nicht, dass ich auf den ersten Blick einen interessanten Eindruck machte.

Etwas unsicher fragte ich:

„Wird er mir denn Unterricht erteilen wollen?"

„Danach sieht es aus, denn sonst würde es diesen Termin nicht geben. Letztendlich hängt es jedoch davon ab, ob sie miteinander zurechtkommen. Sie müssen beide schauen, ob es passt, das ist manchmal nicht so ganz einfach. Da wäre ich dann auch schon beim Thema. Es gibt noch eine Kleinigkeit, die Sie wissen müssen. M. Chagny möchte derzeit Ihnen gegenüber nicht offen in Erscheinung treten."

„Was soll das heißen?", fragte ich leicht irritiert und zog dabei die Augenbrauen hoch.

In unserem Hause gibt es ein Studio, und hier wird er ausschließlich über ein Mikrofon zu Ihnen sprechen. Zumindest so lange, wie er es für angebracht hält. Können Sie sich vorstellen, unter diesen Bedingungen zu arbeiten?

Einen Moment überlegend, erwiderte ich:

„Na ja, es ist aber keine gängige Methode für einen Gesangsunterricht – denke ich, oder doch?"

Dieser Justus sah mich unverwandt an ohne auf meinen Gedankengang einzugehen.

So zuckte ich denn auch nur mit den Achseln, nach dem Motto, ich werde es wohl überleben.

„Ja, es käme auf einen Versuch an, also ...", weiter kam ich nicht.

„Gut, dann lasse ich Fabien kommen, der M. Chagny während der Unterrichtsstunden hin und wieder musikalisch unterstützt und Sie auf dem Flügel begleiten wird."

Damit zog er ein Telefon aus seiner Tasche und führte ein kurzes Gespräch.

„Fabien wird gleich hier sein, um Sie abzuholen. Sie gehen zusammen in das Studio, das sich im unteren Stockwerk befindet. Dort werden Sie vorsingen. Entsprechende Noten haben Sie dabei?"

„Ja klar! Verzeihen Sie, ja – selbstverständlich."

Den schlaksigen Ton, der mir immer gerne locker auf den Lippen saß, sollte ich wohl besser vermeiden. Der passte hier so gar nicht hin. Kurze Zeit später öffnete sich auch schon die Tür, und es verschlug mir glatt den Atem. Ein umwerfend gut aussehendes Mannsbild, das allein schon durch die äußere Erscheinung einemd den Unterkiefer herunterklappen ließ, betrat den Raum. Fabien – groß, dunkelbraune Haare mit ebenso dunklen Augen, schätzungsweise Mitte dreißig. Er war schlank und wirkte durchtrainiert und... er sprach deutsch mit französischem Akzent. Eine sehr verführerische Mischung. In jungen Jahren war ich einmal genau solch einer Mischung hilflos erlegen gewesen. Sie hatte arge Blessuren hinterlassen. Na ja, das sollte mir heute nicht mehr passieren, dachte ich. Es hat schon seine Vorteile, eine gewisse Reife erreicht zu haben. Mit den Jahren dauert es ein wenig länger, bis man sich aus der Bahn werfen, geschweige denn sich bewusst verletzen lässt. Bei seinem Anblick schien ich mir jedoch nicht mehr sicher zu sein, ob ich mich da nicht irrte und doch noch einmal auf eine Liaison hereinfallen würde. Mir blieb aber keine Zeit, noch weitere Gedanken daran zu verschwenden.

Fabien öffnet mir, ganz Gentleman, die Tür, und wir gingen den Korridor zurück zum Eingangsportal, an dem Buddha vorbei und auf der anderen Seite der Halle zu einer Treppe. Sie führte in einem weiten Bogen hinab in das untere Geschoss. Es sah aus, als seien die Treppenstufen aus schwarzem Granit, die dem Besucher vielversprechend entgegenfunkelten. Die Wände waren hier im völligen Kontrast zu den Pastelltönen im oberen Bereich. Sie wirkten in diesem vornehmen Grau, fast Anthrazit, als hielten sie einen bewusst auf Distanz. Dieser Hintergrund eignete sich hervorragend für die bunten Gemälde, die sich durch die schillernden Farben wunderbar abhoben. Sie zeigten Menschen auf einem Maskenball oder in einem Zirkus. Bei einem Motiv erkannte ich sogar eine Straßenszene in Paris. Ich fand sie sehr beeindruckend, vor allem weil sie nur von schlichten silberfarbenen Rahmen gesäumt waren.

Hinter einer Doppeltür, die durch eine Kreation von kräftigen Farben wohl als ganzes Kunstwerk zu verstehen war, befand sich ein großer Raum – vollkommen dunkel, ohne Fenster. Fabien betätigte den Lichtschalter, und eine interessante Lichtquelle in Form von unzähligen kleinen Spots tauchte den Raum in ein warmes Licht. Etwas größere Scheinwerfer leuchteten die spärlich angeordneten Möbelstücke aus. Auch hier waren die Wände in diesem vornehmen Grau gestrichen. Bei genauerer Betrachtung konnte ich jedoch beim besten Willen kein Studio erkennen. Es gab den Flügel – mitten drin – und eine antike Anrichte, auf der sich ein Samowar befand. An der hinteren Wand stand ein überdimensional großer Schrank aus hellem Holz mit bunter Malerei. Zur rechten Seite ein mannshoher Spiegel und ebenso wie die Bilder in einen schlichten silbernen Rahmen gefasst. In der Nähe des Flügels befand sich eine Chaiselongue mit weißem Chintz bezogen. An der gegenüberliegenden Seite, hinter dem Flügel, entdeckte ich noch einen Glastisch, auf dem so etwas wie eine Musikanlage stand. Noch ganz von dem Eindruck eingenommen, überreichte ich Fabien die von mir mitgebrachten Notenblätter. Während er mir ein kleines Mikro am Pulli festzustecken versuchte fragte er mich mit einem Leuchten in den Augen:

„Bon, Madame – was wollen Sie singen?"
Komisch, irgendwie fühlte ich mich seltsam – einerseits war ich fasziniert, andererseits aber auch nervös. Irgendwie hatte ich mir die Begegnung doch anders vorgestellt. Dazu war der Raum kalt und mir auch. Gerne hätte ich meinen Mantel wieder angezogen. Er würde mir wenigstens das Gefühl von Sicherheit geben.
„Ich singe einfach das, was ich auch beim Casting vorgetragen habe."
Ich brannte darauf, es noch einmal zu versuchen.
„D'accord – on y va" – er strahlte über das ganze Gesicht.
„Alors, Sie haben nur, wie sagt man, lose Blätter, kein Buch für die Noten?"
„Ich bin untröstlich, aber ich fürchte nein – Notenhefte sind mir lästig, zu schwer, zu sperrig, deshalb präferiere ich die

Loseblattsammlung. Haben Sie etwas dagegen?",
fragte ich belustigt.

„Bien sûr, comme vous voulez."

Endlich war auch dieses Mikro befestigt. Ganz offensichtlich machte es ihm Spaß mir dabei zuzusehen, wie ich noch nervöser wurde. Anschließend sortierte er die Reihenfolge der Notenblätter und begann auf dem Flügel den Auftakt zu spielen. Seine dunklen Augen verschlangen mich, sodass mir das Blut in den Adern prickelte.

Vor lauter Nervosität verpatzte ich meinen Einsatz.

„Wenn Sie ansehen mich, dann" er nickte mit dem Kopf, was das Signal zum Einsatz bedeuten sollte „Sie beginnen und singen."

„Ok, wir versuchen es noch mal."

Seine lustige Aussprache veranlasste mich, herzlich zu lachen. Das löste meine Verspannung, und ich begann von neuem:

Denk an mich,
Denk an mich zärtlich,
wie an einen Traum.
Erinn're dich,
keine Macht trennt uns
außer Zeit und Raum ...

Seine Finger flogen nur so über die Tasten, und nach anfänglichen Schwierigkeiten – drei Mal musste ich beginnen – war ich plötzlich berauscht von meiner eigenen Stimme. Sie hörte sich hier, über die angebrachten Lautsprecher, die nicht sichtbar waren, so ganz anders an als im Theater oder wenn ich bei Ute meine Stunden nahm. Was war das nur für eine grandiose Akustik? Während mir die Worte jetzt wie leichte Federn über die Lippen glitten, überkam mich wieder das Gefühl jener Zeit, als ich in die Geschichte von Christine und Erik versunken war. In der Musik, mit der ich mir schon damals bunte Bilder malte. So war es nicht verwunderlich, dass ich mir jetzt einbildete auf einer Bühne zu stehen, um mit dem Gesang das Phantom der Oper heraufzubeschwören. Welch ein Unfug. Wir waren hier nicht im 19. Jahrhundert, und es gab auch keine Katakomben und ganz sicher kein Phantom der Oper. Schon allein deshalb nicht, da die Oper fehlte.

Nachdem die letzte Strophe verklungen war, klatschte er Beifall und meinte, das sei doch aber nicht so schlecht. M. Chagny würde sicherlich seine Freude an mir haben, was immer das auch bedeuten mochte.

Er stand auf und ging zur Tür.

„Ich Sie lasse jetzt allein."

„Wie, Sie lassen mich jetzt allein – spielen Sie denn nicht weiter auf dem Klavier?"

„Nein, actuellment non – wir sehen uns später – ganz bestimmt."

Na, wie beruhigend!

So befand ich mich nun in diesem schier endlosen Raum allein. In Jeans, hohen Stiefeln, einem Schlabberpulli und mit etwas durcheinander geratenen Haaren starrte ich auf die Tür, die sich hinter Fabien geschlossen hatte. Und was jetzt? Wie aus dem Nichts ertönte plötzlich von irgendwo her eine Stimme.

„Guten Abend!"

Ich zuckte zusammen. Du meine Güte – hatte ich mich erschrocken. Ganz automatisch legte ich meinen Kopf in den Nacken und schaute an die Decke auf der Suche nach dieser Stimme – ja... vergebliche Mühe, er wollte ja nicht gesehen werden, dieser Monsieur Chagny.

Nachdem ich mich von dem ersten Schreck erholt hatte, sagte ich einfach nur „Guten Abend", ganz gespannt darauf, was jetzt folgen würde.

„Ich bitte um Vergebung, dass ich Ihnen momentan nicht persönlich begegnen kann – ich hoffe, das stört Sie nicht."

„Nein, nein – selbstverständlich nicht" – ich machte eine wegwerfende Handbewegung und holte tief Luft. Die Situation war mehr als komisch und mit dem Gedanken daran, musste ich schmunzeln.

„Darf ich fragen, was Sie so amüsiert?"

Du meine Güte – wer immer da irgendwo war, hatte der Röntgenaugen?

„Woher wollen Sie wissen, was mich amüsiert?"

„Sie haben sich durch Ihre Stimme verraten."

„Aha, habe ich das?"

Ich konnte nicht umhin und musste lachen.

„Ok, Sie haben gewonnen! Ich finde diese Situation mehr als komisch."

Konsterniert antwortete er:

„Wenn Sie sich damit unwohl fühlen, steht es Ihnen frei zu gehen."

„Verzeihen Sie, ich wollte Sie nicht verärgern", gab ich kleinlaut zurück. Es entstand eine kurze Pause.

„Gut, dann kommen wir zum Wesentlichen."

Er stellte so manche Fragen zu meiner Intention, weshalb ich eigentlich singen wollte und vor allem was. Welche zeitlichen Freiräume ich mir dafür schaffen wollte und welche Noten ich, falls ich mich dazu entschließen sollte, bei ihm den Unterricht zu absolvieren, für das nächste Mal mitzubringen hätte. Dann schlug er mir noch eine Probezeit von vier Wochen vor, in die ich meiner Ansicht nach viel zu schnell einwilligte. Das Gespräch beschränkte sich somit nur auf organisatorische Belange, und so unvermittelt, wie es begonnen hatte, so war es auch schon wieder vorbei. Mit wenigen Worten verabschiedete er sich und ließ mich mit seltsamen Empfindungen allein. Es war ungewöhnlich still. Was war denn das? Einen Augenblick lang blieb ich regungslos stehen. Mir war, als sei ich in eine Art Vakuum gefallen und tauchte nun ganz langsam wieder daraus hervor.

Ich wandte mich zum Gehen als sich die Tür öffnete, und Fabien kam um mich abzuholen. Während wir die Treppe hinauf gingen, fragte er mich:

„Und, was sagen Sie?"

„Sagen wozu?"

„Na ja, zu M. Chagny?"

„Gar nichts, was soll ich dazu sagen – ich habe ihn nicht gesehen und nicht persönlich kennengelernt. Aber das wissen Sie sicherlich. Wir haben uns ein wenig unterhalten. Das war's."

Mehr wollte ich ihm nicht dazu sagen, es gab ja auch nicht wirklich viel mehr. Zudem, was ging ihn das überhaupt an?

„Sie scheinen nicht überrascht zu sein."

„Überrascht, worüber?"

Was wollte er denn jetzt von mir?

„Mon Dieu, zu der Situation naturellement."

Er schien etwas ungehalten zu sein.

„Ach, wissen Sie," – zwischenzeitlich hatten wir die Haustür erreicht – „in meinem Leben habe ich schon kuriosere Situationen erlebt und Menschen auf geistigen Abwegen getroffen, da kann mich das hier nicht erschrecken – noch nicht. Ich will damit aber nicht gesagt haben, dass es sich bei den geistigen Abwegen um solche aus der Klapsmühle handelt."

„Was ist Klapsmühle?"

Seine sehr dunkelbraunen Augen strahlten mich an. Was für eine Mischung – französischer Akzent und ein Bild von einem Mann. Das konnte einem schon zu Kopf steigen. So zeigte ich mit meinen Händen ein paar wohl nicht klar zu deutende Gesten.

„Na ja, fou halt!"

„Ah, d'accord!"

„Wann kommen Sie wieder, und wann ich darf Sie begleiten auf das Piano?"

„Es heißt ‚auf dem Piano', und das ‚Piano' ist ein ‚Flügel'."

„Bon, also wann?"

„Morgen, morgen Abend bin ich wieder hier."

„Oh, oui, das ist sehr gut."

„Na denn, bis morgen – au plaisir!"

„Je vous en prie, Madame."

Justus kam herbei und reichte mir den Mantel. Ich verabschiedete mich höflich und trat ins Freie. Für einen Augenblick drehte ich mich nochmals um und erwiderte das unwiderstehliche Lächeln von Fabien – er war wirklich süß.

Jetzt brauchte ich erst einmal ein paar tiefe Atemzüge. Auf dem Weg zu meinem Wagen ließ ich den Blick nochmals über die Fassade des Hauses gleiten. Das konnte sehr interessant werden – war schon ganz gespannt, was die nächsten Treffen mit sich bringen würden. Vor allem, wie das Ganze ablaufen sollte. Irgendwie empfand ich die Situation sehr befremdlich, aber auch komisch. Es interessierte mich schon, in welch abstruse Geschichte ich hier hineingeraten war. Wenn ich das jemandem erzählen würde, der hielt mich doch glatt für übergeschnappt. Was auch immer das für eine Geschichte war – ich liebte abstruse Geschichten.

ERIC

Was hatte Gérard sich nur dabei gedacht, mir diese Frau zu schicken, um ihr Unterricht zu erteilen? Schon vor vielen Jahren hatte ich mich aus der Öffentlichkeit zurückgezogen. Nicht zuletzt deshalb, um mir das ständige Hinterfragen – warum, wieso und weshalb – zu ersparen.

Ich hatte mir hier ein Refugium geschaffen und mit Gérard und Justus, meinen besten Freunden, ein wunderbares Leben eingerichtet – ohne Aufregungen und besondere Herausforderungen – bis jetzt!

Da ich mir mit Gérard einige interessante, unter anderem auch musikalische Projekte teilte und ich mich erfolgreich an der Börse verdingte, war auch mein ausgefallener Lebensstil gesichert. Vor allem aber konnte ich damit einen intensiven Kontakt mit Menschen, denen ich nicht begegnen wollte, vermeiden. Im Gegensatz zu meinem Urgroßvater hatten meine Eltern mich trotz meiner „Behinderung" immer akzeptiert und liebevoll aufgezogen. Im 20. Jahrhundert war es natürlich nicht minder ungewöhnlich aufgrund von „Gesichtsentstellungen" eine Maske zu tagen. Die notwendige Operation, die ziemlich kostspielig gewesen wäre, konnten sich meine Eltern nicht leisten. So machte ich meine äußere Erscheinung zu einem Markenzeichen. Trotzdem – während der Schulzeit war es gar nicht so einfach für mich gewesen damit umzugehen. Gerade in der Pubertät hätte ich mich gerne von dieser Welt verabschiedet.

Für Alkohol und den so viel gepriesenen Drogenrausch konnte ich mich nie begeistern und tue es bis heute nicht. Mir ist ein klarer Kopf lieber, ganz gleich, was das Leben von mir verlangt. Vielleicht bin ich zuweilen etwas ungehalten, zum Leidwesen meiner Freunde.

Doch zurück zu jenem Augenblick am heutigen frühen Abend, als sich Sabrine bei mir vorstellte. Sie war bereits eine reife Frau. Ungewöhnlich, dachte ich mir. Meistens waren die Anwärterinnen kaum älter als 20 Jahre. Sabrine schien nicht so ein junges Ding zu sein, das von einem verwunschenen Prinzen träumt – einem hässlichen Frosch, den sie durch einen Kuss erlösen muss, nur um festzustellen, dass auch Traumprinzen Fehler haben können. Wenn ich ihr Alter auch nicht genau einzuschätzen vermochte, wirkte sie mit einer tadellosen Figur, vollem Haar, wenn auch schon grau mit dunklen Strähnen, unglaublich jugendlich. Diese Erscheinung unterstrich eine angenehme Stimme, die einem ins Ohr ging. Sie konnte singen – was sollte ich ihr da also noch beibringen? Zudem fehlte mir jeglicher Eifer, aus ihr eine außergewöhnliche Primadonna zu machen. Ich verspürte einen unaufhaltsamen Unmut in mir aufsteigen. Da ich es Gérard aber nun einmal zugesagt hatte, wollte ich auch nicht wortbrüchig werden. Von meinem Büro aus im oberen Stockwerk konnte ich für sie anonym bleiben – jedenfalls zunächst einmal. Ich hatte es mir mit allen technischen Raffinessen so eingerichtet, dass es möglichen war, die Proben im Studio optimal zu gestalten. Es leistete gute Dienste, wenn es einerseits darum ging die Künstler bei ihrer Darbietung durch die Anwesenheit der Initiatoren nicht zu verunsichern, und andererseits fiel einem ein objektives Urteil leichter.

Ebenso wie es ihr seltsam vorkommen musste, nur einer Stimme zuhören zu müssen, war es für mich nun doch sehr ungewohnt, ihr in dieser Form zu begegnen. Die Vergangenheit zeigte mir jedoch immer wieder, dass es nicht vorteilhaft war, mich zu intensiv mit dem weiblichen Geschlecht zu beschäftigen. Ich wollte ihr zu diesem Zeitpunkt um keinen Preis der Welt persönlich gegenübertreten. Wollte mich nicht diesen immer wieder fragenden, neugierigen oder auch ängstlichen Blicken stellen. So brauchte ich einen Moment, bis ich sie endlich ansprach. Die Konversation zwischen uns war sehr kurz, und vielleicht verhielt ich mich auch ein wenig zu abweisend. Doch sie vermittelte mir nicht das Gefühl, sie ließe sich dadurch entmutigen. Ganz im Gegenteil. Sie hatte so etwas Herausforderndes, etwas, das mich schon nach wenigen Worten unangenehm zu berühren begann. Also kürzte ich diese erste Begegnung dadurch ab, dass ich mit ihr die Gestaltung des Unterrichts besprach sowie die Arbeitsweise für die kommenden Stunden. Um mir die Möglichkeit offen zu halten, mich jederzeit wieder aus dieser Situation befreien zu können, schlug ich ihr eine Probezeit vor, in die sie widerspruchslos einwilligte. Danach verabschiedeten wir uns.

Ich verließ das Arbeitszimmer und begab mich in meine Bibliothek. Inzwischen war es dunkel geworden. Ich schenkte mir einen Tee ein und ließ mich gegenüber dem Fenster in meinem bequemen Sessel nieder. In Gedanken sah ich sie immer wieder vor mir. Wenn auch auf Distanz, so hatte diese Begegnung doch etwas mit mir gemacht. Wenn mir dieses Aufeinandertreffen auch im ersten Moment gegen den Strich ging, so musste ich jetzt doch schmunzeln. Wie sie so dastand, scheinbar verunsichert. Sie wirkte so zerbrechlich, und sehr wahrscheinlich würde bei jedem Mann der Beschützerinstinkt geweckt werden – war nur die Frage wovor. In unserem Gespräch vermittelte sie mir nicht unbedingt dieses Gefühl.

Ihr Bild in einem Kopf verblasste langsam, und meine Gedanken bahnten sich ihre ganz eigenen Wege. In die Dunkelheit blickend erschienen die Bilder aus der Vergangenheit plötzlich so klar und ganz real vor meinem geistigen Auge.

Hatten wir das nicht schon einmal? Die Erfahrung aus vergangenen Tagen lehrte mich – keine Wiederholung – nein, ich wollte keine Wiederholung. Damals – mein Gott, es schien so unendlich lange her. Sie war so jung, und ich glaubte wirklich, das Leben hätte auch für mich einen Platz an der Sonne parat.

Ich besuchte Gérard im Sender – damals arbeitete er noch für das Radio – und er machte mich mit Luis bekannt. Einem „Freund" von ihm, der hauptsächlich in der Werbung tätig war und fotografierte. Seine Vorliebe war das Ablichten von Models, wie er augenzwinkernd bemerkte. Obwohl er mit Frauen nicht wirklich etwas am Hut hatte. Sein gutes Aussehen jedoch veranlasste junge Frauen immer wieder dazu, ihn eines Besseren belehren zu wollen. Sie bemühten sich, ihn dahingehend zu überzeugen, dass Frauen doch viel interessanter seien als Männer, und sie ließen nichts unversucht, ihn zu verführen – aber keine Chance, er ließ sich davon nicht beeindrucken. Und das Weltbild der Frauen in seinem Umkreis wurde jäh erschüttert, als er ein Jahr später seine Beziehung zu seinem besten Freund öffentlich machte. Gérard war erschüttert, denn er war nicht der Auserwählte. An den darauffolgenden endlosen Katzenjammer mag ich mich gar nicht mehr erinnern. Es war einfach nur anstrengend.

Luis also lud mich ein, ihn bei einem seiner nächsten Aufträge zu begleiten. Das Projekt sollte eine kulinarische Reise durch die ungewöhnlichsten Restaurants Londons werden – und das Ganze gepaart mit Kunst. Es bedurfte viel Überredungskunst seitens Gérards, bis ich dann doch endlich einwilligte. Ich weiß bis heute nicht, was mich dazu getrieben hatte. Vielleicht nur der Wunsch, meine alte Heimatstadt einmal wiederzusehen.

Schnee – der Himmel hatte seine Schleusen geöffnet und die weiße Pracht zu Boden befördert. Der Flug war unerträglich, und wir kamen mit einer erheblichen Verspätung in London an. Diese Tortur war äußerst unangenehm, und als wir endlich das Hotel betraten, wollte ich mich nur noch zurückziehen.

Ganz offensichtlich aber hatten die Strapazen ihren vollen Tribut gefordert. Denn das, was ich jetzt sah, führte ich auf eine Fata Morgana zurück, das Ergebnis totaler Erschöpfung. Ein Hauch aus Gaze und Seide schwebte durch die Halle direkt auf uns zu – blondes, langes Haar umspielte ihre Schultern, und ihre vollen Lippen ließen die Fantasien eines jeden Mannes in schwindelnde Höhen steigen. Luis ging ihr entgegen und begrüßte sie herzlich.

„Darf ich dir Hanna vorstellen? Ich habe sie vor ein paar Monaten für ein französisches Magazin abgelichtet. Und seitdem ist sie für mich so etwas wie eine Inspiration."
„Hallo", flötete sie mir entgegen.
„Luis' Freunde sind natürlich auch meine Freunde. Fotografierst du auch?"
Sie bemühte sich um einen entspannten Tonfall. Ich sah es in ihren Augen, die mich mit unausgesprochenen Fragen

durchbohrten – wer ist dieser Mann mit der Maske? Schon in jungen Jahren wirkte ich anziehend auf das weibliche Geschlecht. Für die Frauen erschien ich als eine faszinierende Gestalt, die es unbedingt zu erobern galt. Ich wusste aber auch schmerzlich, sie würden das, was sich hinter dieser Maske verbarg, nicht ertragen können. So spielte ich immer wieder das gleiche Spiel.

„Nein", mischte sich Luis ein – „er ist ein begnadeter Tenor, spielt hervorragend Klavier und führt den Ton in der Kunstszene an. Er begleitet mich auf meiner Tour."

„Oh! Ein Tausendsassa also. Wir müssen uns unbedingt näher kennenlernen."

Dabei schenkte sie mir ein verführerisches Lächeln. Was ein Glück, dass ich die Maske trug. Mir war, als wäre ich dahinter wie ein Pubertierender total rot angelaufen. Und ganz wie von selbst führte mein Körper plötzlich sein Eigenleben. Es bedurfte einiger Anstrengungen, ihn in Schach zu halten. Diese Hanna hatte mich im Hieb völlig für sich eingenommen.

Von diesem Tage an, wann immer es ihre Zeit erlaubte, verfolgte sie mich auf Schritt und Tritt. Nach der ersten Euphorie kam ganz schnell die Ernüchterung, und mir war nur zu klar, dass diese Begegnung keine Zukunft haben würde. Natürlich wusste ich es dann auch zu verhindern, dass ich mich gefühlsmäßig nicht mehr als mir gut tat zu engagieren. So ließ ich von ihr immer nur so viel zu, dass ich an dieser Begegnung den Spaß nicht verlor.

Die Wochen vergingen. Luis und ich waren zwischenzeitlich in eine kleine Wohnung umgezogen, um unseren finanziellen Etat nicht zu sehr zu strapazieren. Aus unserem Recherchematerial, den Fotos, den Locations, den Rezepten sowie den Galerien, hatten wir eine interessante Sammlung von Inspirationen für das Buch gefunden. Während unserer Arbeit zerrte Hanna mich immer wieder an die Öffentlichkeit, stellte mich ihren Freunden vor und fühlte sich als etwas ganz Besonderes – mit so jemandem wie mir an ihrer Seite. Sie hatte mich auch dazu herumgekriegt, ihr Gesangsunterricht zu erteilen. Sie fand es ganz offensichtlich schick, nicht nur atemberaubend gut auszusehen und als Model Karriere zu machen, sondern auch noch mit ihrer Stimme zu betören. Ich gestehe ehrlich, dass sich dieses Engagement nach etlichen nicht erfolgversprechenden Gesangsstunden meinerseits in Grenzen hielt, und ich tat es auch nur halbherzig. Eines Abends, es war schon spät, stand sie vor unserer Tür. Luis war unterwegs, sodass sie mich alleine antraf. In einem aufreizenden Outfit betrat sie die Wohnung und rauschte an mir vorbei. Mitten im Korridor blieb sie stehen und drehte sich zu mir um – es hätte eine theatralische Szene aus einem Liebesdrama sein können.

„Mein lieber Eric, wäre es nicht langsam einmal an der Zeit, dass wir uns noch näher kennenlernen?"
Dabei kam sie auf mich zu. Ich stand noch immer in der offenen Tür und schaute sprachlos zu, wie sie diese mit einem energischen Ruck ins Schloss beförderte. Schnell

waren ihre kleinen Hände an meiner Brust und ihr Gesicht ganz nah vor mir. Als normaler Mann wäre ich ihren Verführungskünsten ganz schnell erlegen gewesen. Aber die Situation war nun mal eine andere, und mein ganzer Körper versteifte sich. Energisch ergriff ich sie bei den Armen und hielt sie von mir fern. Irritiert schaute sie mich an.

„Was ist los? Gefalle ich dir nicht?"

Mit einem dicken Kloß im Hals kam nur „doch – sehr sogar" über meine Lippen.

„Also, wo ist dann das Problem? Lass es uns doch einfach tun!"

Ich schloss für einen Moment die Augen, um alles in mir wieder unter Kontrolle zu bringen. Dabei hielt ich sie noch immer auf Abstand.

„Nein – es ist besser, wenn du jetzt gehst. Du findest sicherlich einen hübschen jungen Mann, dem du gefällst und der dein Angebot zu schätzen weiß."

Ihre Augen füllten sich mit Tränen angesichts meiner Zurückweisung. Scheinbar wirkte sie sehr betroffen. Inzwischen kannte ich sie jedoch besser. Sie hätte sicherlich auch eine glänzende Karriere als Schauspielerin starten können. Und als sie richtig anfing zu weinen, ließ ich mich doch erweichen und nahm sie in die Arme. Nach nur wenigen Augenblicken – sie sah mich sehnsüchtig an – wusste ich instinktiv, was sie vorhatte. Ganz langsam, aber energisch löste ich sie aus der Umarmung und trat einen Schritt zurück.

„Lass es gut sein – du würdest diesen Tag verwünschen, wenn du jetzt das tust, was du beabsichtigst zu tun. Geh also bitte einfach nach Hause."

Inzwischen hatte auch sie sich wieder gefasst und ging langsam zur Tür.

„Ich hätte es versucht, ich hätte es wirklich versucht, Eric." Die Tür fiel hinter ihr ins Schloss, und ich stand noch eine ganze Weile regungslos da. Von diesem Tag an sprachen wir kein Wort mehr miteinander. Wann immer uns der Zufall zusammenführte, gingen wir uns aus dem Weg.

Das Buch von Luis und mir wurde ein voller Erfolg, und so kehrte ich nach der Veröffentlichung unseres Bildbandes London den Rücken zu. Wieder zu Hause, trat ich aus dem Flughafengebäude heraus und sog mit tiefen Atemzügen die Frühlingsluft ein. Es tat gut, wieder auf heimischem Terrain zu sein. Die Erinnerungen verschwanden, und ich wurde mir meiner Umgebung bewusst. Die Zeiger der Uhr waren schon weit bis nach Mitternacht fortgeschritten und der übrig gebliebene Tee kalt geworden. Mit seltsamen Gefühlen im Bauch stieg ich die Treppen in das obere Stockwerk hinauf. Mit dem Rücken an das Kopfende des Bettes gelehnt, überlegte ich, wie ich denn nun zukünftig mit dieser Frau, Sabrine, und der Situation umgehen wollte, ohne mich wieder in seltsame Situationen zu bringen.

***

Die nächsten Tage und Wochen gingen ins Land, und alles war ganz einfach. Fabien begleitete mich auf dem Musikinstrument und ich schulte meine Stimme unter „seiner" Anleitung.

M. Chagny, ganz offensichtlich auch ein Franzose, nur ganz und gar ohne Akzent, verursachte glücklicherweise kein flatterhaftes Gefühl mehr in der Magengrube. Allein dieser Name – ich kannte bisher nur einen Chagny, und zwar den Raoul de Chagny aus der Geschichte des Phantoms der Oper. Aber Blödsinn, das war sicherlich nur ein Zufall, diese Chagnys gab es doch bestimmt wie Sand am Meer. Denn Chagny, eine kleine französische Gemeinde mit 5657 Einwohnern im Département Saône-et-Loire in der Region Burgund beherbergte sicherlich unzählige davon. Auf meiner Reise durch Frankreich war ich dort einmal vorbeigekommen. Nichts Besonderes eigentlich, ein kleines unscheinbares Fleckchen Erde, ganz subjektiv gesehen. Alle sich mir weiter aufdrängenden Gedanken schob ich energisch beiseite. Ich sollte meine Fantasie lieber im Zaume halten und mich auf die heutige Gesangsstunde konzentrieren.

Inzwischen war es Ende November geworden und der erste Schnee gefallen. Alles war in ein hauchdünnes, aber reines Weiß getaucht – so, als würde über allem ein verzauberter Schleier liegen. Wie immer öffnete Justus mir die Tür – wir waren zwischenzeitlich schon vertraut und nannten uns beim Vornamen.

„Hallo Sabrine, wie schön, dass Sie trotz des ungemütlichen Wetters herkommen konnten."

„Ja", sagte ich ironisch, „heute ist die Probezeit um!"

Er lächelte mir nur kopfnickend zu, so, als wüsste er mehr, viel mehr, als er bereit gewesen wäre, mir zu verraten. Ich tat es ihm gleich.

„Fabien ist heute nicht da, aber M. Chagny erwartet Sie." Dabei lächelte er mir aufmunternd zu.

So viele Male in den vergangenen Wochen beeilte ich mich die Treppe herunter zu kommen. Wie normal das alles geworden war! Und ich verschwendete auch keinen Gedanken mehr daran, dass die Art des Unterrichts auf so ungewöhnliche Weise ablief. Ich hatte es akzeptiert, und es war für mich nichts Besonderes mehr. Das einzige, was mich jedoch immer noch irritierte, war die Distanz, die zwischen ihm und mir lag. Er war immer höflich und absolut korrekt, manchmal sehr geduldig, wenn ich nicht folgen konnte, aber auch nur manchmal. Eine Vertrautheit, trotz intensiver Zusammenarbeit, konnte ich jedoch nicht erwirken. Vielleicht lag es aber auch daran, dass Fabien den meisten Raum von mir einnahm. Mit einer extrem guten Laune betrat ich das Studio und flötete:

„Guten Abend, M. Chagny",

ohne zu wissen, ob er wirklich da war. Seltsam war das schon, so ohne Fabien. Wir hatten immer eine Menge Spaß, sodass sich M. Chagny oftmals genötigt fühlte, uns zu ermahnen. Wir sollten doch bitte etwas mehr Contenance wahren und uns nicht wie kleine Kinder aufführen. Zudem flirteten wir hin und wieder, was er sicherlich missbilligte. Aber Fabien war so erfrischend, einfach herrlich, und vor allem, wenn er versuchte, korrektes Deutsch zu sprechen.

In den letzten Wochen trafen wir uns auch öfter mal privat, gingen essen, ins Kino oder machten ausgedehnte Spaziergänge. Wir philosophierten oder sprachen ganz allgemein über politische Themen. Es war nie langweilig mit ihm. Und ganz langsam schlich sich da zwischen uns so eine Vertrautheit ein. War mir jedoch nicht sicher, wo das hinführen sollte. Ganz in diese Gedanken versunken setze ich mich auf die Chaiselongue und wartete.

„Guten Abend, Madame Forster!"
Die Stimme kam wieder wie aus dem Nichts und hatte einen strengen Unterton, bildete ich mir zumindest ein. Bisher, durch Fabien immer abgelenkt, hatte ich nie wirklich auf diese Stimme geachtet, zu der ein Mann gehörte, den ich nicht sehen durfte. Zudem hatte es mich bisher auch nicht wirklich interessiert, wer sich dahinter verbarg.
„Werden Sie mich jetzt auf dem Piano begleiten, da Fabien nicht da ist?", fragte ich etwas heraufordernd ins Leere.
Stille – mon Dieu, wie ich es hasste in solch einer Situation zu sein, bei der ich das Gegenüber nicht vor mir sehen konnte, als hätte ich es mit einem Unsichtbaren zu tun.
„Sie werden zukünftig auf die Dienste von Fabien verzichten müssen, da er andere Aufgaben zu erfüllen hat. Und

nein, ich werde Sie musikalisch nicht begleiten. Das bekommen Sie aber auch sehr gut ohne meine Unterstützung hin."
Irgendetwas sagte mir, er war verärgert. So versuchte ich, herauszufinden, was die Ursache dafür war. Um mir mehr Selbstbewusstsein vorzugaukeln, stand ich auf.
„Das freut mich sehr für ihn. Schade finde ich es trotzdem."
„Kann ich mir gut vorstellen, Sie beide haben sich ja ausgesprochen gut verstanden."
Jetzt wurde es schwierig.
„Was erwarten Sie eigentlich von mir? Ich darf Sie nicht sehen, wir wechseln kaum ein persönliches Wort – da war die Gesellschaft von Fabien natürlich schon sehr erfrischend."
Wieder Stille. So fuhr ich fort:
„Also, ich weiß nicht, was Sie für ein Problem haben, aber ehrlich gesagt, ist mir das jetzt zu dumm. Da die Probezeit heute endet, kann ich auch einfach gehen, und Sie müssen sich mit mir nicht länger plagen."
Sofort hatte ich meine Worte schon wieder bereut, denn woher wollte ich wissen was wirklich der Grund für diese Art der Begegnung war. In die Stille horchend, hoffte ich auf eine andere Reaktion von ihm als die, das er mir einfach die Tür weisen würde. Um nichts in der Welt wollte ich gehen, aber mich auf den Arm nehmen lassen eben auch nicht.
Den Mantel, den ich in der Eile bei Justus gar nicht ausgezogen hatte, hängte ich mir über die Schultern, nahm meine Tasche und hatte die Tür bereits erreicht.

„Warten Sie.“

Diese Worte – plötzlich so ganz anders und mit einer scheinbar magischen Anziehungskraft – veranlassten mich, augenblicklich stehen zu bleiben. Wo hatte ich zuvor bloß meine Ohren gehabt, oder war es nur dieser Moment? Nur diese beiden Worte. Zuvor war ich nie mit ihm alleine gewesen, außer am ersten Tag, und da spielte mir die Nervosität einen derartigen Streich, dass ich gar nichts mitbekam. Ich drehte mich wieder um, blieb aber stehen.

„Es tut mir leid, dass ich Sie derart strapaziere. Sie haben völlig recht, ich bin es, der sich wie ein kleiner Schuljunge benimmt, der sich einbildet, nicht ausreichend Aufmerksamkeit zu bekommen.“

„Na ja, ist vielleicht auch ein wenig schwierig, so, wie sich die momentane Situation zwischen Ihnen und mir gestaltet.“ Ich vermied bewusst den Begriff „uns“ – dieser erschien mir für uns zu vertraut.

„Könnten Sie sich vorstellen, trotz meines schwierigen Charakters weiterhin den Unterricht zu besuchen?“ Dieses Mal machte ich eine Pause.

„Jetzt auf einmal?“, fragte ich mit einer gehörigen Portion Neugier.

„Sagen wir, ich schätze Ihr resolutes Auftreten, dass Sie sagen, was Sie denken.“

„Tatsächlich!?“

Jetzt huschte mir doch ein Lächeln über das Gesicht – als hätte ich einen Triumph zu feiern.

„Das steht Ihnen gut.“

„Wie bitte?"

Er antwortete nicht.

„Nach wie vor finde ich es ziemlich unfair, dass Sie mich ganz offensichtlich beobachten können, während ich mich wie eine Blindschleiche durch das Dunkel taste und nur Ihre Stimme hören darf."

„Tun Sie das wirklich? Meine Stimme hören?"

Ich zögerte und musste direkt darüber nachdenken. Dann kam ich zu dem Schluss, nein, diesbezüglich waren meine Gehörgänge bislang wohl völlig verstopft gewesen. All meinen Charme aufbietend sagte ich unvermittelt:

„Ich gelobe Besserung."

Stellte sich nur die Frage, in was.

Damit ließ ich aber den Mantel auf die Chaiselongue gleiten und platzierte mich mitten ins Studio.

„Ok, ich bin bereit."

Bisher war mir gar nicht bewusst gewesen, was es bedeutet nur zu hören. Von jenem Tag an, wann immer ich zum Unterricht erschien, ertappte ich mich dabei, wie sich meine Augen ganz von selbst schlossen, um dieser Stimme zu lauschen. Ich weiß, völlig gaga.

Ja, aber von diesem Tag an bekamen die Schwingungen zwischen Raum und Musik, zwischen der Stimme und mir eine ganz eigene Dynamik. Anfangs war es ungewohnt und mir nicht bewusst, doch mit jeder weiteren Unterrichtsstunde spürte ich ein unausgesprochenes Verlangen, dieser Stimme aus dem Nichts ein Gesicht zu geben. Wenn mein Verstand auch mahnte, ich könnte damit etwas hervorrufen, das mir ganz und gar nicht gefiele, war ich doch ehrgeizig genug, dieses Verborgene an die Oberfläche befördern zu wollen.

Bei dem Gedanken daran erinnerte ich mich an meinen Freund Jean-Jacques, der auf einer dieser Inseln auf den kleinen Antillen lebte. Guadeloupe, ein traumhaft schönes Fleckchen Erde, bestehend aus zwei Teilen – einer Hauptinsel Basse-Terre und Grande-Terre, die nur durch die schmale, an der engsten Stelle etwa 50 m breiten Meerenge, Rivière Salée, voneinander getrennt sind. Zudem ist Basse-Terre eher flach mit wenig üppiger Vegetation, dagegen gleicht Grand-Terre einem südamerikanischen Dschungel. Wir waren zu einer Party geladen, irgendwo in den Bergen auf Grande-Terre. Das Haus, ganz einfach konstruiert, am Rande einer Bananenplantage gebaut, war größtenteils offen, und die Küche befand sich in einem separaten, angrenzenden, viereckigen, mit nicht mehr als zwölf Quadratmeter kleinen Gebäude.

Ich saß mit drei jungen Franzosen zusammen, die es meisterhaft verstanden, auf kleinen Trommeln eine ekstatische Musik zu erzeugen. Hier brauchte man weder Alkohol noch etwas zu rauchen. Wobei Letzteres doch gerne verkonsumiert wurde. Irgendwann spät am Abend zog ich mich hinter das Haus auf die Terrasse zurück. Es war wesentlich ruhiger hier. Wie durch Watte drangen die Stimmen und die Musik an meine Ohren. In einer Hängematte, die zwischen den Begrenzungspfählen des Terrassengeländers befestigt war, hatte ich es mir bequem gemacht. Die Sonne und der anstrengende, stundenlange Fußmarsch durch die faszinierende Wildnis am Nachmittag hatten meinen Kreislauf in den Keller fahren lassen, sodass mir leicht schwindelig war. Die Augen geschlossen, atmete ich diese fremde Energie und diese faszinierenden Düfte ein. Plötzlich, wie aus dem Nichts, ertönte ein unglaublich schöner – ja, was war es – Ruf oder Schrei? Wie von einem majestätisch schönen Vogel. Dieser Ruf hatte etwas Exotisch-Erotisches – anders kann ich es nicht beschreiben. Er wiederholte sich in bestimmten Abständen immer wieder. Aus den Tiefen der Bässe bis hinauf in die Höhen klang dieser Laut eindringlich in meinen Ohren. Als würde er mich locken, auffordern zu kommen, stand ich auf und schaute in die Richtung aus der ich ihn vermutete. Doch in dieser undurchdringlichen Dunkelheit wäre es pure Dummheit gewesen, danach zu suchen. Später, als ich mit Jean-Jacques wieder zu Hause war, brannte mir die Frage auf den Lippen, was es mit diesem Ruf wohl auf sich haben mochte. Das Ergebnis war niederschmetternd. Er meinte: „Ja, das ist eine große, hässliche Unke oder auch Kröte, die mit ihrem betörenden Ruf das Weibchen lockt."

Ja super! Irgendwie wollte mir dieses Bild im Zusammenhang mit M. Chagny so gar nicht gefallen. Doch allem zum Trotz drängte sich mir der Gedanke immer wieder auf, er könnte entsetzlich entstellt sein. Vielleicht zog er es deshalb vor, sich mir nicht zu zeigen? Der Versuch, diesen Gedanken zu verdrängen, scheiterte kläglich. Um wieviel leichter war es da, Fabien zu betrachten mit seinem schönen Gesicht, mit seinem heiteren, charmanten Wesen.

Neue Freunde

„Er sieht so gut aus!"

Sina war ganz und gar verzückt – sie hatte Fabien kennengelernt. Junge Mädchen oder auch „reifere" Damen ließen sich ganz sicher von seinem faszinierenden Äußeren beeindrucken. Seit ich Fabien begegnet war, versuchte ich mich diesen Reizen, allerdings nur halbherzig, zu widersetzen. Abgesehen davon, dass er mal mindestens zwanzig Jahre jünger war als ich. Was fängt man auf Strecke gesehen mit so jemandem an? Na ja, Sina hatte dazu schon ein paar brauchbare Ideen. Klar, sie war ja auch noch so jung und über alle Maßen neugierig. Hendrik, ihr derzeitiger Freund, war eifersüchtig und passte auf sie auf wie eine Katze auf die Maus in ihrem Mauseloch. Ein solider, verlässlicher junger Mann. Sicher, nicht im Entferntesten so verführerisch wie Fabien, aber dennoch nicht minder ansprechend anzusehen.

Er hatte dunkelblonde Haare und war nur unwesentlich größer als Sina. Im Gegensatz zu Fabiens umwerfendem Charme, der nicht nur „einer" Frau das Herz brechen konnte, war Hendrik absolut zuverlässig und liebevoll. Für mich eine bessere Option für die Zukunft, sofern man diese gemeinsam plante.

Bisher schätzte ich Fabiens Gesellschaft sehr, freute mich, wenn wir etwas zusammen unternahmen, aber unter völlig anderen Vorzeichen, als er es sich vielleicht zurechtgebastelt hatte. Ich musste gestehen, dieser M. Chagny, oder besser gesagt dessen Stimme, hatte mir auf wundersame Weise ganz schön den Kopf verdreht. Manches Mal fragte ich mich, wie es wohl sein würde, völlig blind zu sein. Konnte da ein Mensch nicht so hässlich aussehen wie er wollte, wenn er mit einem so magischen Ausdrucksorgan ausgestattet war? Es wäre sicherlich in keinem Moment ein Hindernis.

Völlig unvermittelt stand Fabien also letzte Woche vor unserer Tür, einen Strauß Blumen und eine Flasche Rotwein in den Händen. Er wollte mit mir einige Stücke einüben, angeblich, um mich für den Unterricht bei M. Chagny besser vorzubereiten, da er ja nun nicht mehr mit mir zusammen arbeiten durfte.

„Fabien!? Du meine Güte – was soll denn das werden?"
„Ma chère, freust du dich denn gar nicht, mich zu sehen?"
„Nein, tue ich nicht! Ich hatte andere Pläne für den heutigen Nachmittag!"
Ohne weiter auf mich zu achten, hatte er sich den Weg an mir vorbei ins Wohnzimmer gebahnt. Legte die Rosen auf

den Tisch und marschierte direkt ohne Umwege in die Küche, um einen Öffner für die Weinflasche zu finden.

„Fabien, was wird das hier?"

Ungläubig schaute ich ihm zu, wie er die Flasche entkorkte.

„Wein!? – Und das am frühen Nachmittag, was hast du vor? Ich trinke nicht einen Tropfen davon."

„Ahh, alors – sei kein rabat-joie!" – und er strahle mich an.

„Nein" entgegnete ich ihm, „ich bin kein Spielverderber. Nach nur einem kleinen Glas Wein bin ich für den Rest des Tages nicht mehr zu gebrauchen, und deine Idee, mich für M. Chagny vorzubereiten, wäre zum Scheitern verurteilt. Oder hattest du eigentlich doch ganz andere Pläne?"

Dabei sah ich ihn an, als würde mich mal wieder der Teufel reiten, herausfordernd und tief in die Augen blickend. Auch nicht nur eine Sekunde versäumend, nutze er diesen Augenblick und küsste mich auf den Mund. Ich musste mir selbst eingestehen, das fühlte sich ganz schön nach mehr an.

„Du Schwerenöter!", rief ich aus und stieß ihn zurück. Es bedurfte schon einer guten Portion Widerstandskraft, um seinem Charme nicht hoffnungslos zu erliegen.

Dankbar, dass in diesem Augenblick das Telefon klingelte, beeilte ich mich die Küche zu verlassen. Sina hatte das Gespräch bereits entgegengenommen und reichte mir den Hörer mit den Worten:

„Eine Emma für dich."

„Hey Emma, was für eine Überraschung."

Ich war ehrlich erfreut sie am anderen Ende der Leitung zu

wissen. Seit wir uns das erste Mal beim Casting im Theater begegnet waren, hatten wir das eine oder andere Mal telefoniert. Die Begründung, mich sprechen zu müssen, war oft fadenscheinig. Zum Schluss kam immer die Frage, wie es denn so mit dem Gesangsunterricht laufen würde. Da steckte ganz bestimmt Gérard dahinter, der Emma einzig als Spion missbrauchte. Trotzdem lernten wir uns näher kennen und trafen uns auch das eine oder andere Mal auf einen Kaffee um festzustellen, dass wir uns prächtig verstanden.

„Hi Sabrine, ich dachte mir, du hättest heute vielleicht Lust und Zeit, mich in den Cotton Club zu begleiten. Dort spielt eine No-Name-Jazzband – aber ich kenne den Saxophonisten. Der ist richtig gut – ja, und vielleicht wäre er auch was für dich."

„Das ist jetzt aber kein Versuch von dir, mich verkuppeln zu wollen – oder? Oder ist das jetzt ein Versuch, mir von jemand anderem das Singen beibringen zu lassen?"

„Oh nein, entspann dich, der kann nicht singen!"

„Da bin ich jetzt aber beruhigt. Fabien ist hier. Willst du nicht zu uns kommen? Er hat einen Rotwein mitgebracht. Vielleicht können wir noch etwas Nettes zusammen kochen und anschließend deinen Saxophonisten in Augenschein nehmen. Was meinst du?"

„Nein, da störe ich ganz gewiss nur, ihr wollt doch sicherlich lieber alleine bleiben."

Ihre Stimme hatte ganz plötzlich an Heiterkeit verloren und klang distanziert.

„Sei nicht albern Emma – was spinnst du dir denn da jetzt zurecht! Ganz im Gegenteil: Du wärst meine Rettung. Also schwing dich und komm her!"
Mein Tonfall war bestimmend und ließ keinen Widerspruch zu.

Eine knappe Stunde später saßen wir – Fabien, Emma, Sina und ich – gemeinsam an unserem großen Esstisch und ließen uns die Spaghetti aglio e olio mit Salat schmecken. Der mitgebrachte Wein war hervorragend und löste unser aller Zungen erheblich.

Mitten in ein völlig unspektakuläres Thema aus den Gala-Klatschspalten platzte ich dann auch mit der Frage:
„Wer ist eigentlich dieser M. Chagny?"
Ich versuchte einen gelangweilten, wenig interessierten Tonfall hervorzubringen.
Emma sah mich an:
„M. Chagny? Du meinst jenen Mann, bei dem du seit über einem Monat Gesangsunterricht nimmst? Und du willst mir erzählen, du weißt inzwischen noch immer nicht, wer er ist?"
Eine kurze Pause trat ein, in der niemand etwas sagen mochte.
„Er heißt Eric" – und um es nochmals genau zu betonen, ergänzte sie: „Eric mit 'C'."
Erstaunt sah ich sie an.
„Er heißt Eric?"
„Ja, wusstest du das nicht?"

Ich konnte nur mit dem Kopf schütteln.

„Nein, das wusste ich nicht."

Meine Gehirnzellen begannen sofort zu arbeiten und versuchten irgendwelche Konstrukte aufzustellen. Nachdem ich diese Neuigkeit erst einmal verdaut hatte, fuhr ich fort Fragen zu stellen. Dabei überraschte es mich, wie nervös ich geworden war.

„Weshalb bleibt er für mich unsichtbar? Und weshalb habe ich immerzu das Gefühl, dass er mich sehen kann?"

Fabien hatte gerade seinen Mund geöffnet, um etwas dazu zu sagen, als ihn Emma ganz offensichtlich nicht gerade liebevoll gegen das Schienbein getreten haben musste. Ihm enthuschte ein „Autsch", wobei er sie missmutig ansah.

„Könnt ihr mir bitte mal erklären, was hier gespielt wird? Weshalb solche Geheimnisse? Das ist doch absolut infantil. Ich bin zu alt für derartige Spielchen."

Sina, sichtlich genervt von diesem Thema, war aufgestanden und hatte den Raum verlassen.

„Also, ich höre!" – und ich sah beide mit einer gespielt strengen Miene an.

Emma war es dann auch, die endlich aus ihrer Starre erwachte und den Mund aufmachte.

„Wir können nichts dazu sagen. Du solltest ihm einfach nur vertrauen – zur gegebenen Zeit wird er sich dir schon offenbaren."

„Ein netter Versuch, Emma, aber damit lasse ich mich nicht abspeisen – also?"

Einen Moment lang, während ich auf eine Antwort wartete, sah ich vor mich hin und ließ den Namen nochmals imaginär über meine Zunge gleiten. Eric de Chagny – also wenn das kein Zufall war. Aber vielleicht sollte ich mich auch ganz und gar irren. Da beide nun in absolutes Schweigen gehüllt waren und die schöne ausgelassene Stimmung zu kippen drohte, sagte ich nur:

„Ok, ihr habt gewonnen, belassen wir es dabei. Aber erklärt mir doch bitte nur noch eines. Irgendwo in diesem Studio gibt es ein Guckloch oder so was Ähnliches, stimmt's?"

Emma wandte sich mir zu und fing herzhaft an zu lachen. Fabien, der nicht so ganz verstanden hatte, worum es augenblicklich ging – er kannte sicherlich das Wort „Guckloch" nicht – hatte in seinem Gesicht viele Fragezeichen.

„Ja, es gibt eine Kamera oben an der Decke. Wenn sie aktiviert ist, gibt sie rote Signale ab. Dann weißt du, du musst dich anstrengen, du wirst beobachtet."

„Aha", entfuhr es mir. Das mutet jetzt aber schon sehr seltsam an, findest du nicht?"

„Nein, in manchen Branchen ist das nicht unüblich."

„Oh, in manchen Branchen also", sagte ich zynisch. Emma schüttelte vehement den Kopf, sodass ihr das dichte Haar im Gesicht herumsprang.

„Was immer du jetzt denken magst – nein – vergiss es, daran gibt es nichts Anrüchiges. Eric ist kein Voyeur oder sonst jemand mit einem komischen Spleen. Er ist ein ganz toller Mann."

Wow, sie kam direkt ins Schwärmen. Da wurde ich doch

gleich nochmals neugieriger.

Ich fiel ihr ins Wort:

„Du kennst ihn persönlich? Und du natürlich auch", wandte ich mich dabei an Fabien. Er zuckte nur mit den Achseln und meinte: „Naturellement!"

Emma fuhr fort:

„Gérard und Eric sind die allerbesten Freunde, da blieb es nicht aus, dass wir uns über den Weg gelaufen sind."

„Du magst mir aber nicht preisgeben, weshalb er ein so großes Geheimnis um seine Person macht?"

Sie schüttelte den Kopf.

„Ist es so schlimm? Muss ich mich gar fürchten vor ihm?" Das war bestimmt extrem überzogen. Sie ließ sich dennoch nicht dadurch irritieren.

„Sabrine, lass es doch einfach gut sein. Alles hat seine Zeit, und dann wirst du schon sehen."

„Das hätte glatt von mir sein können." konterte ich. Letztendlich machte es aber auch keinen Sinn, weiter zu insistieren. Ganz offenbar musste ich mich hier in Geduld fassen. Wir wechselten das Thema, und es wurde eine weitere Flasche Wein aus meinem eigenen Bestand geöffnet. Der Saxophonist, der angeblich so gut spielen konnte, bekam leider keine Chance, mich kennenzulernen. So spielt das Leben eben manchmal auf seiner ganz eigenen Klaviatur – um es im Sinne der Musik zu sagen.

In den frühen Morgenstunden, als ich endlich den Weg ins Bett gefunden hatte, überlegte ich mir, wie ich „diesen tollen Mann" aus der Reserve locken könnte. Mir brannte es schier unter den Nägeln, herauszufinden, was sich hinter dieser unsichtbaren Gestalt verbarg.

Die Ouvertüre

Szene 1

Eine Woche später – der Tag war anstrengend und mir schier endlos erschienen – ich war müde, und eigentlich wäre ich einfach nur gerne nach Hause gefahren. Aber die verabredete Gesangsstunde sollte ich besser nicht schwänzen. Derart profane Anwandlungen schätzte M. Chagny überhaupt nicht. Also bog ich, wie schon so viele Male in der Vergangenheit, in die Allee ein bis zur Einfahrt. Das Tor stand wie immer offen. Justus empfing mich und begrüßte mich mit den Worten: „M. Chagny ist heute aus terminlichen Gründen leider verhindert, aber Sie möchten doch bitte für sich alleine üben. Er bemüht sich, Sie noch vor Ablauf der Stunde anzutreffen."

Wie schade, ich hätte vielleicht doch besser meinem Bauchgefühl folgen, die Stunde sausen lassen und den Weg nach Hause einschlagen sollen. Aber jetzt war ich hier, stieg die

Treppen hinunter und setzte mich auf die Chaiselongue. Etwas verloren betrachtete ich die wenigen Möbelstücke, die sich in diesem sogenannten „Studio" befanden, und wie selbstverständlich erhob ich mich und steuerte direkt auf diesen riesigen Schrank zu. Er war nicht verschlossen, und die Türen ließen sich problemlos öffnen.

Eine Vielzahl von bunten Kleidern, die nach näherer Betrachtung jeweils zu einem musikalischen Thema passten, betrachtete ich staunend. Da gab es das Kostüm für Margarete aus Faust, das Brautkleid für Figaros Hochzeit. Ein paar zerlumpte Kostüme, die ich nicht zuordnen konnte, sowie bunte Roben, die zum Maskenball passen konnten. Und dann war da das eine, atemberaubend schöne Kleid, fast durchsichtig, aus cremefarbener Seide mit einer aufwendig gearbeiteten Spitze. Ich nahm es aus dem Schrank, hielt es vor meinen Körper und betrachtete mich damit im Spiegel. Vielleicht hatte es Ähnlichkeit mit dem Kostüm, das Christine bei der ersten Begegnung mit dem Phantom der Oper trug? Schon allein bei der Idee war mir, als könnte ich mich darin verlieren. Augenblicklich hängte ich das schöne Stück wieder zurück an seinen Platz. Stattdessen nahm ich ein buntes Kleid in den Farben Orange, Gelb und Rot heraus. Die Taille zierte ein breiter Gürtel, und das Oberteil war aus weißer Baumwolle genäht. Doch ich konnte nicht widerstehen und griff immer wieder zu diesem für mich anziehenden Kleid. Du liebe Güte – nein, ich wollte doch nicht ernsthaft dieses Kleid anziehen! Aber warum eigentlich nicht? „Er" war ja nicht da. „Er", das war schon so ein Thema. Zu Beginn unserer nicht physischen Begegnung – nachdem mich Fabien nicht mehr begleiten durfte und ich mich nur noch auf seine Stimme konzentriert hatte – malten meine Gehirnzellen unzählige Phantasien in meinem Kopf zurecht. Ich stellte mir einen tollen Mann vor, in den ich mich unsterblich verlieben würde. Aber mit der Zeit wurden diese Träume blasser. All meine Anstrengungen, „ihn" aus der Reserve zu locken, schlugen fehl. Er zeigte so gar keine Reaktion, kaum ein Lob – das Einzige, wenn ich nicht seinen Vorstellungen entsprach, zürnte er mir, als sei ich ein kleines, ungezogenes Kind, das die Hausaufgaben nicht gemacht hatte. Zumindest kam ich mir so vor. Ich solle doch bitte intensiver üben, mich besser konzentrieren und vorbereiten und so weiter und so weiter. Diese Reaktionen kamen gerade in der letzten Zeit immer öfter vor.

Was dachte er sich eigentlich, schließlich hatten wir keinen Vertrag. Er hätte mich doch ganz leicht wieder loswerden können – mich wegschicken, wenn er es gewollt hätte. Hat er aber nicht, zumindest bis heute nicht. Vielleicht fühlt er sich auch Gérard gegenüber verpflichtet und betrachtet diese ganze Szenerie als lästige Unterbrechung. Je mehr ich darüber nachdachte, umso mehr wurde ich wütend auf ihn. Was bildete er sich eigentlich ein? Und überhaupt. Die einzige Verbindung, die ich während des Unterrichts hatte, war seine Stimme. Jeglicher Kontakt zur Terminabsprache wurde über Justus abgewickelt. Keine direkte Nachricht von

„ihm" – vielleicht war er ja auch aus dem vorletzten Jahrhundert entsprungen, wo es noch keine Kenntnis über Whatsapp, Facebook oder andere Kommunikationsmittel gab. Offiziell weiß ich nicht einmal seinen Vornamen. Nichts! Irgendwie war das schon merkwürdig. Und weshalb hatte mich Justus nicht informiert, dann hätte ich heute gar nicht erst kommen müssen.

Noch ganz in Gedanken und in meinem eigenen Spiegelbild versunken, streifte ich mir mein Kleid ab und diese betörende Versuchung über mein Unterkleid.

Ohne lange nachzudenken, schloss ich das iPhone an der Musikanlage an und spielte die Stücke ab, die ich eigens für meine Übungen zusammengeschnitten hatte. Die Ouvertüre aus dem Phantom der Oper begann zu spielen.

Immer wieder erwischte ich mich dabei, wie fasziniert ich von der Akustik war und stellte mir mit geschlossenen Augen vor, wie es wohl sein mochte, ganz allein auf der Bühne zu stehen und zu singen.

Als hätte ich mit dieser Verkleidung und der Musik einen Zauber ausgelöst, fühlte ich mich plötzlich jung und scheu, stand nur da. Abwesend kramte ich in meiner Tasche und suchte nach den Notenblättern – das Phantom der Oper. Eigentlich brauchte ich sie nicht mehr, alle entscheidenden Passagen konnte ich bereits auswendig. Irgendwie gaben sie mir aber einen vertrauten Halt. Permanent schleppte ich sie mit mir herum, in der Hoffnung, sie einmal benutzen zu können. Wie gerne hätte ich ihm vorgesungen, wagte aber nicht, danach zu fragen. Ein schon vergilbtes Bild aus der Vergangenheit tauchte in meinem Kopf auf und erinnerte mich an eine Situation, in der ich jung war, und in der ich so viele Träume hatte. Eine Situation, die ich selbst nie erlebte, in meinen Träumen jedoch über eine ewig lange Zeit immer wieder versuchte heraufzubeschwören, ohne dass sie je in Erscheinung trat. Die Begegnung mit dem Mann mit der Maske.

Als hätte ich nun das Bild aus der Erinnerung in das Hier und Jetzt mitgenommen, gaukelte mir mein Verstand vor, alles wäre plötzlich Wirklichkeit, und von einer inneren Sehnsucht getrieben, begann ich zu singen:

Vater versprach einen Engel,
ihn einst zu sehn war mein Traum,
ich fühle es jetzt wenn ich singe,
er ist hier im Raum.

Er ruft mich leis' bei meinem Namen,
bleibt bis er mich gehn lässt.
Überall spür ich seine Nähe,
Er, der sich nie sehn lässt.

....

Auch jetzt ist er mir nah
Wie ein Schatten
Ich fürchte mich

Leise und unsicher kam meine Stimme zum Vorschein – aus irgendeinem Grunde war ich plötzlich nervös. Was, wenn ich doch nicht alleine war? Wieder, wie schon so viele Male, schaute ich mich in diesem „Studio" um. Ich suchte nach dem Anhaltspunkt, der mir verriet, von hier aus wirst du beobachtet. Kein leichtes Unterfangen so ohne Brille, die ich aus purer Eitelkeit immer irgendwo vergaß. Wenn es aber diese Kamera gab, und daran hegte ich nicht den geringsten Zweifel, dann würde ich vielleicht irgendwo an der Decke ein rotes Blinken entdecken, doch nichts dergleichen konnte ich ausfindig machen.

Es war aber auch nicht mehr wichtig, denn mit jedem Vers, der jetzt über meine Lippen kam, entrückte ich mehr und mehr der Wirklichkeit, schloss meine Augen und malte mir, wie schon so oft, wenn ich sang, diese wunderschönen bunten Bilder. Jegliches Zeitgefühl verloren, erwachte ich abrupt, wie aus einem Traum, als die Musik verstummte.

Ich wollte gerade ein neues Stück anspielen, als plötzlich und völlig unvermittelt wie aus dem Nichts seine Stimme erklang – laut und eindringlich. Ich erschreckte mich fast zu

Tode. Aber sein Einsatz war perfekt und passte genau auf den Punkt.

Impertinent, wie dieser Laffe von deinem Ruhm zehr'n will
höchst reportent, dass dieser Affe mir diesen Triumph stören will

Mein Gefühl, er könnte vielleicht doch hier sein, trog mich nicht – er war da! Zu Beginn, als die Stimme erklang, dachte ich noch, die Technik in dieser Anlage hätte mir einen Streich gespielt und wäre auf das Original des Phantoms der Oper umgesprungen. Doch das iPhone gab keinen Mucks von sich und die Anlage war stumm. Mein erster Gedanke war Flucht. Doch auf dem Weg zur Tür blieb ich plötzlich stehen.

ERIC

Justus empfing mich an der Tür.
„Die Lady ist schon seit einiger Zeit im Studio."
Auf seinem Gesicht erschien das mir schon bekannte, breite Lächeln, wenn er mir zeigen wollte mehr zu wissen als ich. Er nickte mit einer Arroganz, wie es nur Diener vor hunderten von Jahren in herrschaftlichen Häusern zu tun pflegten, bevor er den Weg in die Küche nahm. Das war ein beliebtes Spiel zwischen uns.

„Tee?"

„Ja gerne, Justus."

Ich beeilte mich in mein Büro zu kommen, warf den Mantel unachtsam über einen Stuhl und schaltete den Monitor an, der mir den Blick in das Studio frei gab. Langsam ließ ich mich auf einem Stuhl nieder und betrachtete das Bild, das sich mir bot. Sie trug das Kleid, das zu Probezwecken für die Aufführung des Phantoms der Oper diente. Dieses hier war eine Kopie. Gérard hatte es, wie all die anderen Kostüme, extra für uns schneidern lassen. Mit einem verträumten Blick betrachtete sie sich im Spiegel. Irgendwie schien sie ihrer Zeit entrückt. Eine Magie umfing sie, deren Bann ich mich wohl nicht mehr lange entziehen konnte. Bisher waren wir uns persönlich nicht begegnet, das hatte ich erfolgreich zu verhindern gewusst. Doch jetzt, sie hier so zu sehen, konnte ich mich dem Wunsch nur schwer erwehren – ich wollte ihrem mutigen Wesen begegnen, sehen, wer sie wirklich war.

Die ersten Worte, die ihr über die Lippen kamen, verursachten bei mir einen Schauer. Ihr Gesang kroch mir regelrecht unter die Haut und ließ meinen Atem stocken. So hatte sie es nun doch geschafft! Wie die Sirenen bei der Irrfahrt von Odysseus, drang ihre Stimme jetzt in meinen Geist, in meine Seele. Er, Odysseus aus der Sagengeschichte Homers, war dem Gesang der Sirenen nicht erlegen gewesen. Ich dagegen sah für mich wenige Chancen, ihr zu entkommen. Sie nebelte mich förmlich ein. Vielleicht wollte ich dem Ganzen aber auch gar nicht entrinnen.

Wie schon so oft in den vergangenen Stunden des Unterrichts legte sie den Kopf in den Nacken und blickte sich suchend um, bis sie – so schien es zumindest – mir direkt in die Augen sah. Wie vom Schlag getroffen, sprang ich vom Stuhl auf. Unmöglich, sie konnte die Vorrichtung an der Decke nicht gesehen haben, dazu war sie zu gut kaschiert. Das war sicherlich nur Zufall. War es das? Ich musste aufpassen, dass mir diese Geschichte nicht aus dem Ruder lief.

Zwischenzeitlich hatte ich eine, dem Bild des Phantoms entsprechende Maske angelegt, die ich mit vielen anderen in einem verschlossenen Sideboard aufbewahrte. Noch immer in den Abendanzug gekleidet, den ich für den gemeinsamen Termin mit Gérard im Rathaus Hamburgs angezogen hatte, klemmte ich mir ein Mikro an das Revers und setzte mit meinem Gesang genau da ein, wo sie aufgehört hatte zu singen. Noch ganz versonnen, stand sie da und fingerte verträumt an ihrem Handy herum, bis sie durch meinen Einsatz plötzlich aufschreckte und wohl einem ersten Impuls folgend zur Tür lief.

Ja, meine Liebe, damit hast du nicht gerechnet, nicht wahr?! In den letzten Wochen versuchte sie mich immer wieder herauszufordern, mich zu narren, indem sie mir immer wieder musikalische Vorschläge zum Üben unterbreitete, die mich – na sagen wir mal – ein wenig aus dem Konzept bringen sollten. Ihr Spiel war so leicht zu durchschauen, und mit jeder weiteren Stunde machte sie es mir schwerer, ihren

Avancen zu widerstehen. Manches Mal amüsierte es mich aber einfach auch nur. Doch mit jedem Mal, wo sie zu mir kam, schlich sich so ein seltsames Gefühl bei mir ein. Inzwischen freute ich mich richtig darauf, sie zu sehen. Das war bestimmt kein gutes Zeichen, aber ein schönes Gefühl.

Heute bekam das Ganze jedoch eine völlig andere Qualität. Wie ein Engel, der sich auf seinem Weg verlaufen hatte, wirkte sie so zerbrechlich. Ich spürte eine unsichtbare Brücke, die uns unmerklich verband. Die Situation barg etwas Bizarres, Ungewöhnliches. Meine Stimme wollte mir nicht sogleich aus der Kehle dringen, und so konnte ich mich selbst einer gewissen Aufregung nicht erwehren. Als die Musik erneut einsetzte, wandte sie sich dann aber doch wieder um, und wie verabredet, begann sie die entsprechende Passage zu singen:

Engel, mein Geist ist wach, ich hör' dich.
Geh doch nicht fort! Führ mich!
Engel, mein Herz war schwach. Vergib mir.
Komm zu mir her. Spür mich.

Sie hatte sich von der Tür gelöst und ging auf den Spiegel zu, vielleicht in der Hoffnung, mich dort zu sehen. Mit jedem Wort, das wir sangen, begannen unsere Seelen zu tanzen. Ich konnte ihre Nähe spüren, die Faszination, die von ihr ausging, und ich ließ mich in diesem magischen Moment vollkommen und uneingeschränkt auf sie ein.

Als würden wir gemeinsam gesanglich unvorstellbare Höhen erklimmen, trafen unsere Stimmen immer wieder aufeinander. Fordernd, elektrisierend, aber auch harmonisch und zugleich unglaublich zärtlich. Als das Lied geendet hatte, war es von jetzt auf gleich ganz still. Keiner von uns wagte ein Wort zu sagen. Sie schaute sich erneut um, offenbar enttäuscht darüber, mich nicht zu sehen. Und so begann ich wieder wie von magischer Hand geführt, meine Stimme zu erheben, ganz behutsam, „Die Musik der Nacht".

Als wäre sie ein Magnet, der mich unaufhaltsam zog, ging ich über die Hintertreppe nach unten und öffnete die Tür zum Studio. Anfangs war sie sich gar nicht bewusst, dass ich hinter ihr stand. Doch ein intuitives Gefühl musste sie wohl dazu veranlasst haben, sich zu mir umzudrehen. Ungläubiges Staunen spiegelte sich in ihrem Gesicht. Es brauchte all meine Aufmerksamkeit, ihrem Blick standzuhalten und mich auf den Gesang zu konzentrieren. Bei der Hand nehmend, führte ich sie durch den Raum, um das Piano herum. Kam ihr sehr nah und entfernte mich wieder von ihr. Wie eine Marionette folgte sie mir, ohne Widerstand, immer noch staunend wie ein kleines Kind. Und nur ganz entfernt bekam ich eine Ahnung dessen, was Erik, jener meiner Vorfahren, empfunden haben musste, als er Christine begegnete.

An jener Stelle:

Komm und spür den süßen Rausch des Schwebens.
Komm, berühr mich, trink vom Quell des Lebens.
Ahnungsvoller Sinn, diese Nacht ist der Beginn;
Fühl, welch zärtliche Musik in mir erwacht
Und such mit mir nach der Musik der Nacht

stand ich hinter ihr, berührte sie an den Armen und zog sie behutsam an mich. Meine Stimme wurde brüchig und mir stockte fast der Atem. Ich umfing sie und schloss die Augen. Als die Musik verklungen war und es wieder ganz still wurde, drehte ich sie zu mir um. Sie wirkte völlig abwesend und in ihrem Blick zeichnete sich Fassungslosigkeit. Ihre schlanken Hände klammerten sich verzweifelt an meinem Sakko fest, um den Halt nicht zu verlieren. Dann flatterte sie zu Boden wie ein müdes Blatt. Gerade noch rechtzeitig konnte ich einen Sturz verhindern und fing sie in meinen Armen auf. Ein Fliegengewicht – dachte ich bei mir. Schon erstaunlich, diese kleine, zierliche und doch so resolute Person fiel einfach in Ohnmacht – und das, weil sie mich mit Maske sah? Was würde erst mit ihr geschehen, wenn sie mein wahres Gesicht sähe?

Justus kam herein, gerade, als ich sie auf die Chaiselongue legte. Dabei fiel das Kleid vorne auseinander, und ein verführerisches Unterkleid kam zum Vorschein. Sie verstand es exzellent, sich passend in Szene zu setzen. Ich sollte verdammt sein, wenn ich diesem Spiel nicht widerstehen wollte.

„Ist alles in Ordnung?"

Fragend schaute Justus mich an. Ich sah ebenso fragend auf und zog meine Schultern hoch.

„Ist der Tee, den du aufbereitet hast, stark genug? Den wird sie brauchen, wenn sie wieder zu sich kommt. Und gib bitte Acht, dass sie erst dann nach Hause fährt, wenn sie sich wirklich dazu in der Lage fühlt."

„Ja, selbstverständlich."

Ich konnte mich auf Justus absolut verlassen – und so zog ich mich in meine eigenen Räume zurück. Diese Begegnung war nicht spurlos an mir vorüber gegangen, sie hatte mich bis in die letzte Ecke meiner Seele aufgewühlt.

***

Geschirrgeklapper drang in mein Bewusstsein, das sich mühsam quälte, in das Hier und Jetzt zurück zu kommen. Täuschten mich meine Sinne, oder war ich tatsächlich zu Hause, halb schlafend auf der Couch, aufgewacht aus einem seltsamen Traum? Ein intensiver Geruch stieg mir in die Nase – Tee. Ich öffnete meine Augen und zuckte zusammen. Es brauchte einen Augenblick, bis ich meine Umgebung realisierte.

„Hallo, Sabrine. Wie geht es Ihnen? Fühlen Sie sich besser?"

Justus stand neben mir, eine Tasse in den Händen. Ich richtete mich auf und nahm sie entgegen.

„Oh, mein Gott, Justus, was ist passiert?"

„Ich fürchte, Sie hatten eine kleine ‚Schwäche'."

„Wie bitte? Soll das heißen, ich bin ohnmächtig geworden?"

„Ja, so könnte man das auch nennen. Aber trinken Sie erst einmal einen Schluck Tee, dann kommen Sie wieder zu Kräften."

„Justus, ich bin in meinem ganzen Leben noch nicht einmal ohnmächtig geworden!"

„Es gibt für alles ein erstes Mal."

„Oh wie schändlich, das ist eine abgedroschene Phrase und stimmt zudem überhaupt nicht. Wollen Sie mich auf den Arm nehmen?"

Er lächelte mich freundlich an.

„Das liegt mir ganz und gar fern, Sabrine!"

Nach einer Weile sprach ich endlich die Frage aus, die mir schon die ganze Zeit auf den Lippen brannte:

„Wer ist dieser Mann mit der Maske? Ich meine, ich weiß, es ist M. Chagny, jener Mann, der mich unterrichtet – aber das ist nicht alles."

Es dauerte eine geraume Zeit bis er mir antwortete.

„Ich bin mir ganz sicher, welche Fragen Sie auch immer dazu haben, die wird er Ihnen selbst beantworten."

„Ich bin mir aber nicht sicher, ob ich das wirklich von ihm hören möchte. Können Sie es mir nicht sagen?"

„Ich bedaure."

Ich nickte.

„Ja klar, habe schon verstanden."

Noch wackelig auf den Beinen und etwas verstört nahm ich meine Kleidung und drehte mich zu ihm um.

„Wo kann ich mich umziehen?"

Den Satz noch nicht ganz ausgesprochen, gefror mir augenblicklich das Blut in den Adern.

„Wann sagten Sie, sei M. Chagny gekommen?"

„Das kann ich gar nicht so genau sagen – weshalb?"

Ich glaubte in diesem „weshalb" einen herausfordernden Unterton gehört zu haben. Offensichtlich hatte er meine Gedanken erraten. Wenn es wirklich, wie ich von Emma wusste, diese Kamera gab, mochte ich mir gar nicht ausmalen, was ich für eine Figur dabei machte, als ich mir dieses Kleid anzog.

Schande – man buddle mir bitte augenblicklich ein tiefes Loch, in das ich mich umgehend verkriechen kann. Wie peinlich ist das denn! Weshalb hatte ich denn bloß nicht daran gedacht? Justus schaute mich fragend und erwartungsvoll an. Ein kleines Lächeln umspielte seinen Mund. Sehr wahrscheinlich hatten sie beide geschaut und sich königlich darüber amüsiert, als ich glaubte allein zu sein. Puhhhh – aber jetzt war es zu spät. Als hätte Justus meine Gedanken erraten, sagte er in einem beruhigenden Ton:

„Machen Sie sich bitte keine Sorgen Sabrine, alles ist in bester Ordnung."

Dennoch war ich leicht aus dem Tritt, und verunsichert fragte ich: „Und, wo kann ich mich jetzt umziehen?"

„Wenn ich bitte vorausgehen darf. Im oberen Stock gibt es ein Gästezimmer, dort können Sie Ihre Kleider wechseln."

Nur wenig später saß ich in meinem Auto und verharrte dort für eine gefühlte Unendlichkeit. Es war kalt, und ich zitterte am ganzen Körper. Das machte doch alles keinen Sinn. In was für eine Geschichte war ich hier nur hineingeraten? Die Bilder kamen schemenhaft wieder hervor, und doch, das Gesicht mit der Maske sah ich ganz deutlich vor mir. Ich schüttelte mich ein paar Mal – so, als wollte ich einen bösen Traum loswerden. Und jetzt? Vielleicht sollte ich mich zügig in Bewegung setzen und nach Hause fahren, bevor ich mir noch eine anständige Verkühlung zuziehen würde. Eine Antwort bekam ich jetzt ohnehin nicht mehr. Mein Inneres war viel zu sehr aufgewühlt, als dass ich den Mut hätte aufbringen können, um zurückzukehren und mich den Tatsachen zu stellen. Aber vielleicht war das Leben ja auch gnädig mit mir, und ich würde morgen früh einfach aufwachen und feststellen, dass ich das alles nur geträumt hatte.

***

„Was machst du denn hier im Dunkeln? Geht es dir nicht gut?"

Sina, mit ihren langen, dunklen Haaren, den großen rehbraunen Augen und einer schlanken Gestalt, die unweigerlich an eine Gazelle erinnerte, hatte die Tür geöffnet und mich auf der Couch sitzend vorgefunden, völlig bewegungslos.

„Was ist passiert?"

Ich starrte sie nur an.

„Hallo? Würdest du bitte mal mit mir sprechen?"

Noch immer unfähig mich zu rühren, erzählte ich ihr von meiner Eskapade bei M. Chagny, und dass ich nicht mehr wisse, ob das jetzt alles wirklich so war, oder ob ich mir einen Teil davon nicht auch nur zusammen fantasiert hatte.

„Ja, Mama, zuzutrauen wäre es dir. Du machst Sachen, du und dein Phantom der Oper. Kein Wunder, irgendwann musst du ja mal überschnappen. Weißt du, seit du bei ihm bist, machst du nichts anderes mehr als diese Lieder singen. Das kann nicht gesund sein. Und überhaupt, wie kamst du nur dazu, einfach dieses Kleid anzuziehen? Kein normaler Mensch macht so etwas! Nimm es mir bitte nicht übel, ich meine, du kannst wirklich schon sehr gut singen, aber vielleicht kannst du ja auch mal etwas anderes hervorbringen als immer diese Arien der Christine. Ist deinem M. Chagny das nicht auch schon zu viel?"

„Du wirst erstaunt sein, aber bei ihm singe ich absolut nichts aus dem Phantom der Oper. Bin ich wirklich so schlimm?"

„Mama, schlimmer!"

„Ja, vielleicht hast du Recht. Meinst du, ich kann da nochmals hingehen?"

„Also, ich an deiner Stelle würde mich das nicht mehr trauen."

„Aber vielleicht möchte ich auch wissen, was dahinter steckt. Hinter dieser Maske, meine ich."

„Ja, Mama, mach du mal – ich gehe jetzt ins Bett. Mein Tag war tierisch anstrengend. Ich erzähle dir morgen, wie es mir heute so ergangen ist. Du bist sicherlich nicht mehr dazu in der Lage, das jetzt aufzunehmen. Schlaf gut, und träume mal von etwas anderem als...", flötete sie mir ironisch entgegen und war verschwunden.

Sie nahm mich nicht ernst – wie auch, ich tat es ja selbst nicht einmal mehr.

Giovanni, unser Langhaarfusselzentralheizungskater, streifte mir um die Beine.

„Na, Süßer, magst du mit mir ins Bett gehen?"

Das ließ er sich nicht zwei Mal sagen. Abends zu fortgeschrittener Stunde setzt er sich immer provokant in die Mitte des Wohnzimmers und starrt mich an. Sobald ich dann aufstehe, rennt er maunzend in Richtung Schlafzimmer und wartet dort auf mich. Wehe, ich mache etwas anderes, als umgehend ins Bett zu gehen. Er kann dann lautstark insistieren und nerven. So rannte er auch jetzt vor zum Schlafzimmer und machte es sich im Bett so richtig gemütlich. Als ich völlig erschöpft in die Kissen sank, kuschelte er sich an meine Seite, streckte mir schnurrend seine weißgrauen Pfötchen entgegen und bedachte mich mit einem wundervollen Blick aus zwei gritzegratze blauen Augen.

Noch lange lag ich wach und malte mir alle möglichen Bilder vor meinem geistigen Auge. Die Worte Emmas fielen mir

wieder ein. Er ist ein toller Mann. Dem konnte ich nur bei-
pflichten. Wenn mir meine Sinne keinen Streich gespielt hatten, dann begegnete ich einer unglaublich attraktiven
Erscheinung. Er hatte etwas Magisches an sich, etwas Mäch-
tiges, etwas das süchtig machen konnte. Letztendlich kam
ich zu dem Schluss – ich hatte wirklich einen Knall.

Die Herausforderung

ERIC

Manchmal veranlassen verwirrte Gefühle zu seltsamen Handlungen. Ganz gleich, was in meinem Leben bisher geschehen war, ich nahm jegliche Herausforderungen mit einem glasklaren und nüchternen Verstand an. Nichts konnte mich wirklich aus der Ruhe bringen. Aber der letzte Abend mit Sabrine hatte mich Lügen gestraft.

Justus hatte sie bereits angemeldet. Er hatte gesehen, wie sie mit dem Auto die Einfahrt herauf kam. Ich nahm mir rasch ein paar Unterlagen, die ich angestrengt versuchte zu studieren. Mir war bei dieser Begegnung etwas flau im Magen. Das Zusammentreffen im Studio, wo sie mich durch ihren Gesang betört hatte, war mir noch lebhaft in Erinnerung. Aber das Versteckspiel machte jetzt keinen Sinn mehr, und so entschied ich mich, ihr persönlich gegenüberzutreten. Wahrscheinlich war ich so in diese Bilder versunken, dass ich erst gar nicht bemerkte, wie sie an der Tür stand, staunend über das, was sie sah, aber auch unsicher, ob sie etwas sagen sollte oder nicht. Ihre Hände in den Taschen ihres kurzen Rocks vergraben, sah sie mich unverwandt an.

„Guten Abend", sagte ich und versuchte so unbeschwert wie möglich zu klingen. Lächerlich, mir saß nämlich ein dicker Kloß im Hals.

***

Alles war wie sonst, die Straße entlang, der Weg zu seinem Haus, und doch war nichts mehr so wie bisher. Dieses Bild, diesen Mann mit der Maske, bekam ich seit der letzten Begegnung nicht mehr aus dem Kopf. Ich war doch nicht verrückt. Eine ganze Weile verharrte ich noch in meinem Wagen, bis ich endlich ausstieg und ganz langsam die Treppen zum Haus hinaufging. Justus hatte mich wohl schon gesehen, denn er öffnete mir bereits die Tür.

„Hallo Justus."
Ich versuchte heiter zu wirken und lächelte ihn freundlich aber etwas unsicher an.
„Treten Sie ein, wir haben schon auf Sie gewartet."
Er führte mich wie immer in die Halle und nahm mir den Mantel ab. Schon war ich auf dem Weg zur Treppe, die hinab in das Studio führte, als er mich zurückhielt und darum bat:
„Warten Sie, Sabrine – der Unterricht findet heute in seinen Privaträumen statt."
Ohnehin schon kolossal nervös, brachte mich diese Nach-

richt fast völlig aus der Fassung. Ich drehte mich zu ihm um. „Ach, wirklich?" mehr brachte ich nicht hervor.

Er öffnete diese wunderschöne Flügeltür, die mir bisher keinen Blick in das Innere frei gegeben hatte und ließ mich an sich vorbei in den Raum gehen. War ich von dem Interieur, was ich bisher gesehen hatte fasziniert gewesen, so übertraf der jetzige Eindruck alles. Ich dachte immer, mein Wohnzimmerfenster, das sich über die gesamte Südseite erstreckte, sei groß. Hier schaute ich nun durch mindestens drei so große Fenster hindurch in den Garten. Viel konnte ich nicht erkennen, da es bereits dunkel war und die angebrachten Scheinwerfer nur punktuell den Garten ausleuchteten. Die Einrichtung dann war eine Mischung aus Weiß, Glas und vereinzelten exquisiten dunklen Möbelstücken indischer Machart. Die ausladenden weißen Polster hoben sich von einer schlammfarbenen Wand ab, ähnlich wie die im Eingangsbereich. Bei dem Anblick fühlte ich mich in ein ganz eigenes Universum versetzt, dabei hätte ich „ihn" fast übersehen – an seinem weißen Flügel.

Wie angewurzelt stand ich einfach nur da, staunend, mit offenem Mund wie ein kleines Kind, das zum allerersten Mal einen bunten Zauberer in Aktion sieht. Durch ein kaum hörbares Geräusch zuckte ich schier zusammen und blickte nun bewusst in seine Richtung. Ich bekam Schnappatmung, wie Sina jetzt sicherlich sagen würde. Da saß dieser Mann, der mir erst unlängst im Studio begegnet war und mich durch seinen Gesang hypnotisiert hatte. Würde ich hier jetzt nicht ihm gegenüber stehen, ich wäre absolut davon überzeugt, meine Synapsen hätten mir einen gehörigen Streich gespielt und fantastische Bilder vorgespielt.

Er fand als Erster Worte zur Begrüßung. Ich dagegen sagte gar nichts – machte ganz sicher nur eine sehr merkwürdige Figur. Da ich es von zu Hause gewohnt war, an der Wohnungstür die Schuhe auszuziehen, schlupfte ich angesichts der dicken hellen orientalischen Teppiche ganz automatisch aus meinen Pumps mit Absätzen, die ich zur Not auch als Mordwerkzeug hätte benutzen können. Ganz ungeniert beobachtet er mich dabei und meinte nur:
„Wenn es Ihnen gefällt, fühlen Sie sich hier wie zu Hause."
Erst jetzt, nachdem ich nochmals seine Stimme vernahm, tauchte ich aus einer Art Trance wieder auf.
„Oh, verzeihen Sie, das ist eine alte Gewohnheit von mir."

Wir sahen uns wortlos an, so, als würden wir uns mustern, um sicher zu gehen, dass das, was wir sahen auch wirklich ist. Aus dem Staunen nicht herauskommend, blickte ich in sein Gesicht. Wie an jenem Abend trug er eine Maske. Diese hier war aber nicht weiß, sondern eine Mischung aus grau und olivgrün, was sich von der restlichen normalen Hautfarbe interessanterweise harmonisch abhob. Das Material konnte ich auf die Entfernung nicht erkennen – wie immer, ohne Brille. Dreiviertel seines Gesichtes blieb damit komplett verdeckt. Nur der Bereich unterhalb der Nase, also sein

Mund und der Bereich unterhalb der Wangenknochen waren sichtbar. Sein dunkles, mit grauen Strähnen nicht zu langes Haar trug er im Nacken zu einem Zopf gebunden. Noch wusste ich die Situation nicht richtig einzuschätzen. Vielleicht war er ja auch einer jener Menschen mit einem kleinen Spleen. Ich meine, in Zeiten von Crow mit Panda-Maske – weshalb sollte er sich nicht auch eine Maske zulegt haben, um besonders aufzufallen, ohne dass man sein Gesicht erkannte? Ich fand die Crow-Maske immer hässlich, aber sie ist und bleibt ein einprägsames Mittel, um Aufmerksamkeit zu erregen. Langsam schüttelte ich meinen Kopf. Ein hoffnungsloser Versuch, endlich aus diesem seltsamen Traum zu erwachen.

„Ich habe mich Ihnen persönlich noch nicht vorgestellt – Eric de Chagny. Aber das wissen Sie sicherlich schon."
Er war aufgestanden verharrte aber am Platz.
Ihn noch immer anstarrend sagte ich nur:
„Warum jetzt?"
„Warum was jetzt?",
fragte er, ohne mich dabei aus den Augen zu lassen.
„Gibt es hier auch eine Kamera?"
Ich schaute mich suchend um.
„Ich meine diese Spaßkamera in Endlosschleife. Wie heißt das doch gleich noch? Ach ja, versteckte Kamera – ja genau!"
Seine Augen verengten sich ein wenig.
„Ich sehe, Sie können nicht nur singen, sondern haben auch

85

noch Humor, eine gelungene Mischung fürwahr."

Seine Intonation sprühte förmlich vor Ironie. Ohne weiter darauf zu achten, fuhr ich fort:

„Vielleicht habe ich mich ja auch nur in so was wie eine Truman-Show verirrt und finde den Ausgang nicht mehr. Kennen Sie die Truman-Show? Sie wissen wo der Ausgang ist? Was ich eigentlich damit sagen will ist, weshalb habe ich wochenlang nur Ihre Stimme hören dürfen? Was ist jetzt so anders, dass wir uns persönlich gegenüberstehen?"

Meinen Blick abgewandt, hatte ich aufgehört ihn zu taxieren und begann, in diesem mir endlos anmutenden Wohnzimmer herumzugehen. Dabei konnte ich kaum den Blick von all den schönen Kostbarkeiten abwenden, die mich so sehr faszinierten.

„Sie vergessen, meine Liebe, Sie selbst haben es so gewollt. Sie waren es doch, die mich mit ihrem Gesang wie ein Schlangenbeschwörer aus dem Korb gelockt hat."

„Wie bitte?"

Ich hatte mich ihm wieder zugewandt. Er kam auf mich zu. Automatisch ging ich ein paar Schritte zurück. Auf seine imposante Erscheinung in schwarzen Hosen, einem weißen Hemd über das er eine graue Weste trug, war ich wohl nicht vorbereitet. So sehr ich mich auch anstrengte, ich konnte absolut keine Ähnlichkeit zu einer hässlichen Kröte mit exotischem Lockruf feststellen. Ganz im Gegenteil, in mir breitete sich das Bild eines faszinierenden Mannes mit einer betörenden Stimme aus. Um jetzt aber nicht wie ein dummer Backfisch dazustehen, dem allein vom Anblick dieses Mannes schon das Wasser im Munde zusammen lief, suchte ich krampfhaft nach einem unverfänglicheren Thema. Meine Gehirnzellen schienen nur vollkommen leergefegt zu sein angesichts dieser unerwarteten Situation.

„Oder möchten Sie mir vielleicht sagen, dass es nie Ihre Absicht war, mich herauszufordern?"

Langsam wurde es mir etwas unbequem, und statt herauszufinden, ob er überhaupt über eine Reserve verfügte, fragte ich unvermittelt:

„Wann erhalte ich denn eine Rechnung von Ihnen bezüglich des Unterrichts?"

So ganz konnte ich es nicht ausmachen, aber mir war, als würde er sich hinter seiner Maske amüsieren.

„Wenn Sie wirklich gut singen und erfolgreich sind, ist mir das Lohn genug."

Wie edelmütig. Und schon platze es aus mir heraus:

„Na ja, wenn dem nicht so sein sollte, kann ich Sie ja immer noch im Gegenzug im Tango tanzen unterrichten. Das kann ich nämlich wirklich gut."

Sabrine, sagte ich zu mir selbst, du hast wirklich eine Meise, du kannst doch diesem Mann nicht so ein Angebot machen. Zu spät!

„Das ist eine wirklich gute Idee, ich komme zur gegebenen Zeit gerne darauf zurück. Was können Sie denn sonst noch so, wenn Sie nicht gerade Tango tanzen oder fremde Männer irritieren?"

Er hatte sich einen Stuhl genommen und darauf gesetzt.

„Ach, habe ich Sie irritiert?"

„Wer sagt, dass ich von mir spreche?"

Das Gespräch nahm nun doch eine ganz eigene, seltsame Wendung. Wobei ich mich fragte, wollte ich das – ihn irritieren? Ja, was wollte ich wirklich mit meinen Aktionen bezwecken? Ihn aus der Reserve locken und nicht wissen, was dann dahinter zum Vorschein kam? Aber wie auch immer, wenn ich ehrlich war, so fühlte ich mich richtig gut damit, da mir das ganz offensichtlich gelungen war, auch wenn mir die Konsequenzen zum jetzigen Zeitpunkt nicht klar waren. Wenn mir der Vergleich mit dem Schlangenbeschwörer auch etwas weit hergeholt schien.

So fragte ich gedehnt: „Von wem sprechen Sie dann?"

Er stand wieder auf, ging an mir vorbei zu einem dieser großen Fenster und schaute hinaus, den Rücken mir zugewandt. Würde der kaum wahrnehmbare Luftzug, der in dem Augenblick zwischen uns entstanden war, aus nur einem einzigen Funken bestanden haben, ich wäre direkt verglüht.

„Ja", sagte ich, „vielleicht ist es besser, wenn ich wieder gehe."

„Fabien haben Sie mehr als irritiert. Er ist ganz vernarrt in Sie."

„Er ist doch viel zu jung!", rief ich aus.

„Es gibt Frauen, die lieben junge Männer."

Dabei drehte er sich wieder zu mir um und sah mich an.

„Ja, und es gibt Männer die sich ihr Ego damit bestätigen

müssen, indem sie sich eine 20-Jährige ins Bett holen – und die gibt es wie Sand am Meer ab 40 aufwärts bis ins Greisenalter."

Das war natürlich eine etwas konstruierte Anspielung.

„Sprechen Sie aus eigener Erfahrung?"

„Wie bitte? Hörte sich das gerade so an? Nein, natürlich nicht. Ich brauche keinen Mann, um mein Ego zu bestätigen, um glücklich zu sein. Ich habe meine Tochter, die ich über alles liebe, meine Katzen, die Musik und die Malerei. Was brauche ich da jemanden, der bewundert werden will? Jemanden, der sich neben mir eine Geliebte halten muss, weil die Luft angeblich raus ist. Für den ich nur noch gut genug bin, ihm den Haushalt zu führen und den Rücken frei zu halten, weil er ja so beschäftigt ist."

Ganz langsam kam er auf mich zu und schaute mir prüfend, mit einem Blick, der tief in die Abgründe meiner Seele vorzudringen schien, in die Augen.

„Das klingt aber sehr nach Enttäuschung."

„Sehen Sie mich an, können Sie sich vorstellen, ich würde mich zu so etwas erniedrigen lassen?"

Aus heiterem Himmel und völlig ohne Vorwarnung fing er an laut zu lachen. Dieses Lachen hatte etwas Elektrisierendes.

„Nein, nein, danach sehen Sie wirklich nicht aus!"

„Wie schön, dass ich Ihnen zu einem Heiterkeitsausbruch verhelfen konnte. Ich dachte nämlich schon, Sie wären ein gänzlich emotionsloses Wesen."

Schlagartig war er wieder ernst.

„Nein, das bin ich nicht."

Er wandte sich von mir ab und setze sich an den Flügel. Für einen langen Augenblick herrschte eine betretene Stille.

„Verzeihen Sie", sagte ich, „ich wollte Sie nicht beleidigen."

„Das haben Sie nicht."

Ich nickte wortlos. Noch immer scheinbar unmotiviert im Raum stehend fühlte ich mich seltsam befangen. Mein Gesicht glühte, sehr wahrscheinlich in einem tiefen Rot. Ich war es einfach nicht mehr gewohnt, einem solchen Mann gegenüberzustehen. In meinem Leben gab es nicht sehr viele seines Formats, und ich hatte selten den Mut, sie für mich zu gewinnen – so, als fühlte ich mich ihnen gegenüber nicht ebenbürtig, und da änderte diese Maske auch nichts daran.

Ich holte tief Luft:

„Und was machen wir jetzt?"

„Ich würde sagen, wir setzen jetzt die Gesangsübungen fort, die Sie, so nehme ich doch an, ausgiebig geübt haben."

Dabei schaute er mich herausfordernd an.

„Ansonsten bin ich schon sehr gespannt darauf, wenn Sie genötigt sein werden, mir das Tangotanzen beizubringen."

Er machte eine Pause und fuhr dann ernsthaft fort:

„Sie müssen üben, üben, üben, bis Ihnen die Musik in die Seele eingebrannt ist, dann sind Sie gut, dann haben Sie Erfolg."

Dieses Mal ging ich auf ihn zu, innerlich noch etwas aufgewühlt und nicht wissend, was ich von dieser Begegnung halten sollte. Ein kaum wahrnehmbares Lächeln umspielte seine Lippen, und in diesem Augenblick war mir klar, jetzt wollte ich es wissen, wer in diesem Spiel als Sieger und wer als Verlierer hervorgehen würde.

„Ok", sagte ich, „dann fangen wir doch an."

Die Castingshow

SINA

Schon seit ein paar Wochen sitzt sie einfach nur da, starrt Löcher in die Luft oder stochert lustlos in ihrem Essen herum. Wenn ich es nicht besser wüsste, würde ich sagen, sie ist einer ernsthaften Krankheit erlegen – sehr wahrscheinlich ist es auch so etwas Ähnliches. Sie wirkt auf mich wie ein unglücklich verliebter Backfisch. Ich kann das beurteilen, bin ja selbst noch nicht so lange aus dem Alter heraus.

Dass ihr die Musik des Phantoms der Oper noch nicht zu den Ohren herauskommt, ist mir unerklärlich. Ganz bestimmte Passagen aus dem Musical werden rauf und runter gesungen. Ja, ich gebe ja zu, sie singt wirklich nicht so schlecht, aber ich kann es einfach nicht mehr hören. Wann immer sie der Musik erlegen ist, setze ich mir die Kopfhörer auf und höre meine eigene.

Letzte Woche dann überraschte sie mich mit einem völlig neuen Song – und tatsächlich, einmal kein Stück aus dem oder irgendeinem anderen Musical. Man mag es kaum glauben. Sie gab eine Interpretation von Cecilia „The Lion and the Unicorn" wieder.

Ich war gerade nach Hause gekommen. Als ich das Wohnzimmer betrat, stand sie am Fenster und sang – sie schien irgendwie nicht mehr von dieser Welt zu sein. Aber ihre Stimme, jetzt konnte ich es hören, sie hatte wirklich enorm dazugelernt, war so eindringlich, dass ich eine Gänsehaut bekam.

Da sie mich gar nicht wahrnahm, holte ich mein Handy aus der Tasche und filmte sie dabei. Ich musste diesen Augenblick einfach festhalten. Vielleicht auch deshalb, um es ihr einmal vorzuspielen, damit sie sich selbst hören konnte. Als sie geendet hatte, klatschte ich laut Applaus.

„Wow, das war ja richtig cool, so was müsstest du mal auf einer Bühne singen."
„Hey Sina, schön, dass du da bist – ja, findest du, dass das gut klingt?" Versonnen drehte sie sich zu mir um.
„Ja, klar – dieser M. Chagny scheint aber dein Talent gar nicht wertzuschätzen, oder kam er schon mal auf die Idee, dich in dieser Richtung zu protegieren?"
Lächelnd ging sie an mir vorbei in die Küche und tat so, als hätte ich nichts gesagt.

„Oh Mama, du musst mal raus aus deinem Traum, aus deinem Selbstzweifel und weg von diesem Mann. Mir scheint, er tut dir einfach nicht gut."

„Das würde ich jetzt aber nicht so streng sehen!"

Dabei lächelte sie versonnen vor sich hin.

Der Wasserkocher machte aufdringliche Geräusche, und ein herrlicher Duft von frisch aufgebrühtem Tee stieg mir in die Nase. Auf dem Teppich, in große Kissen gekuschelt, ließen wir den Tag Revue passieren. Entspannt erzählte ich meine Geschichten, die ich so über den Tag hin erlebt hatte. Mum hingegen konnte sich kaum bremsen und brach immer wieder in herzhaftes Gelächter aus. Dazu muss man wissen, ich hatte immer sehr viele Geschichten zu erzählen. Während ich von Florian und seinem unkonventionellen Umgang mit den Professoren während der Vorlesungen berichtete oder von Karin und ihrer kleinen Tochter, die der gestressten Mutter nur schlaflose Nächte bereitete, kam mir plötzlich die Idee.

Großer Gedanke – kleine Tat. Den Kurzfilm, den ich von meiner Mutter gemacht hatte, schickte ich nach Berlin zu einer bekannten Castingshow. Ich wollte einfach mal sehen, ob ihr Talent ausreichen würde, um dort vorzusingen. Doch mehr noch, ich wollte sie aus dem Bann dieses Mannes herausholen. Persönlich hatte ich Eric bisher nicht kennengelernt. Allein nach dem, was Fabien über ihn zu erzählen hatte, konnte ich mich für M. Chagny nicht sonderlich erwärmen, ohne genau zu wissen, warum. Für mich war nur eines sicher, meine Mum musste unbedingt mal etwas anderes sehen. Es vergingen nur wenige Tage, und ich bekam eine Nachricht aus Berlin.

Ganz offensichtlich war nicht nur ich von ihr so fasziniert, denn mit dieser Post erhielt sie eine Einladung zu den „Blind Auditions." Zu Recht freute ich mich über meinen Erfolg.

Damit fing der wirklich schwierige Teil aber erst an. Ohne meine wahren Absichten erkennen zu lassen, kostete es mich schon einige Herausforderungen, sie dazu zu bewegen, mich nach Berlin zu begleiten. Also lockte ich sie mit einer Überraschung zu einem gemeinsamen Wochenende. Natürlich erfand sie alle möglichen Ausreden, weshalb wir das nicht unbedingt an diesem ganz bestimmten Wochenende tun müssten. Es gab noch so viele andere Termine für ein Spaßwochenende. Der Verzweiflung nahe, bekam ich Unterstützung von Emma. Sie hatte ich eingeweiht, und Emma war bereit, uns zu begleiten.

Endlich, der ersehnte Freitag war gekommen, an dem das Casting organisiert war. Nun galt es, sie erneut von meinem Vorhaben zu überzeugen und dazu zu bringen, sich in das Auto zu setzen.

„Du wirst sehen, Sabrine, das wird einfach ganz toll – nur wir drei Weiber. Wir werden eine Menge Spaß haben. Gehen shoppen, schön essen und tanzen", versuchte Emma mich zu unterstützen. Entgegen ihrer bisherigen Entscheidung für den Trip, kippte Mum ganz plötzlich wieder um.

„Mir ist aber nicht nach shoppen und schon gar nicht nach tanzen. Ich wollte dieses Wochenende dazu nutzen, einmal ein paar eigene Kompositionen zu entwickeln", konstatierte sie recht ungehalten.

„Oh Sabrine, seit wir uns kennen beschäftigst du dich mit nichts anderem als deiner Musik. In dieser Zeit kenne ich dich nur genau so, als gäbe es nichts anderes mehr für dich. Also los jetzt – pack etwas Nettes zum Anziehen ein, und wir machen uns auf den Weg."

„Aber warum denn ausgerechnet Berlin? Das können wir doch auch hier in Hamburg haben, und überhaupt, wer passt denn auf Giovanni und Alessi auf?"

„Das habe ich bereits organisiert", schaltete ich mich jetzt ein.

Unsere Nachbarin Elisabeth, eine ältere, alleinstehende Dame, kümmerte sich immer gerne um unsere Miezen. Es lenkte sie von ihrem schmerzlichen Verlust ab. Ihr Mann war vor einem Jahr gestorben, was sie ganz schön aus der Bahn geworfen hatte. Da unsere Wohnungen direkt nebeneinander lagen, ergab es sich ganz wie von selbst, dass wir uns um sie gesorgt haben. Elisabeth dankte es uns mit ihrer herzlichen Art und dem Sitten unserer Miezen.

„Aber am Freitagnachmittag sind die Autobahnen immer so voll, und dann wird es so spät bis wir dort ankommen – und außerdem – wo willst du denn überhaupt übernachten?"

„Oh Mama, das habe ich alles schon organisiert. Darum musst du dich gar nicht kümmern. Jetzt mach hinne und komm!"

Emma hatte sich zwischenzeitlich an dem Schrank von meiner Mutter zu schaffen gemacht und eines ihrer besonderen Kleider herausgeholt. Heimlich packte sie es in eine Reisetasche, die sie eigens zu diesem Zweck mitgebracht hatte.

„Na gut, du gibst ja doch keine Ruhe. Aber morgen sind wir wieder zurück – versprochen?"

„Ja, klar Mama, versprochen."

Das war ein schönes Stück Arbeit, aber es hatte sich gelohnt. Bei klarem Wetter und weniger verstopften Straßen, als wir zuerst angenommen hatten, erreichten wir am späten Abend das Hotel Hollywood Media in Berlin. Bis auf die heimlich gepackte Reisetasche von Emma hatten wir rasch unsere Sachen dort untergebracht.

Im Keno am Oliver-Platz erwarteten uns Livemusik und ein gemütlicher Tisch am Fenster. Ich sah das Leuchten in den Augen meiner Mutter.

„Sina, das ist ja wunderbar, hier waren wir schon Ewigkeiten nicht mehr."

„Tja, siehste, aber du wolltest erst gar nicht mitkommen. Du kannst mir ruhig vertrauen."

Das mit dem Vertrauen hat sie mir beigebracht. Wenn ich irgendwo so gar nicht mit hin wollte, verstand sie es auf ihre ganz eigene Art, mich eines Besseren zu belehren. Und was soll ich sagen, sie hatte es immer auf den Punkt gebracht, und ich war glücklich, ihr nicht widerstanden zu haben. Der Abend wurde so richtig schön, allein schon deshalb, weil meine Mutter unbeschwert und fröhlich war. Endlich!

Das Studio konnte man schon von weitem sehen. Ein großes Gebäude, an dem unübersehbar „Studio Berlin" prangte. Ob meine Mutter wohl Verdacht schöpfte? Ein paar Mal hatte sie schon gefragt:

„Und wo wollt ihr jetzt einkaufen gehen? Das sieht mir hier nicht gerade nach einem Shopping Center aus."

„Jetzt wart es doch einfach mal ab – wir haben da so eine Überraschung für dich."

Ich versuchte ruhig zu bleiben.

„Ich mag keine Überraschungen. Das geht meistens schief, sowohl für den, der die Überraschung überbringt, als vor allem auch für den, der überrascht werden soll!"

„Zu spät!", rief ich aus und parkte das Auto direkt vor dem Gebäude an der Straße.

„Willst du zum Film?", war ihre ungläubige Frage.

„Nee, jetzt komm schon."

Emma hatte sich zurückgehalten. In ihrem Gesicht zeigte sich ein ungutes Gefühl. Offenbar war ihr inzwischen etwas mulmig geworden.

Am Empfang wurden wir nach dem Namen gefragt.

„Ah, ja richtig – Forster, Sabrine. Moment mal bitte."

Ein junger Mann kam um uns abzuholen. Er führte uns in eine Art Lobby, wo wir Platz nehmen konnten.

„Man wird sich gleich um euch kümmern – nur einen

Augenblick", dabei strahlte er mich an.

„Bist du die Interpretin?", fragte er neugierig.

„Nein, nein – das bin ich nicht."

Dann schaute er zu meiner Mutter und Emma.

„Schade!"

„Was war das denn jetzt?", fragte sie inzwischen skeptisch. Doch bevor ich noch irgendetwas erklären konnte, kam auch schon ein junger Mann Namens David, der das Interview führte. Da ich darum gebeten hatte, meine Mutter möge inkognito bleiben, waren keine Kameras dabei. Die Bombe platzte trotzdem.

„Hallo!", rief er aus und begrüßte uns in einem verbindlichen, lockeren Ton. Ich übernahm den Part und stellte uns vor.

„Ah, du bist also Sabrine mit der unglaublich tollen Stimme. Das hat sich hier schon rumgesprochen."

Ok, jetzt war es raus. Ich hatte plötzlich Schnappatmung.

„Sina, was hat das zu bedeuten?"

Freundlich, aber mit blitzenden Augen schaute sie mich an. Stotternd und unsicher versuchte ich es ihr zu erklären. Aber dieser Versuch wurde im Keim erstickt, denn sie gab mir erst gar keine Gelegenheit dazu.

„Und du hast das natürlich gewusst", konstatierte sie süffisant und schaute Emma dabei an.

David amüsierte sich köstlich und fragte dann so Sachen wie: „Ach wie, du wusstest gar nichts davon, dass du hier heute singen sollst?"

„Nein, das wusste ich nicht, und eigentlich habe ich auch nicht die Absicht, das zu tun!"

Sie blieb immer noch freundlich und sehr charmant. Und da sie ganz offensichtlich seinem Charme ebenso wenig etwas entgegenzusetzen hatte wie er ihrem, verschwanden sie beide in eine Sitzecke und begannen zu plaudern. Was blieb ihr aber jetzt auch noch anderes übrig.

Ich setzte mich etwas abseits auf eine Couch. Emma war losgezogen, um einen Kaffee für uns zu organisieren.

„Ich brauche jetzt unbedingt etwas Starkes, das meine Nerven wieder beruhigt", flüsterte sie mir ins Ohr.

Ob Kaffee allerdings so das richtige Mittel dafür war, bezweifelte ich. Während Emma davonstapfte, lehnte ich mich in die Polster zurück und schaute den beiden bei ihrer Unterhaltung zu.

Meine Mutter, eigentlich wirkte sie zerbrechlich, und doch ist sie so stark. So lange ich denken kann, hat sie unser Leben alleine gemanagt und das trotz aller Hindernisse sehr erfolgreich. Sie liebt alles, was schön ist. Das Haus, in dem wir wohnen, die Einrichtung unserer Wohnung, ihre Kleider und selbst unsere Katzen sind wunderschön. Am Abend, wenn sie zu Bett geht, kämmt sie sich ihre Haare, zieht sich schöne Wäsche an, und wenn ich frage: „Wofür oder für wen machst du das? Du hast doch augenblicklich gar keinen Typen, der das zu schätzen wüsste", antwortet sie mir nur: „Meine liebe Sina, eines ist ganz wichtig – egal, ob du einen

Typen hast oder nicht, mache es vor allem für dich selbst. Du musst dich selbst schön finden, dann wird auch der Mann, mit dem du zusammen bist das ebenso tun. Vor allem geht das dann auch in Fleisch und Blut über, sodass du, wenn du in die Situation kommst, in der du einen Typen hast, nicht mehr darüber nachdenken musst, wie du für ihn anziehend bleibst. Glaub mir, gerade im Bett ist es total wichtig, wie du aussiehst."

„Oh Mama, was für ein Vortrag. Kannst du das bitte nochmal wiederholen, ich habe den Anfang schon wieder vergessen."

Dann streckte sie mir die Zunge entgegen, und wir fingen lauthals an zu lachen. Weshalb sie es mit meinem Vater nur wenige Jahre ausgehalten hat, habe ich nicht wirklich verstanden. Wobei ich mich selbst kaum noch an die Zeit mit ihm erinnern kann – weiß aber, meine Mum war oft sehr traurig, da er selten zu Hause war. Als ich sie einmal dazu befragte, meinte sie nur: „Dein Vater und ich – wir sind uns nur begegnet, um dich in dieses Leben zu führen, und ich habe versprochen, dir die Welt zu zeigen." Ganz toll. Aber dass ich gerne einen Vater gehabt hätte, der gerne für mich da war, stand wohl irgendwie für beide nicht zur Debatte.

Später einmal fand ich ihre alten Fotoalben und machte dort den einen oder anderen attraktiven Mann aus. Jene, mit denen sie eine Beziehung hatte, waren immer „schön", oder besser gesagt attraktiv. Sie hatte quasi ein Monopol auf die Schönheit gepachtet. Selbst in ihrem Job war sie auf die eine oder andere Art mit Schönheit umgeben.

Emma drückte mir einen Kaffee in die Hand.

„Hier meine Süße, für dich. Wie läuft's denn?"

Damit war ich aus meinen Gedanken gerissen.

„Ich glaube ganz gut. Sieht so aus, als würden sie sich blendend verstehen."

„Ja prima, dann wäre die erste Hürde genommen. Ich frage mich, was sie wohl singen wird, so unvorbereitet?"

„Na ja, ich hoffe den Song, den ich eingeschickt habe. Wir werden sehen. Bei ihrer Spontanität weiß man nie so genau, was in ihrem Kopf herumschwirrt."

Bis zu ihrem Auftritt erzählte mir Emma noch so einige amüsante Geschichten, die sie zusammen mit Gérard im Theater erlebt hatte. Ein netter Versuch mich abzulenken. Ich war so nervös. Denn neben diesem glorreichen Einfall, meine Mutter hierher zu schleppen, wollte im Laufe des Abends Fabien noch auftauchen. Bei dem Gedanken daran, hatte ich meine Zweifel, ob das so eine gute Idee war. Auch wenn die beiden einige gemeinsame Aktivitäten unternommen hatten, beobachtete ich doch, wie sie sich von Fabien immer mehr zu distanzieren versuchte.

Dann war es soweit. Ich weiß gar nicht mehr, wer von uns beiden aufgeregter war. Wortlos ergriff ich ihre Hand, spürte ihre Nervosität, denn sie war klamm und kalt. Durch ihr versöhnliches Lächeln jedoch entspannte ich mich wieder. David stand da und nickte ihr zu. Nun war es soweit, sie wurde auf die Bühne geführt.

Auf dem großen Bildschirm in einem kleinen Studio konnten wir die Szene auf der Bühne live mitverfolgen. Die

Scheinwerfer waren ausgeschaltet und das Publikum still. Selbst die Jury, die zwischendurch eingeblendet wurde, schaute sich fragend und achselzuckend an. Der Vorhang, der den Bühnenausschnitt, auf dem meine Mutter stand, verdeckte fiel herunter, und eine junge Frau mit Geige begann zu spielen.

„The Lion and the Unicorn."
Jetzt, wo ich ihre Stimme hörte, ohne sie zu sehen, hatte ich für einen Augenblick das Gefühl, dass dieser Song wohl genau zu Eric und meiner Mutter passte, wie eigens dafür geschrieben – wenn das mit dem „maiden" auch nicht so ganz hinhaute. Vielleicht hatte sie es deshalb aber auch irgendwann gefunden und begonnen zu singen, oder hatte dieser Song sie gefunden?

Der Ire aus der Jury war der erste, der buzzerte und sich umdrehte, noch bevor der Stuhl in seiner entsprechenden Position war. Eines der Mitglieder hatte sogar Tränen in den Augen. Schlussendlich hatten sich alle umgedreht und warteten gespannt, bis sie das Lied zu Ende gebracht hatte. Sandra, ebenfalls Jurymitglied, war die erste, die Worte zu dieser Darbietung fand.
„Mein Gott, was für eine Stimme. Hört sich an, als sei sie nicht von dieser Welt. Wer, oder besser was, bist du?"
Der Vorhang wurde nach oben gezogen, und da stand sie. In ihrem kurzen schwarzen Kleid mit der Bolero Jacke darüber und ihren High Heels, an denen die Absätze silbern

schimmerten, schenkte sie uns ihr schönstes Lächeln. Von ihrem eigenen Erfolg überwältigt, fand sie kaum Worte.

„Ich bin Sabrine und komme aus Hamburg."

„Wer hat dich gelehrt so zu singen?", fragte jetzt ein anderer aus der Truppe.

Sie zögerte einen Augenblick und sagte dann:

„Ich denke, ein Meister seines Fachs."

„Ja, ganz offensichtlich."

„Kannst du denn mit dieser Stimme auch etwas aus unserem Genre singen?", fragte Sandra.

„Ja, das kann ich."

Alle sahen sich an, und Sandra meinte:

„Ok, dann lass doch mal hören, wenn das jetzt auch vom Ablauf so nicht vorgesehen war."

Ohne irgendeine Begleitung begann sie erneut zu singen. Dieses Mal war es aus dem Repertoire von Sandra und ihrer Gruppe Sonnenstaub ein wunderschönes Liebeslied – die ersten beiden und nach dem Refrain die letzte Strophe – ganz klar. Es war ja auch der Song schlechthin.

Bei mir hätten da schon sämtliche Glocken klingeln müssen. Fabien, der zwischenzeitlich unbemerkt das Studio betreten hatte, während sie schon auf der Bühne war, stand da mit weit geöffnetem Mund. Er machte eine wirklich komische Figur. Ob er wohl hoffte, dass meine Mutter ihm diesen Song gewidmet hatte? Sie bekam begeisterten Applaus, und alle vier aus der Jury buhlten um ihre Gunst. Mir war schon klar, dass sie sich für Sandra entscheiden würde. Die freute sich dann auch diebisch über ihren Erfolg.

Es war spät geworden und an eine Heimfahrt nicht mehr zu denken. Also buchten wir eine weitere Nacht in dem Hotel. Fabien leistete uns Gesellschaft, indem er mit zwei Flaschen Champagner vor unserer Tür stand und um Einlass bat. Sollte meine Mutter über das Erscheinen von Fabien auch überrascht gewesen sein, sie zeigte es nicht. So hockten wir vier auf einem unserer Betten und feierten ihren Erfolg. Scherzhaft zürnte sie mir zu meinem, wie sie zugeben musste, genialen Einfall. Ich weiß, umgekehrt hätte sie es genau so gemacht. Diese Aktionen hatte ich von ihr gelernt. Nur schade, dass sie nach diesem Auftritt ausstieg. Sie hätte sich mit ihrer Stimme sicherlich ganz weit nach vorne gesungen. Mit einem Lächeln erklärte sie mir: „Mäuschen, das war eine zauberhafte Idee von dir, und es hat mir einen unglaublichen Spaß gemacht. Ich denke nur, M. Chagny wird das nicht so prima finden."

Ja, zu dumm, eigentlich wollte ich sie damit von ihm ein wenig entfernen – nur ein ganz kleines bisschen. Einen Versuch war es aber trotzdem allemal wert gewesen. Gemütlich in die Kissen gelehnt, betrachtete ich die drei. Was mir zuvor gar nicht so aufgefallen war: Fabien schmachtete Mama an und Emma Fabien. Da war ich aber mal gespannt, wie diese Dreiecksgeschichte ausgehen würde.

Ein Traum aus Seide gesponnen

Ein Brief mit Gold geschwungenen Lettern lag auf der Anrichte im Korridor unserer Wohnung. Sina hatte ihn im Briefkasten gefunden und dort abgelegt. Schon den ganzen Tag über versuchte sie mich anzurufen und erwischte mich dann endlich, als ich auf dem Weg zu einem Kunden war. Aufgeregt erzählte sie mir von dem Brief und fragte aufdringlich, was es damit auf sich hätte. Er war an mich direkt adressiert, nicht frankiert, sondern ganz offensichtlich persönlich in den Briefkasten geworfen worden. Etwas ungehalten erklärte ich ihr, dass es mit der Auflösung des geheimnisvollen Briefes wohl bis zum Abend warten müsse, da ich weder Muße noch Zeit hatte, mich in dem Augenblick darum zu kümmern.

Es selbst kaum erwarten könnend, öffnete ich später am Abend mit Herzklopfen diesen Brief. Entgegen meiner stillen Hoffnung, jemand ganz Bestimmtes hätte ihn mir zukommen lassen, kam die Einladung zu Gérards berühmtem Maskenball zum Vorschein. Das war bestimmt eine adäquate Alternative zu meiner unerfüllten Hoffnung. Von Emma hatte ich schon gehört, dass dieser Ball legendär sei. Die Gästeliste zeichnete sich dadurch aus, dass es nur exklusiv geladene Personen waren, wie aus einem „Who is Who" der Persönlichkeiten.

Gérard war ich in der Vergangenheit zwar hin und wieder über den Weg gelaufen, und er versäumte nie, sich immer höflich über meine gesanglichen Fortschritte zu erkundigen. Hätte aber bei weitem nicht angenommen, dass das ausreichen sollte, mich gleich zu „seinem" Ball einzuladen. Sina und Hendrik waren ebenfalls dazu gebeten. Das Motto lautete: Diamonds – our best friends. So wie ich Gérard bisher kennengelernt hatte, passte das hervorragend zu ihm.

Im selben Augenblick, als ich den Brief beiseite legte und anfing mir darüber Gedanken zu machen, wie ich zu dieser Ehre kam und was ich dazu anziehen sollte, klingelte das Telefon.

„Hey Emma!", rief ich erfreut. „Dich schickt der Himmel."
„Hast du die Einladung zum Ball erhalten?"
„Ja, stell dir vor! – Und ich kann mir absolut nicht erklären, weshalb ausgerechnet ich zu der Ehre komme, daran teilnehmen zu dürfen."
Dazu meinte sie nur:
„Tja, Gérards Wege sind manchmal unergründlich" – und ich konnte ihr Gesicht mit dem gewohnt verschmitzten

Lächeln förmlich durch das Telefon sehen.

„Das heißt aber auch, wir müssen uns unbedingt sehen, um unsere Garderobe zu diesem Fest zusammenzustellen."

Sie klang schon so aufgeregt.

„Was schlägst du vor?"

„Gérard hat einen wundervollen Fundus in seinem Theater – da dürfen wir uns ein Kostüm aussuchen."

„Emma, ich weiß nicht."

„Sabrine, du kannst da nicht nur mit irgendeinem Kleid ankommen, dann wirst du auch mit Einladungskarte nicht reingelassen. Also, wir treffen uns morgen am Nachmittag bei Johnny im India House in der Speicherstadt – schaffst du das bis um fünf Uhr?"

„Ich versuche pünktlich zu sein."

„Fein, dann bis morgen – freue mich."

Ich hatte einen Platz am Fenster ergattert und mir schon mal einen heißen Tee bestellt. Der Tag war lang und aufregend gewesen, und ich freute mich auf einen Plausch mit Emma. Fast hätte ich mich an dem heißen Getränk verbrannt, als ich plötzlich Fabien breit grinsend vor dem Fenster erblickte. Oh Fabien, du kommst immer im falschen Moment, ging es mir bei seinem Anblick durch den Kopf. Zu spät.

„Hey Sabrine, wie schön dich zu sehen!"

Sein Akzent war immer wieder sehr charmant, und er ließ es sich auch nicht nehmen, mir bei jedem Treffen – wenn es irgend möglich war – einen dicken Kuss direkt auf meinen Mund zu platzieren.

„Gib dir keine Mühe, ich warte auf Emma."

„D'accord, très bien, dann leiste ich euch Gesellschaft", und sein Grinsen wurde immer breiter. Er war ein Schelm, aber ein richtig netter. Man konnte ihm nie wirklich böse sein. Wir plauderten über die interessanten Geschehnisse dieser Welt, bis endlich Emma auftauchte – verspätet selbstverständlich.

„Salut Fabien!"

Emma begrüßte ihn überschwänglich.

„Hey ma chère amie, comment vas-tu?"

„Wenn ich dich sehe, immer gut! Was machst du hier?"

„Ich war nur zufällig hier in der Nähe", und er zwinkerte mir zu.

„Wollen wir zusammen essen?"

Es schien eine rein rhetorische Frage zu sein, denn noch während er sprach, griff er bereits zur Speisekarte und rief einen Kellner hierbei. Emma und ich schauten uns nur an und mussten plötzlich lachen. Er hatte es mal wieder geschafft, uns zu überrumpeln. Nur schade, dass Johnny heute keine Schicht hatte. Er konnte immer so amüsante Geschichten erzählen, die ich mir nur leider nie merken konnte.

„Ach je, ich krieg' die Motten, schaut doch mal!"

Emma kriegte ihren Mund kaum wieder zu. Während wir in das Thema Maskenball bei Gérard total vertieft waren, hatte es angefangen zu schneien. Dicke Flocken fielen vom

Himmel, und auf die Straße legte sich eine hohe weiße flauschige Schicht.

„Au Mist!", entfuhr es mir:

„Da komme ich mit meinem Auto nie und nimmer durch!"

„Ja, zu blöd", bemerkte nun auch Emma:

„Wie kommen wir denn jetzt ins Theater?"

„Wir nehmen die U-Bahn!", schaltete sich Fabien ein.

„Das dauert doch ewig!"

Emma schien die Idee gar nicht gut zu finden.

„Oui, aber besser spät als nie!"

Er grinste wie ein Honigkuchenpferd, ganz stolz drauf, eine so treffende Wortwendung aus der deutschen Sprache dafür gefunden zu haben. Letztendlich blieb uns auch nichts anderes übrig als die Tram zu nehmen, da die Straßen komplett verstopft waren.

Gérard hatte eigens zu den Vorbereitungen des Maskenballs ein ganz spezielles Event organisiert, das in der „Weltbühne" ausgerichtet werden sollte. Ein Restaurant, direkt neben dem Theater, exklusiv für all seine Gäste reserviert. Hier gab es Champagner und lauter leckere Sachen zu essen – und ich war total satt, schade eigentlich. Aber es war eine heitere, ausgelassene Stimmung, und Emma stellte mir ein paar ihrer Freunde vor.

Da war Rita, eine Frau in den Mitvierzigern, etwas pummelig, aber dafür mit einer gehörigen Portion Humor ausgestattet. Sie hatte die Hoheit über die Kostüme und hütete sie wie ihren Augapfel. Ausgiebig erzählte sie mir, wie und mit welch hohem Aufwand solche Kostüme hergestellt wurden, und ich hörte ihr interessiert zu. Mir war bisher nicht klar, wie viele Frauen allein an einem Kostüm arbeiten mussten, damit etwas wirklich Schönes dabei heraus kam. Schließlich zollte sie meine Aufmerksamkeit mit einem freundlichen Lächeln und meinte nur:

„Mein Liebes, komm später einmal zu mir, wenn du dich gestärkt hast, dann suchen wir ein passendes Kostüm für dich aus."

„Ja, sehr gerne – ich danke Ihnen."

„Papperlapapp, ich heiße Rita, und du kannst mich ruhig duzen."

„Danke, das mache ich glatt."

„Hey Mama!"

Sina hatte es doch noch geschafft zu kommen. Über und über mit Schneeflocken bedeckt, stand sie mit glänzenden Augen vor mir.

„Wow, das ist ja toll hier. Ich stehe gefühlte zehn Kilometer weit entfernt von hier, habe einfach keinen Parkplatz gekriegt. Bin nur froh, dass ich mit meinem Mac Steamy" – so heißt ihr Auto – „keinen Unfall gebaut habe. Du glaubst gar nicht, wie viele Typen einfach kein Auto fahren können. Und am schlimmsten sind die jung-dynamischen Fahrer. Nee Quatsch, ich stehe gleich hier um die Ecke", und mit einem breiten Grinsen schüttelte sie sich die Flocken von ihrem Mantel.

„Du Kasper, musst du mich immer so utzen? Komm, ich

zeige dir, wo du die Garderobe ablegen kannst, und dann mache ich dich mit Rita bekannt."

Im selben Augenblick kam sie um die Ecke und lief uns geradewegs in die Arme.

„Was für eine hübsche Tochter du hast – komm mein Kind, für dich habe ich genau das Richtige."

Und schon war sie mit Sina in den hinteren Räumen verschwunden. Im Verlauf des Abends lernte ich flüchtig viele wichtige und sehr nette Leute kennen. Gerade als ich mich mit Fabien und einigen seiner Freunde unterhielt, kam Gérard auf mich zu. Überschwänglich begrüßte er mich, so als würden wir uns schon ewig kennen.

„Hallo meine Liebe, wie geht es dir – was macht dein Gesangsunterricht? Streng dich an. Vielleicht habe ich ja dann in meiner nächsten Produktion einen Platz für dich."

Erstaunt und völlig ungläubig schaute ich hinter ihm her. Er lachte nur amüsiert auf und verschwand sogleich wieder. Mir war immer etwas flau im Magen wenn ich ihm begegnete. Schließlich war er der Gérard, bekannt wie ein bunter Hund und in seinem Metier eine absolute Größe.

Ein Traum aus schimmernd weißer Seide, durchwoben mit Silberfäden und mit ganz kleinen Perlen und Pailletten besetzt. Der Stoff schmiegte sich an meinen Körper wie eine zweite Haut, so, dass es schon fast unanständig anmutete. Dazu hatte der Rücken einen tiefen, sehr tiefen Ausschnitt. Im Kontrast hierzu waren die Arme zu dreiviertel bedeckt, und ein hoher Seitenschlitz gab die nötige Beinfreiheit. Eine passende Maske mit weißen Federn und Pailletten, die im Licht funkelte als wäre sie mit tausenden von kleinsten Diamanten besetzt – ein absolutes Kunstwerk, rundete das Bild ab. Das also war mein Outfit für den Maskenball. Ich konnte es kaum abwarten, mich in diesem Kleid auf dem Maskenball sehen zu lassen.

Einige Stunden später verabschiedeten wir uns mit dem Gefühl, vielleicht neue Freunde kennengelernt zu haben. Die kostbaren Kleider verstauten wir in Sinas Auto und machten uns auf den Weg nach Hause. Zwischenzeitlich hatte es schon wieder angefangen zu tauen. Schade eigentlich! Sehr wahrscheinlich würde es mal wieder nichts mit einer romantischen, weißen Weihnacht.

Der Maskenball

„Du siehst wirklich aus wie ein Traum."
Sina stand bereits in ihr Cape eingehüllt staunend hinter mir und betrachtete mich im Spiegel. Ich erkannte mich selbst kaum. Dieses Kleid, diese Maske machten aus mir eine faszinierende Erscheinung. Etwas beklommen und ganz offensichtlich überrascht angesichts dieser Wirkung, nahm ich den dazugehörigen Mantel und folgte Sina in den eisig kalten Abend.
Fabien und Hendrik waren gekommen, um uns abzuholen, sie warteten bereits im Auto.
Sina und ich saßen im Fond des Wagens.
Etwas versonnen betrachtete ich ihr Profil – sie war so hübsch, und mit ihren leicht geröteten Wangen, die selbst durch die Schminke zu sehen waren, wusste ich, sie war mindestens ebenso nervös wie ich. Ihr Haar schimmerte auf eine eigenwillige Weise, sodass ich stutzte.
„Sag mal, sind deine Haare noch nass?",
fragte ich etwas irritiert.
Sina äffte meinen Tonfall nach.

„Ja, Mama, meine Haare sind noch nass."

„Spinnst du? Du kannst dir den Tod holen!"

Ein enerviertes Aufstöhnen sollte mir signalisieren, halt dich da bitte raus. „Das habe ich schon so oft gemacht, und es ist noch nie etwas passiert."

„Das habe ich aber ganz anders in Erinnerung", erwiderte ich daraufhin ungehaltener als gewollt.

Fabien und Hendrik preschten Sina nun zur Seite und fielen mir in den Rücken. Bei Gérard ist es doch so schön warm, da trocknen die Haare ganz fix. Die Betonung lag auf warm, worauf alle drei in ein heiteres Gelächter verfielen. Das war so klar. Aber aufgrund meiner Aufregung konnte ich nicht länger böse sein und stimmte in das Lachen mit ein.

Wenn ich von Erics Haus beeindruckt war, dann übertraf dieses Anwesen bei weitem meine Erwartungen, wenn ich denn überhaupt welche hatte. Als wir in den Rosengartenweg einbogen, erblickten wir schon in dem weiteren Verlauf der Straße in einer Kurve das hell erleuchtete Haus. Es erstreckte sich über drei Etagen, die nur aus großen Fenstern zu bestehen schienen, einem Flachdach, weiß getünchten Mauern und einer verschwenderischen Beleuchtung – alles in allem sehr modern und für meinen Geschmack etwas zu protzig. Der mit kubischen Elementen angelegte Vorgarten trennte die Straße von dem Anwesen. Eine breite Freitreppe, die meines Erachtens so gar nicht recht in das Bild passen wollte, führte zu dem Eingang.

Noch während wir die Treppe hinauf stiegen, wurde uns schon die Tür geöffnet, und ein schlanker Mann mittleren Alters und dichten blonden Locken öffnete uns die Tür. Mit einer höflichen zurückhaltenden Begrüßung wurden wir eingelassen. Viel später erfuhr ich, bei dieser interessanten Erscheinung handelte es sich um Felix, dem Lebensgefährten von Gérard, der es sich ganz offensichtlich nicht nehmen ließ, uns persönlich zu empfangen.

Nur zögerlich legte ich meinen Mantel ab. All mein Mut, mich in diesem wundervollen Kleid zu präsentieren, hatte mich verlassen. Würde ich mich darin auch angemessen bewegen können? Nur – jetzt gab es kein Zurück mehr. Fabien, der mich als erstes wieder erblickte, ließ einen leisen Pfiff hören. Auch Hendrik sparte nicht mit überschwänglichen Komplimenten.

Mir wurde schlecht. Das passiert mir immer dann, wenn ich nervös bin – ich bekomme dann feuchte Hände und Schweißausbrüche. Sina bemerkte meine Unsicherheit und hakte sich bei mir ein.
„Komm schon Mama, entspann dich. Du bewegst dich doch nicht zum ersten Mal auf so einem Parkett."
„Nein, das schon – aber ich habe das Gefühl, ich erkenne hier niemanden mehr, dem ich in der Weltbühne begegnet bin. Zumindest erkenne ich niemanden mehr bei diesen ausgefallenen Kostümen."
„Was soll ich denn sagen, mir geht es da nicht besser."

Ein junges Mädchen in schwarzem Kleid mit weißer Schürze lief in diesem Augenblick mit einem voll beladenen Tablett von Champagnergläsern an uns vorbei. Alkohol! Das war jetzt genau das Richtige. Beherzt und ohne zu fragen, griff ich danach und leerte das Glas in einem Zug. Natürlich verschluckte ich mich an der Kohlensäure, und die Konsequenz war ein Niesanfall. Mir standen Tränen in den Augen.

Emma, die ich nur kurz in der Menge zu Gesicht bekam, schien schon auf uns gewartet zu haben. Sie versuchte sich einen Weg durch die Gäste zu bahnen. Es sah so aus, als sei das eine echte Herausforderung. Mein Gott, wie viele Menschen sich hier tummelten! Es war eine Ansammlung von bunt schillernden Kostümen und Masken. In einer Wolke von unterschiedlichsten Düften stolzierten die Gäste über einen mit hellem und dunklem Parkett ausgelegten Fußboden. Laute Musik drang an mein Ohr. Fasziniert und ohne weiter auf die anderen zu achten, schritt ich langsam in den sich vor mir erstreckenden Raum. Dieser lag zur Rückseite des Hauses. An den Fenstern, die hier vom Boden bis zur Decke reichten, waren breite weiße Schals angebracht.

Direkt vor der Fensterscheibe standen dorische Säulen mit riesig großen Windlichtern darauf. Von der Decke hingen zwei überdimensional große Kronleuchter herunter, über und über mit kleinen Glassteinen versehen. Sie zauberten den Raum in ein magisches Licht. An den mit dunkelrotem Stoff bespannten Wänden hingen Bilder in goldenen Rahmen. August Macke, Franz Marc und Kandinsky gaben dem Aussehen dieses Raumes eine ganz besondere Note. Aber wirklich imposant waren die vier Säulen, die den Raum zu tragen schienen. Ich war mir ganz sicher, sie dienten lediglich zur Dekoration, gaben damit aber ein imposantes Erscheinungsbild.

In einem angrenzenden Raum, der durch seine Schlichtheit bestach, war das Büffet aufgebaut. Eine unzählige Ansammlung von Schüsseln und Tellern mit lauter herrlichen Leckereien war auf einem ausladenden Tisch angerichtet. An den Seitenwänden standen weitere Tische. Hier konnten sich die Gäste heiße Speisen und Getränke servieren lassen. Über einen bunten Mosaikboden erreichte ich den Wintergarten. Glas, Glas, wohin man schaute. Dieses Refugium lud zu einem ganz anderen Vergnügen ein. Zwischen riesigen Palmen war inmitten des Raumes ein Billardtisch aufgestellt, und an den Seiten standen kleinere Tische, an denen man sich dem Kartenspiel hingeben konnte. Das ganze Mobiliar war von orientalischen Meistern gefertigt. So etwas hatte ich noch nie zuvor gesehen. Und wenn man es ganz romantisch haben wollte, musste man nur über eine Treppe in den Garten gehen, der mit Lampions geschmückt war. In einen dicken Mantel gehüllt und mit dem richtigen Mann an der Seite, war das sicherlich ein nettes Vergnügen.
„Sabrine, Sabrine, so warte doch!"
Ich drehte mich um, und Emma empfing mich mit einer stürmischen Umarmung.

„Wo bist du denn gewesen? Du warst auf einmal verschwunden. Ich habe dich gar nicht mehr gesehen?"

„Kunststück! Oh Emma, ich bin total geflashed. Was ist das hier? Wo sind wir? Versetzt in ein Zeitalter, gemischt aus verschiedenen Epochen?"

„Na ja, das hier ist Gérards bescheidene Behausung."

„Ja, ist mir schon klar, wohnt er in diesem riesigen Tempel alleine?"

„Nein, natürlich nicht. Er lebt hier mit Felix, seinem treuen Lebensgefährten. Jener gut aussehende Typ, der euch in Empfang genommen hat. Du musst wissen, Felix kommt aus einer reichen Familie mit acht Geschwistern. Dazu gehört auch Fabien, wie du zwischenzeitlich vielleicht weißt. Die meisten von ihnen tummeln sich in der Film- und Modebranche, sodass hier immer Halli Galli ist. Gérard und Felix, das war sozusagen die „Traumhochzeit" schlechthin, auch ohne Trauschein. Na ja, und Gérard ebenso vermögend, da er von seinen Eltern geerbt hatte, trug seinen nicht unerheblichen Anteil dazu bei, dass sie sich heute diesen extravaganten Lebensstil leisten können. Gefällt es dir?"

„Da bin ich mir noch nicht so sicher. Es hat was, das muss ich allerdings zugeben."

„Ja, ich finde es grandios. Vor allem musst du es einmal erleben, wenn sie all ihre Freunde und Familien um sich herum versammeln. Da geht schon ganz ordentlich die Post ab."

„Tut sie das nicht auch jetzt?" fragte ich belustigt.

Emma geriet richtig ins Schwärmen.

„Ich dachte, in der ‚Weltbühne‘ hätte ich ein paar nette Leute kennengelernt. Doch jetzt, hier – ich kann niemanden erkennen, den ich dort getroffen habe."

„Du kannst sicher sein, sie sind hier – alle."

„Alle?!"

„Alle!", erwiderte sie.

„Komm, lass uns etwas trinken, dann wirst du entspannter."

„Besser nicht, habe mich eben schon an einem Glas Schampus verschluckt."

„Egal, komm jetzt!"

Energisch schob sie mich zurück in den riesigen Saal. An der Längsseite war eine „kleine" Bar aufgebaut, die zu allerlei Verführungen alkoholischer Art einlud. Doch eine interessante Mischung aus Rock und Pop der letzten Jahrzehnte ließ mich nicht länger am Rande stehen. Mir kribbelte es im ganzen Körper, und ich mischte mich unter die anderen tanzenden Figuren.

Mit der Musik verlor ich mich in meinen Bewegungen und zog damit die einen oder anderen Blicke der Umstehenden auf mich. Aus den Augenwinkeln nahm ich eine Gestalt, die an einer dieser Säulen lehnte, wahr. In einen schwarzen Domino gekleidet, mit einer weißen, reich verzierten Maske, die das gesamte Gesicht bedeckte, und einer kunstvoll drapierten Perücke, schien er mich zu beobachten. Ein neues Stück wurde angespielt, und ich bewegte mich in Richtung

Emma. Schade, damit hatte ich diese imposante Erscheinung aus den Augen verloren.

„Wen willst denn du verführen?"
Mit hochgezogenen Augenbrauen schaute Emma mich an.
„Ach Emma, was würde ich darum geben, mal wieder einen richtigen Mann verführen zu können."
„Aha, ich dachte nicht, dass du große Anstrengungen unternehmen musst, um Fabien zu verführen. Der springt dir doch schon in die Arme, wenn du ihm nur den kleinen Finger reichst."
„Wirklich?"
„Komm, tu doch nicht so, als wüsstest du das nicht."
Dabei versuchte sie unbeschwert zu klingen. Hatte ich da etwas verpasst? Ich sah sie eindringlich, aber mit einem aufmunternden Lächeln an.
„Kann es sein, dass da jemand ein starkes Interesse an diesem so wahnsinnig gut aussehenden Mann hat?"
Hinter ihrer Maske verzog sie ihr Gesicht zu einer Grimasse.
„Hey, warum hast du mir das denn nicht schon längst gesagt?"
„Fabien ist so vernarrt in dich, das er mich gar nicht sieht. Bis er mich wahrnimmt, bin ich schon am langen Arm verhungert."
„Ich kann dich beruhigen, wenn er auch sehr charmant ist, kann er in meinen Augen einem ganz bestimmten Typen nicht das Wasser reichen."
„Kann es sein, dass ich dieses Mal etwas verpasst habe?"

Noch bevor ich eine Antwort parat hatte, eilte ein Mann herbei, in einer Kreation, die aussah als sei sie aus der Geschichte der drei Musketiere entsprungen. Er hakte sich bei Emma unter, um sie durch die Menge auf die andere Seite des Geschehens zu führen. Jeder Protest ihrerseits war zwecklos.

Inzwischen war es mir heiß geworden. Mit einem seltsamen Unbehagen in der Magengrube schaute ich mich um, ob nicht doch ein bekanntes Gesicht auszumachen war. Ich hasste es, mich in einer Gesellschaft zu befinden, in der ich allein herumstand. Lange hatte ich allerdings keine Gelegenheit darüber nachzudenken.

„Sehen Sie eine Chance, dass wir zusammen tanzen, oder ziehen Sie die Gesellschaft mit sich selbst vor?"
Die Stimme war ganz nah an meinem Ohr und ließ mich erschrocken herumfahren. Als würden zwei belustigte Augen mich direkt durchbohren, stand er unmittelbar vor mir. Da war er ja wieder – dieser schwarze Domino mit der weißen Maske.
„Und – wie fällt Ihre Antwort aus?"
Sie spielten soeben Stanfour „In your Arms". Meine Antwort nicht abwartend, nahm er mich bei der Hand, als sei es das Selbstverständlichste auf der Welt und führte mich zwischen die anderen Tanzenden.
Die Berührung, als er seinen Arm um meine Taille legte und nahe zu sich heranzog, hatte etwas Elektrisierendes. Mir

blieb schier die Luft weg. Seine Erscheinung war eindrucks-
voll und begleitet von einer Ausstrahlung, die keinen Widerspruch zuließ. Mit der Musik und seiner exzellenten
Führung schwebte ich über das Parkett. Für einen Augenblick dachte ich, es könnte Eric sein. Oder war mein Wunsch
so intensiv, dass ich es mir einbildete? Ganz sicher war es
ein Trugschluss. Meiner Auffassung nach würde er sich nie
solchen Vergnügungen hingeben. Wenn ich das richtig in-
terpretierte, lebte er ohnehin fern ab jeglicher Öffentlichkeit
– bis auf die eine oder andere Ausnahme vielleicht. Weshalb
sollte er also nun hier sein? Aber allein die Idee fand ich
schon sehr spannend.

Ich hatte ja keine Ahnung, dass man nach Adeles derzeit ak-
tuellstem Hit „Hello" auch Tango tanzen konnte. Doch in
dieser Begegnung schien nichts unmöglich. Er hatte begonnen, sich mit den ersten Schritten im klassischen Stil zu bewegen, und ich fühlte mich plötzlich herausgefordert,
diesem Mann meine Version eines Tangos im wahrsten
Sinne des Wortes auf den Leib zu tanzen. Es ergab eine Mischung aus Standard- und lateinamerikanischen Bewegungen. Es knisterte und sprühte Funken. Wow, was war das
denn? Schon erstaunlich, wir tanzten, als hätten wir nie
etwas anderes gemacht. Diesen Mann musste ich unbedingt
näher unter die Lupe nehmen.

„Kennen wir uns?" wagte ich dann auch einen zaghaften Vorstoß, nachdem ich endlich wieder Luft bekam. Wir standen noch immer auf der Tanzfläche.

„Was veranlasst Sie zu dieser Annahme?"

Dabei sprühten seine Augen in dem Licht der monströsen Kronleuchter Funken.

Oh, wie ich es hasste, wenn jemand meine Fragen mit einer Gegenfrage beantwortete. Eine gefühlte Ewigkeit auf der Stelle verharrend, wurde es mir plötzlich ganz heiß – Mist, weshalb fiel mir denn jetzt nichts Geistreiches ein? Stunden später wüsste ich, was ich hätte sagen sollen. So stotterte ich eher unsicher:

„Verzeihen Sie, aber wenn Sie wüssten, dass wir uns kennen, würden Sie es mir trotzdem nicht verraten – richtig?"

Das war nicht gerade die Antwort, die ich ihm hätte gerne geben wollen. Doch eine nicht definierte geballte Energie, die zwischen uns stand, hatte sämtliche Funktionen in meinen Gehirnzellen zum Erliegen gebracht – sozusagen ein Totalausfall. Anstatt mich nun nicht gar so dumm dastehen zu lassen, sagte er herablassend:

„Es war mir ein ausgesprochen großes Vergnügen, Ihre Bekanntschaft gemacht zu haben."

Deutete einen Handkuss an und ließ mich dann einfach stehen. Dieser arrogante Schuft, dachte ich bei mir, was bildete der sich überhaupt ein. Durch diese schwer zu verkraftende Niederlage völlig aufgewühlt, fand ich endlich Emma wieder, die sich noch immer mit diesem Musketier unterhielt.

Als ich die beiden erreicht hatte, bot er sich an, uns einen Champagner zu holen.

„Jetzt weiß ich auch, wen du mit dem Mann gemeint hast, den du gerne verführen würdest. Das ist dir mit deiner Vorstellung ganz sicher gelungen."
„Ich glaube, ich verstehe nicht was du meinst, Emma."
„Ich wusste gar nicht, dass ihr euch so nah seid."
Dabei lachte sie verschmitzt.
„Emma? Ich kenne hier niemanden, mit dem ich auch nur im Entferntesten nahe sein könnte. Also was meinst du?"

Dieses Federhut schwingende Musketier war zurückgekommen, mit zwei Gläsern in der Hand. Ich nahm ihm gleich eines aus der Hand und setzte zum Trinken an. Etwas in mir sagte, ich solle besser meine Sinne betäuben.
„Sag nur, du weißt nicht, mit wem du da so erotisch getanzt hast?"
Oh mein Gott, ich ahnte doch, dass ich ihn kennen würde. In Gedanken scannte ich sämtliche Typen, denen ich in der „Weltbühne" begegnet war. Doch weit gefehlt, mir wollte dazu kein passender Mann einfallen. In der Bewegung, das Glas zum Mund zu führen, hielt ich inne.
„Sag lieber nichts – ich glaube, ich will es gar nicht wissen."
Erneut setze ich das Glas an, und die prickelnde Flüssigkeit breitete sich in meinem Hals aus. Emma schien den Augenblick so richtig auszukosten.
„Du weißt es tatsächlich nicht!", bemerkte sie fröhlich.

„Eric, du hast mit Eric getanzt!", rief sie dann auch triumphierend heraus. Der restliche Champagner sprühte im hohen Bogen wieder aus mir heraus. Emma bekam daraufhin einen nicht endend wollenden Lachanfall, und ich wollte wieder mal in irgendeinem Loch versinken. Vielleicht sollte ich das Champagnertrinken einstellen und auf intravenöse Flüssigkeitszufuhr umstellen.

Noch völlig außer Atem konstatierte ich:

„Emma, bitte, reiß dich doch um Himmels Willen zusammen. Die anderen Leute schauen schon!"

Es nutzte nichts. Und irgendwie musste ich dann auch lachen. Mir liefen die Tränen herunter, und ich konnte mich kaum beruhigen.

„Oh, mein Gott, nein – sag, dass das nicht wahr ist!"

Bevor die Schminke gänzlich derangiert wurde, hatten wir die Fassung wiedergefunden, und Emma neckte mich:

„Sabrine, Sabrine, hast du denn keine Augen im Kopf?"

Den Schock noch in meinen Knochen spürend, verließ ich auf dem schnellsten Weg den Saal auf der Suche nach einem Ort, in dem ich mich für einen Moment zurückziehen konnte. An dem mir eine ganz bestimmte Person hoffentlich nicht über den Weg laufen würde. Ich musste einfach für einen Augenblick allein sein, um mir der Tragweite des Geschehens bewusst zu werden. Vor allem musste ich mir darüber klar werden, wie ich Eric das nächste Mal gegenübertreten sollte, falls Emma sich nicht doch wider Erwarten geirrt haben mochte – was jedoch zu bezweifeln war.

Intuitiv hatte ich beim Verlassen des Saals die andere Richtung eingeschlagen und sah am Ende des Korridors eine Tür, die leicht geöffnet war. Ich steuerte direkt darauf zu und betrat eine kleine Bibliothek. Die Wände waren mit deckenhohen Regalen zugestellt, und diese wiederum vollgestopft mit unzähligen Büchern. Am Fenster standen zwei Ohrensessel mit einem kleinen orientalischen Tischchen davor. Darauf befand sich ein Teeservice aus Silber. Die ganze Szenerie mutete recht – na sagen wir mal – spießig an, aber dafür sehr gemütlich. In einen der Sessel ließ ich mich hineinfallen. Noch völlig aus der Fassung erschienen vor meinem geistigen Auge die Bilder des Tanzes, erlebte ich abermals die Begegnung mit dem maskierten Mann. Ein Geräusch an der Tür ließ mich zusammenfahren, und ich schaute erschrocken auf.

„Fabien, was machst du denn hier?“
„Ich habe dich gesucht, ma chère,“ lallte er etwas unsicher.
„Du hast höchstens zu viel getrunken. Bitte, lass mich allein.“
Ich schloss meine Augen wieder.
Mit schnellen Schritten hatte er mich erreicht und kniete nun neben dem Sessel nieder. Nachdem ich von Emma wusste, welche Gefühle sie für ihn empfand, war es mir um noch vieles unangenehmer, mit ihm hier allein zu sein. Die Tür war noch immer angelehnt, und ich beeilte mich, das Zimmer zu verlassen. Er war schneller, hielt mich fest und drehte mich zu sich um.

„Sabrine, ich verehre dich, ich bewundere dich, können wir nicht einfach ein wenig Zeit miteinander verbringen?"

Sieh an, sieh an, hatte er den Satz etwa auswendig gelernt, so völlig ohne grammatikalische Fehler?

Vor Monaten hätte ich mir diese nette Abwechslung vielleicht gegönnt, heute war alles anders, und inzwischen war einfach zu viel passiert. Ich versuchte mich von ihm loszureißen. Doch je mehr ich mich gegen ihn wehrte, um so wild entschlossener wurde er und versuchte mich zu küssen.

„Fabien, bitte lass mich los. Hast du den Verstand verloren?"

„Du bist die Einzige, für die ich ehrliche Gefühle habe."

„Schnickschnack, gar nichts hast du – du hast keine Augen im Kopf und viel zu viel getrunken!", konterte ich energisch. Dabei dachte ich an Emma. Da ich mit dem Rücken zur Tür stand spürte ich, so aufgebracht wie ich war, nicht wirklich den leichten Windzug der mich an den Schultern streifte. Sah auch nicht, dass jemand anderes zwischenzeitlich den Raum betreten hatte. Fabien bemerkte es als Erster und schaute auf. Er ließ mich sofort los und eilte zur Tür.

„Schon in Ordnung, ich wollte dir nicht in die, wie sagt man, Quere kommen, wirklich."

Ich fuhr herum. Da war er wieder, der schwarze Domino mit der Perücke und der weißen Maske. Klar, jetzt wo ich es wusste, sah ich es auch. Diese Statur, seine fast katzenartigen Bewegungen und diese Augen. Dann diese Stimme, auch wenn er jetzt keinen Ton von sich gab, mein Gott, an seiner Stimme – spätestens daran hätte ich ihn erkennen müssen. Er sagte kein Wort, verweilte nur einen Augenblick, in dem er mich mit einem unverwandten Blick betrachtete, um mich dann einfach stehen zu lassen.

„Ist alles in Ordnung mit dir?"
Zurück im Saal hatte mich Emma sogleich aufgespürt und in eine Ecke auf ein kleines Sofa gezogen.
„Du wirkst völlig verstört, was ist passiert?"
„Ach Emma, ich glaube, ich habe alles falsch gemacht."
„Jetzt hast du zwei an der Backe und weißt nicht, für wen du dich entscheiden sollst?"
„Ich habe nicht zwei an der Backe – ich habe gar keinen irgendwo sitzen, und ich will schon gar niemanden an der Backe sitzen haben. Es tut mir nur so Leid wegen Fabien und dir, das war mir nicht klar. Aber wie auch immer, er hat dich überhaupt nicht verdient, Emma."
„Ja, ich weiß, aber gegen meine Gefühle kann ich so gar nichts ausrichten."
Ohne weiter auf sie einzugehen hatte ich mich erhoben, und abwesend sagte ich:
„Wir sehen uns morgen, ich möchte jetzt einfach nur gehen. Sagst du bitte Sina Bescheid, dass ich gegangen bin? Ich habe sie vor einiger Zeit in einer Gruppe von jungen Leuten zusammen mit Hendrik gesehen. Sie amüsiert sich sicherlich königlich."
Sie nickte nur und drückte mich fest an sich.
„Sabrine, du wirst sehen, alles wird gut."

„Das wünsche ich auch dir, Emma, von ganzem Herzen. Hoffen wir mal, dass Fabien morgen wieder nüchtern ist und sich an den heutigen Abend nicht mehr erinnern kann. Das werde ich von M. Chagny ganz sicher nicht erwarten können. Er wird sich bestimmt an jede Einzelheit erinnern. Vor allem an unseren Tanz."

„Oh Sabrine, du Schelm – irgendwie bewundere ich dich – du bist so mutig. Das wird Eric ganz bestimmt gefallen haben."

„Ich glaube nicht, dass ihm irgendetwas an mir gefällt. Er muss endlos genervt sein von mir. Ich weiß das – und überhaupt", und ich schaute Emma direkt an, „wieso kommst du überhaupt darauf?"

„Tja Sabrine, einen ganz entscheidenden Vorteil habe ich dir gegenüber – ich habe Augen im Kopf."

Ich schüttelte energisch mit dem Kopf, umarmte sie herzlich und bahnte mir einen Weg direkt Richtung Ausgang.

Auf dünnem Eis

Die Uhr zeigte mir, ich sollte schon lange auf dem Weg sein, um pünktlich zur Gesangsstunde zu erscheinen. In der letzten Woche, unmittelbar nach dem Maskenball, hatte ich sie ohne Entschuldigung verstreichen lassen. Nicht den Hauch eines Schimmers, wie ich Eric gegenübertreten sollte, entschied ich mich, heute musste es sein. Sich der Situation nicht zu stellen, war ganz und gar keine Lösung. Vor allem war in ein paar Tagen Weihnachten, und ich wollte ihn vorher unbedingt noch einmal sehen. Also machte ich mich auf den Weg.

Justus hatte mich wie immer eingelassen und mit ein paar netten Worten in das Wohnzimmer geführt.
Mit flauem Gefühl im Magen und leisen Schritten betrat ich den Raum. Hinter dem Flügel an einer Anrichte aus Glas schenkte er sich Tee ein. Ohne dabei zu mir aufzuschauen sagte er:
„Hallo Sabrine."
In seiner Stimme vernahm ich einen weichen Unterton.

„Hallo" hatte er in der ganzen Zeit, seit ich zu ihm kam, noch nie gesagt, und er hatte mich schon gleich gar nicht bei meinem Vornamen genannt. Meine Beine fühlten sich an wie mit Wackelpudding gefüllt. Um nicht ganz meine Fassung zu verlieren, blieb ich bei:

„Guten Abend M. Chagny."

Er setzte sich auf den Klavierstuhl und sortierte Notenblätter. Ganz langsam, die Situation grenzenlos auskostend – so schien es mir – hob er seinen Kopf, um mir geradewegs in die Augen zu sehen. Ich begreife bis heute nicht, weshalb ich ihn auf dem Fest nicht erkannt hatte. Diese Augen, dieser Blick – ja, wo hatte ich nur meine Augen gehabt?

„Geht es Ihnen zwischenzeitlich wieder gut? Nachdem Sie letzte Woche unentschuldigt fern geblieben sind, habe ich mir ernsthaft Sorgen gemacht" begann er eine Konversation. Den süffisanten Unterton ignorierend, hätte ich gerne geantwortet – ja super, es ging mir noch nie besser. Mit einer etwas hilflosen Geste brachte ich nur:

„Danke, geht so", hervor.

Sabrine, jetzt reiß dich aber zusammen, was gibst du denn hier für eine jämmerliche Vorstellung ab?

„Wie hat Ihnen denn der Maskenball gefallen?"

Oh Gott, dieser Maskenball – man erinnere mich bitte nicht mehr daran – dieser Tango. Er strafte mich Lügen. Zeigte mir, dass er auch hier ein Meister seines Fachs war. Ich konnte hinter seiner Maske sehen, wie er meine Gedanken erkannte und wie es ihn amüsieren musste, mich zu quälen. Sadist!

„Hören Sie, ich ...“

Weiter kam ich nicht. Sich mir schon wieder abgewandt, nahm er ein paar Notenblätter zur Hand und bemerkte: „Dann wiederholen Sie bitte noch einmal das Stück, was Sie, so hoffe ich doch, die letzte Woche ausgiebig geübt haben. Vielleicht schaffen Sie es eines Tages und Sie stehen doch noch auf der Bühne.“

Er machte eine Pause. Fast arrogant und mit gedehntem Ausdruck in seiner Stimme fragte er:

„Oder wollten Sie noch etwas sagen?“

Am liebsten wäre ich ihm in sein scheinbar nicht vorhandenes Gesicht gesprungen.

„Nein!“

„Gut, dann fangen Sie an.“

Schon nach nur der ersten Strophe spürte ich das aufdringliche Grummeln in meinem Magen. Scheinbar war es aber doch lauter als gedacht, denn Eric unterbrach mich und meinte:

„Was ist los, haben Sie nichts gegessen? Ihr Magenknurren dringt selbst durch die Musik in den Vordergrund“, sagte er und hörte augenblicklich auf zu spielen.

„Ja, verzeihen Sie, zur Nahrungsaufnahme bin ich leider nicht mehr gekommen.“

Die Noten beiseite legend rief er Justus herbei und bestellte etwas zu essen. Dieser kam nur nach einer kurzen Weile herein, mit einem Tablett auf dem Arm, gefüllt mit lauter leckeren Sachen.

„Nehmen Sie doch Platz!“

Eric rückte mir einen Stuhl an diesem imposanten Esstisch zurecht und setzte sich selbst über Eck zu mir. Welch' ungewohnte Situation. Nicht nur, dass ich ihn inzwischen in Gedanken immer bei seinem Vornamen nannte. Wir taten jetzt zum ersten Mal etwas, was nichts mit dem Unterricht zu tun hatte. Ich fürchtete schon, vor lauter Aufregung keinen Bissen in meinen Magen befördern zu können. Doch der Hunger war stärker, und so fiel ich, als hätte ich seit Wochen nichts zu essen bekommen, über das Avocado-Mus mit Garnelen und Baguette her. Zudem durfte ich zwischen einem leichten Weißwein oder Mineralwasser wählen. Vorsichtshalber zog ich das Mineral vor. Bei alkoholischen Getränken fielen mir zuweilen so seltsame Sachen ein, bei denen ich mich nur blamieren konnte. Zumindest behauptete das Sina.

Eric nahm sich nur ein kleines Stück Brot und knabberte daran herum.

„Sie essen wohl nicht sehr viel?", fragt ich neugierig.

„Sagen wir mal, ich kann gut mit wenig auskommen."

Wie gut, das ich den Wein verschmäht hatte. Mir wäre ganz sicher über die Lippen gekommen, dass er für meinen Geschmack viel zu dünn und zu hager sei.

„Ich liebe es zu essen", sagte ich stattdessen.

„Das sieht man Ihnen aber nicht an."

Oh, dachte ich, er wird galant und schmeichelt mir. Die Situation entspannte sich etwas, und wir fingen an zu plaudern. Er interessierte sich plötzlich für so viele Dinge, die sich in meinem Leben abspielten, und ich erzählte ihm ganz offen von Sina, von meinen unzähligen Eskapaden während meines Aufenthaltes in Paris, von meinen Reisen auf die unterschiedlichen Kontinente und den damit verbundenen Abenteuern. Wie schnell die Zeit verflog, hatte ich in keinem Moment im Blick. Im Gegenteil, in mir hatte sich die Anspannung so sehr gelöst, dass ich mutig wurde, um ihm eine Frage zu stellen, die mir schon seit längerer Zeit auf der Seele brannte. Dabei sah ich ihm offen in sein mit der Maske verdecktes Gesicht.

„Darf ich Sie was fragen?"

„In meinem Haus ist es nicht untersagt, Fragen zu stellen – bitte, fühlen Sie sich frei."

Befangenheit überkam mich. Irgendwie war es plötzlich gar nicht mehr so einfach, das anzusprechen, was mich bewegte. Zudem sollte ich vielleicht auch besser angespannt bleiben und meine Sinne zusammenhalten, bevor es an diesem Abend noch unliebsame Überraschungen gab.

Beherzt fuhr ich fort: „Ich weiß nicht mehr, wie alt ich genau war, als ich mit der Musik des Phantoms der Oper konfrontiert wurde. Ich weiß nur, dass sie mich faszinierte. Zu jeder Tages- und Nachtzeit ließ ich die Melodien in meine Sinne fließen. Dazu malte ich mir wunderschöne Bilder, Träume, so intensiv, dass ich in meiner Umgebung kaum noch etwas anderes wahr nahm als diese Fantasien. Selbst in Paris hatte ich für eine Vorstellung ein Ticket gekauft. Die Loge fünf war mir wohl zu teuer, weshalb ich nur einen Platz im Parkett ergattert hatte. Aber anschließend fand ich tatsächlich einen jungen Mann, der bereit gewesen wäre, mir diesen berühmten See in jener berühmten Unterwelt zu zeigen. Zur Ausführung fehlte mir dann aber glücklicherweise doch der Mut. Ich möchte mir gar nicht ausmalen, was mir hätte da alles passieren können. Vor allem, da von dem ehemaligen See, wenn es ihn denn wirklich gegeben haben soll, heute wohl nichts mehr übrig ist."

Mir meiner damaligen Naivität bewusst, musste ich jetzt schmunzeln.

Eric hatte sich zurückgelehnt, seine Arme auf die Stuhllehnen gestützt und schaute mich an.

„Nach diesen vielen Jahren kommt es mir vor, als wären all die Träume und Fantasien samt Musik in einer wunderschönen Schatulle eingesperrt gewesen."

Ich machte eine Pause und nippte an meinem Wasser.

„Möchten Sie nicht vielleicht doch einen Schluck Wein?", fragte er völlig unvermittelt.

„Ja gern, vielen Dank."

Noch immer nicht wissend, wie ich auf den Punkt kommen sollte, auf den ich zusteuerte, dachte ich, etwas Alkohol könnte die neu aufkommende Nervosität beruhigen. Er schenkte mir auf meinen Wunsch hin ein Burgunderglas mit einer undurchdringlich roten Flüssigkeit ein – so undurchdringlich wie dieser Mann selbst. Eine Prise des Buketts stieg mir in die Nase. Das war so intensiv, dass mir allein davon schon schwindelig wurde.

„Ist es gefährlich, diesen Wein zu trinken?"
Beherzt nahm ich ein paar kräftige Schlucke.
„Was meinen Sie mit gefährlich?"
Er hatte sich wieder mit seinen Armen auf dem Tisch abstützend zu mir gesetzt. Irgendwie war er mir plötzlich so nah. Sein Duft stieg mir in die Nase.
„Ich meinte – die Gefahr – wenn man sich mit einem Bündel völlig verwirrter Gedanken auf dünnes Eis begibt. Ich möchte nicht so gerne einbrechen. Gefrorenes Wasser ist so abscheulich kalt, wissen Sie" – und damit nahm ich noch einen großen Schluck. Er lächelte.
„Darüber sollten Sie sich nicht sorgen, es besteht absolut kein Grund dazu. Das Eis hier ist mehrere Meter dick – versprochen. Aber das war nicht wirklich Ihre Frage, oder?"
„Nein", und ich versuchte einen neuen Anlauf, was mir aufgrund seiner Präsenz zunehmend schwerer fiel. Vielleicht etwas zu hastig hatte ich das Glas fast geleert und spürte nun die Wärme des Alkohols durch die Adern strömen und meine Sinne benebeln. Ich vertrug leider nie so viel davon.
„Ok, ich versuch´s", und ich strahlte ihn an – mit gestikulierenden Händen fuhr ich fort.
„Können Sie mir sagen, in was für eine Geschichte ich hier hineingeraten bin? Ich meine, ich komme hier in Ihr Haus, bekomme Sie wochenlang nicht zu Gesicht, und dann stehen Sie plötzlich ohne irgendeinen ersichtlichen Grund vor mir, wie aus dem Ende des 19. Jahrhundert entstiegen?"
Die Anspielung war deutlich erkennbar. Entspannt lehnte er sich in seinem Stuhl zurück, und mit ungerührtem Blick

entgegnete er: „Nein, das kann ich nicht – und ich glaube auch, dass es ganz allein nur Ihre Geschichte ist."

Da war sie wieder, diese Distanz, und es war nicht die Antwort, die ich mir erhofft hatte, jedoch verfehlte sie nicht ihre Wirkung. Wie naiv musste ich sein, um nicht zu bemerken, dass er nichts weiter von mir wollte, als mir diese für ihn sehr wahrscheinlich lästigen Gesangsstunden zu geben. Ganz offensichtlich hatte ich selbst durch meine unbedacht ausgesprochenen Gedanken die Stimmung zerstört. Verflixt, manchmal konnte ich es einfach nicht lassen. Mit einem Schlag war ich wieder glasklar im Kopf. Das Eis brach, und alles in mir fühlte sich an, als würde es erfrieren. Ich musste hier weg, und zwar ganz schnell.

„Vielen Dank für das Essen und den Wein. Ich hoffe, ich habe Ihre Gesellschaft nicht zu sehr strapaziert."

Ich hatte mich bereits erhoben.

„Weshalb so pathetisch. Das war keine Aufforderung zu gehen."

Sein Blick war weich und eindringlich. Ich dagegen wirkte regelrecht patzig und im Nachhinein so unmöglich kindisch.

„Geben Sie sich keine Mühe, es gibt auch so etwas wie Frostschutzmittel. Bei der nächsten Stunde denke ich daran, es mitzubringen. Vielen Dank, bemühen Sie sich nicht, ich finde auch allein hinaus."

Mit schnellen Schritten erreichte ich den Ausgang, wo Justus mir in den Mantel half. Mist, die Tränen ließen sich einfach nicht zurückhalten, und durch den Schleier konnte ich kaum noch etwas erkennen. Justus legte mir ein Taschentuch in die Hand und drückte sie liebevoll.

„Soll ich Sie nach Hause fahren?"

„Gott behüte, nein, oder glauben Sie im Ernst, ich würde ihm eine Schwäche eingestehen wollen? Der Wein, wissen Sie Justus, der Wein – zu viel davon macht mich redselig, naiv, so unendlich verletzlich und so grenzenlos dumm."

Man kann sagen, ich hatte Glück. Mit hoher Geschwindigkeit fuhr ich wie vom Teufel verfolgt nach Hause. Hätte man mich erwischt, den Führerschein wäre ich glatt losgewesen. Wieder in meinen eigenen vier Wänden zermarterte ich mir die Gehirnzellen darüber, weshalb ich so undiszipliniert gehandelt hatte. Purer Blödsinn! Ganz klar war es meine Geschichte und nicht die „unsere"! Was war bloß wieder in mich gefahren. Manchmal könnte man meinen, ich sei ein verkapptes pubertierendes Wesen, das um jeden Preis haben will, was es sich in den Kopf gesetzt hat. Statt ihn in eine Ecke zu drängen, in die er sich absolut nicht führen ließ, hätte ich besser versuchen sollen, mehr über ihn selbst zu erfahren. Nun, die Chance war wie ein Silberstreif am Himmel verglüht – zumindest für dieses Mal. Es sollte dann auch bei diesem Mal leider nicht bleiben.

Es gibt Menschen, die aus ihren Fehlern lernen – ich dagegen scheine dem gegenüber resistent zu sein. Da schwirrt mir dann wieder so eine Idee im Kopf herum, und bevor ich die Konsequenzen noch durchdenke, ist der Schaden bereits angerichtet. So auch heute.

Jenen Abend sprachen wir beide nicht mehr an – aber die frostige Stimmung, die natürlich allein durch mich ausgelöst wurde, war deutlich zu spüren. Dabei kann ich gar nicht mal sagen, dass er ebenso empfand wie ich. Ich bildete es mir einfach nur ein. Zu jenem Zeitpunkt war mir das jedoch nicht klar, und wie schon so oft handelte ich verhältnismäßig kopflos.

Es war spät geworden, und er hatte mich bis zum Äußersten gefordert. Ich war müde und betrübt, und meine Konzentration begann, mich langsam im Stich zu lassen. Wie gerne wollte ich den Zustand wieder herstellen, bevor dieser Abend stattgefunden hatte, und wieder mal folgte ich einer fatalen Eingebung. So spielten denn auch die Gehirnzellen verrückt, und meine Gedanken konnten gar nicht so schnell folgen, wie mein Mund plapperte. Bevor ich also noch recht realisierte, was ich da sagte, war es auch schon ausgesprochen.

„Ich würde so gerne zum Abschluss noch ein bestimmtes Stück singen – vielleicht könnten Sie mich dazu begleiten?"

Sein Blick verriet Skepsis und sein Körper versteifte sich. Kein Wunder, er war zwischenzeitlich bestimmt von derartigen Anläufen meinerseits gewarnt. Wie dumm von mir – jetzt war es raus und es gab kein Zurück.
„Was soll das sein?"
Diese Frage klang, als läge er bereits auf der Lauer, um im

richtigen Augenblick das Weite zu suchen. Sicherlich trieben ihn dazu böse Vorahnungen.

Ich holte tief Luft, schaute ihm geradewegs in die Augen und hörte mich dann sagen:

„,Mehr will ich nicht vor dir' aus dem Phantom der Oper."
Inzwischen war mir ganz schlecht geworden, weil das, was ich hier veranstaltete ebenso schlecht war. Bis zu jenem Abend im Studio, als ich aus Eigeninitiative Christines Part gesungen hatte, wagte ich nie mehr, danach zu fragen, etwas aus dem Phantom der Oper singen zu dürfen. Eric sagte nichts darauf. Eine unerträgliche Spannung herrschte zwischen uns.

„Verzeihen Sie, das war dumm von mir, Sie darum zu bitten."

Er sah mich wieder unverwandt an und meinte:

„Meine liebe Sabrine, das ist ganz sicher nicht mein Part. Sie sollten Fabien dafür rekrutieren. Der singt mit Ihnen das Stück ganz sicher aus vollstem Herzen. Es ist schon spät. Ich denke, wir beenden hier heute die Stunde, ich habe noch ein paar unaufschiebbare Dinge zu erledigen."

Das hatte gesessen. In meinen Adern gefror das Blut. Mechanisch nahm ich Mantel und Noten und begab mich ohne ein weiteres Wort zum Ausgang. Ja ganz blöd, Sabrine, so hattest du dir das nicht vorgestellt, oder? Dieser Gedankengang half mir jetzt aber auch nicht weiter. Unendlich zornig über mich selbst, versuchte ich Emma zu erreichen, in der Hoffnung, dass sie zu Hause war und ich mich ihr anvertrauen konnte. War sie aber nicht, und somit zwang mich das Leben, mich selbst mit meinen düsteren Gedanken auseinanderzusetzen.

Heiligabend mit Ole

Die Weihnachtstage verbrachte ich mit Sina und ihrem Hendrik. Zwischen den beiden kriselte es momentan ordentlich, und die Zwietracht war in so ziemlich jeder Situation deutlich zu spüren. Er konnte ihr einfach nichts recht machen und war dadurch ziemlich entnervt. Sie fühlte sich total unverstanden, nicht nur von ihm, sondern auch von mir. Meine Bemühungen, den Abend entspannt zu genießen – sofern mir das in der augenblicklichen Lage überhaupt möglich war – gelangen nur leidlich, und schon früh gingen wir auseinander. Schade eigentlich.

Einem unwiderstehlichen Drang folgend, hüllte ich mich in meinen dicken Mantel ein und fuhr entgegen meiner üblichen Gewohnheit mit der Bahn ins Zentrum von Hamburg. Ich hatte das Gefühl, etwas völlig anderes tun zu müssen als bisher. Erstaunlicherweise war die Stadt voll von Menschen, die mir auf meinem Weg begegneten. Ziellos wanderte ich durch die teils beleuchteten, hellen Straßen und dann wieder durch kleine dunkle Gassen. An den Landungsbrücken setzte ich mich auf eine Bank und starrte in den immer dichter werdenden Nebel. Was machte ich hier eigentlich? Nicht gerade der richtige Ort für eine Frau, die allein herumirrte. Mein Handy vibrierte, und ich las eine Nachricht von Sina. Sie entschuldigte sich in ihrem üblichen Stenogrammstil für den verpatzten Abend. Es tat ihr unendlich leid, und dass sie sich mit Hendrik wieder ausgesöhnt hätte. Als Antwort schickte ich ihr ein paar Smileys und ein dickes, rotes Herz. Sie war schon eine süße Maus, ich liebte sie über alles.

Hinter mir hörte ich auf einmal ein klägliches Maunzen. Eine kleine Mieze, die offensichtlich auf der Suche nach einem warmen Plätzchen oder etwas Essbarem war, lief unter der Bank hindurch und schnurrte mir um die Beine.
„Hey kleine Mieze, bist du auch so alleine wie ich?"
Ich sah mich um. Wahrscheinlich hatte sie nach einer offenen Tür Ausschau gehalten, um etwas Leckeres abzustauben.

„Sie heißt Hermes und frisst sich bei fast allen Restaurantbesitzern hier an der Meile durch."
Wie aus dem Nichts stand ein Schrank von einem Mann vor mir. Mindestens 1,90 Meter groß und unglaublich stämmig. In dem breitesten Hamburger Dialekt fuhr er fort: „Das ist aber nix hier für ne Deern wie Ihnen. So ganz allein und dann in diesem Nebel. Haben Sie kein Zuhause? Danach sehen Sie nämlich gar nicht aus, als hätten Sie keins."
Noch überlegend, wieso man eine Katze Hermes nannte,

antwortete ich irritiert:

„Was haben Sie mich erschreckt!"

„Ja, ja, Sie sollten sich auch erschrecken und Ihre Beine in die Hand nehmen, um damit auf dem schnellsten Wege nach Hause zu kommen."

Nach einer kleinen Pause fragte er mich:

„Kummer?"

Seine Stimme hatte etwas Vertrauenserweckendes. Und dann war alles zu spät. Ich fing ganz fürchterlich an zu schluchzen und zu heulen. Der Tränenfluss wollte und wollte nicht versiegen.

„Na, na, na – so schlimm kann es doch gar nicht sein."

Er hatte sich neben mich gesetzt und legte väterlich seinen Arm um meine Schultern.

„Doch, es ist noch viel schlimmer", widersprach ich ihm mit erstickter Stimme.

„Kein Kerl ist das wert."

„Woher wollen Sie wissen, dass es sich um einen Kerl handelt?"

„Wenn eine hübsche, attraktive Frau am späten Abend, noch dazu am Heiligabend, an den Landungsbrücken im Nebel sitzt, ist der Grund ganz bestimmt ein Kerl."

Ich wischte mir die Tränen ab und musste lachen.

„Na, hab ich Recht?"

Ich konnte nur nicken und sah ihn dabei an. In dem schwachen Schein der Laterne erkannte ich ein breites, sonnengegerbtes Gesicht mit einem graumelierten Vollbart und großen blauen Augen, die mich herzlich anlachten. Seine

Kleidung war einfach, aber von guter Qualität.

„Na, so gefällste mir schon besser."

„Ja, ich mir auch."

„Weste wat, auf'm Kietz, da gibt's ne nette Kneipe, da gehen wer jetzt hin und trinken uns einen. Ich bin übrigens der Ole."

„Sehr angenehm, ich heiße Sabrine."

„Hm, ne Vornehme, na denn wolln wer mal schauen, was am Ende des Tages davon noch übrig ist."

„Das klingt aber sehr vielversprechend", antwortete ich eher scherzhaft.

„Keine Sorge, ich pass schon auf dich auf."

Das Miezchen, das trotz lautstarken Miauens bei uns keinen Erfolg erzielen konnte, was das Darreichen von leckeren Speisen betraf, war schon wieder weitergezogen. Sie musste sich jetzt wohl oder übel mit etwas Trivialem begnügen, dem Fangen einer Maus zum Beispiel. Hermes – irgendwie passte der Name zu dieser grau getigerten Mieze so gar nicht.

Diese angebliche „Kneipe", von der Ole sprach war das „Zwick St. Fabieni". Ein riesiger Laden mit unzähligen Bassgitarren, die an den Wänden dekoriert waren. Im Laufe des Abends erfuhr ich, dass es sich hierbei um die angesagte Rockkneipe von St. Fabieni handelte, mit Livemusik und amerikanischem Essen. Ob mir das Leben mit dieser Namensähnlichkeit etwas zuflüstern wollte?

Erst als ich den Raum betrat, merkte ich, wie kalt es mir

wirklich geworden war. Frostig schien mir der Abend da draußen bis auf die Haut gekrochen zu sein. Hier aber war es unglaublich gemütlich und trotz Heiligabend gut besucht.

„Komm Deern, erst mal nen ordentlichen Schnaps."

Wir setzten uns an die Theke, und er bestellte vier Calvados.

„Vier?" fragte ich überrascht.

„Ja klar, auf een kann man nich stehn"

Und er lachte lauthals.

Aus den vier wurden acht und so weiter. Irgendwann war ich hacke dicke zu. Ich tanzte und sang lauthals zu der Musik. Schon lange hatte ich mich nicht mehr so ausgelassen und frei gefühlt. Ich hoffte nur inständig, dass mich hier keiner kennen würde.

Ole war ein richtig feiner Kerl. Auf die Frage, weshalb er am Heiligabend im Nebel spazieren ging, sagte er nur:

„Ich habe meine Elli besucht, im Krankenhaus. Sie ist sehr krank und muss sich einigen schrecklichen Therapien unterziehen."

Schlagartig wurde er ernst, und sein schlaksiger Dialekt war verschwunden.

„Wir haben leider keine Kinder, und allein zu Hause mit einem Weihnachtsbaum – das geht gar nicht."

Ich sah, wie sich in seinen Augen Tränen versuchten breit zu machen.

„Das tut mir leid, Ole. Aber sie wird es sicherlich schaffen."

Wenn mir selbst auch die Überzeugung fehlte, so versuchte

ich doch, ihm Mut zu machen. Er zuckte jedoch nur mit den Achseln.

„Ich sag dir, mein Mädchen, genieße jeden Augenblick und hebe nichts auf für später. Das Später findet oftmals nicht mehr statt. Wenn du deinem Kerl was zu sagen hast, dann tu das jetzt und nicht morgen oder übermorgen, oder wenn du glaubst, dass der richtige Zeitpunkt gekommen ist. Den gibt es nicht."

Ja, das kannte ich selbst auch nur zu genau. Wir lebten immer nur so, als würden wir ewig existieren, als würde das Leben nie enden. Immer wieder vergaß ich, daran zu denken.

„Wie immer dieser Abend ausgeht, Ole, ich danke dir für deine Wärme und Herzlichkeit. Du hast mich gerettet, in jeder Beziehung."

„Das klingt doch gut, dann trinken wir auf das ‚Jetzt'."

Erst in den frühen Morgenstunden brachte mich ein Taxi in mein kleines Reich. Die beiden Italiener, Giovanni und Alessi standen schon hinter der Tür und maunzten herzzerreißend. Sie hatten Hunger und ganz offensichtlich Sorge, ich könnte nicht mehr nach Hause kommen. So setzte ich mich auf den Küchenboden und schaute ihnen beim Fressen zu. Grausam – mir war entsetzlich schwindelig. An ein Hinlegen war gar nicht zu denken, da ich ganz offensichtlich das Karussell in Dauerschleife gebucht hatte. Ich ließ meinen Kopf gegen die Schranktür gleiten und hoffte inständig, der Zustand würde bald vorübergehen. Weit gefehlt – Stunden später saß ich noch immer da, völlig verkatert und total steif. Mit alternden Knochen macht man so etwas eben auch nicht mehr. Ich brauchte ganze zwei Tage, um wieder bei klarem Verstand zu sein.

Eine Offenbarung

GERARD

In der unendlichen Flut von Papieren fand ich mal wieder einen dieser Briefe, bei denen der Autor den Absender und die Briefmarke inflationär behandelt hatte. Einzig, er war an mich persönlich adressiert und nicht, wie gewohnt, an unsere Agentur.

„Felix! Hast du eine Idee, wo dieser Umschlag herkommt?"

„Ich glaube, Robert hat ihn hingelegt. Weshalb? Was ist damit?"

Beim Öffnen fiel ein Stick heraus. Leider fehlte das Schreiben dazu, auf dem normalerweise die Wünsche kundgetan wurden. Noch etwas unschlüssig hielt ich ihn in der Hand.

„Na ja, sehr wahrscheinlich ist das wieder einer der unsäglich ermüdenden Versuche, ein Engagement bei uns zu ergattern."

Ich wollte ihn schon in die letzte Ecke des Schreibtisches befördern, als meine Neugier dann doch stärker war und ich den Stick in den PC steckte.

Die ersten Bilder flimmerten über den Bildschirm, und

augenblicklich war zu erkennen, dass es sich hierbei um diese bekannte Musikshow handelte, in der sozusagen „blind" die Talente ausgewählt wurden. In der Vergangenheit hatte ich mir hin und wieder diese Sendung angeschaut. Am meisten amüsierten mich die Battles. Und manches Mal waren auch ganz interessante Stimmen dabei. Es handelte sich hierbei um eine der aktuellen Sendungen, ein Mitschnitt von einer bestimmten Einstellung, denn nur kurz wurde die Jury eingeblendet, und unmittelbar danach begann eine junge Frau Geige zu spielen. Die Stimme, die hinter einem Vorhang verborgen war, drang in mein Ohr, und augenblicklich überzog mein gesamtes Körpervolumen ein prickelnder Schauer. Es brauchte einen Moment bis mir klar wurde, um wessen Stimme es sich hier handeln musste. Erst ein Mal hatte ich sie singen gehört. Trotz ihrer Nervosität erkannte ich seinerzeit das Potenzial, und jetzt war es unverkennbar. In einer Zeitspanne von weniger als sechs Monaten hatte sie Unglaubliches bewerkstelligt. Eric hatte ganze Arbeit geleistet.

Fasziniert schaute ich diesen Beitrag bis zum Schluss an. Als ich Sina erblickte, die ich zwar erst einmal gesehen hatte, mir aber ebenso wie die Mutter in Erinnerung geblieben war, ahnte ich, sie war es wohl, die mir den Umschlag hatte zukommen lassen.

„Ach sieh an! Fabien und Emma waren ja auch dabei."
Wieder und wieder schaute ich mir den Ausschnitt an. Dabei musste ich anerkennend feststellen, dass es neben ihrer in-

zwischen exzellent geschulten Stimme noch etwas anderes gab. Etwas, das den Auftritt zu einem wahren Erfolg werden ließ. In dieser Darbietung verbargen sich all ihre Emotionen, Wünsche und Träume mit denen sie die Seelen der Menschen berührte. Ihre Augen schimmerten sehnsuchtsvoll. Ich war mir ganz sicher, dafür gab es nur einen Grund – sie hatte sich verliebt. Und ich hoffte inständig, es würde der Richtige sein – ansonsten wären nämlich meine Bemühungen völlig umsonst gewesen. Ohne zu zögern, griff ich zu meinem Handy und wählte die Nummer von Eric. Kaum eine halbe Stunde später stand ich vor seiner Tür.

„Hallo Gérard, was führt dich zu so früher Abendstunde zu mir? Du klangst ganz aufgeregt am Telefon. Ich hoffe, du hast keinen Stress mit Felix. Zum Liebeskummertherapeuten eigne ich mich momentan nämlich überhaupt nicht."
„Nein, nein, keine Sorge, zwischen uns ist alles in Ordnung. Na ja, ich denke schon. Aber deshalb bin ich nicht hier. Hab dir was mitgebracht."
Dabei zog ich den Stick aus der Tasche und legte ihn auf den Tisch.
„Das solltest du dir unbedingt ansehen – jetzt!"
Mit einem kaum erkennbaren Lächeln sagte er:
„Was ist das – deine Sammlung aktueller Favoriten? Gérard, Gérard, du bist inzwischen ein glücklich liierter Mann, und nach all den Schwierigkeiten solltest du Felix doch besser die Treue halten."
„Unsinn!", vehement schüttelte ich den Kopf.

„Eric, jetzt sei doch mal ernst und schau dir das endlich an!"

„Du machst es aber spannend."

Während der PC startete und der Stick die Bilder hervorbrachte, stand Eric hinter dem Stuhl zu seinem Schreibtisch. Wenn ich einen Moment gebraucht hatte, um zu erkennen, zu wem diese Stimme gehörte, brauchte Eric nur einen Bruchteil einer Sekunde. Ich bemerkte, wie sein Körper plötzlich zur Salzsäule erstarrte als die ersten Klänge über den Äther kamen. Ich war mir ganz sicher, ihm erging es ebenso wie mir – Gänsehaut pur.

„Hast du sie dazu veranlasst, sich dort vorzustellen?"

Er blieb ungewöhnlich ruhig. Mir entging jedoch nicht, wie all seine Nerven hinter der Fassade anfingen zu brodeln.

„Nein! Was soll das denn jetzt? Eric, stimmlich ist sie ein Juwel, und das ist ganz allein dein Verdienst. Na ja, Sabrines natürlich auch, denn ohne ihren Einsatz hätte das hier nicht stattfinden können."

Noch immer beherrscht, aber wesentlich intensiver konstatierte er:

„Ich habe doch nicht all diese Stunden in diese Frau investiert, dass sie sich jetzt einer solchen Farce hingibt! Wie kommt sie nur dazu, mir so in den Rücken zu fallen? Weshalb hat sie mit mir nicht über ihre Absichten gesprochen?"

„Weil du es nie zugelassen hättest!?"

„Nein, natürlich hätte ich das nicht. Was will sie denn mit ihrer Begabung dort machen? Das ist doch gar nicht ihr Niveau! Na ja, aber immerhin profitiert Fabien jetzt ordentlich davon, der sich ohnehin kaum zurückhalten kann und ihr auf erbärmlichste Weise den Hof macht."

„Was hat denn jetzt Fabien damit zu tun?"

„Schau ihn dir doch an, dieses sabbernde Wesen, das sich kaum zurückhalten kann, sie endlich in sein Bett zu zerren. Und mit ihrem Gesang hat sie ihn ja nun auch gerade dazu eingeladen."

Seine Stimme hatte sich erhoben und bekam etwas Bedrohliches. Zuerst hatte ich gar nicht begriffen, was er von sich gab. Doch plötzlich dämmerte es mir – ja natürlich, er dachte allen Ernstes, Sabrine hätte für Fabien gesungen. Das war doch völlig absurd.

„Eric, sei nicht albern! Fabien ist ein sehr gut aussehender Mann. Aber ganz sicher liegt er nicht im Interesse von Sabrine. Auf die Idee, dass du damit gemeint sein könntest, bist du nicht gekommen? Oder willst du diesen Gedanken erst gar nicht zulassen, da du ohnehin davon überzeugt bist, dass es auf der ganzen Welt keine Frau gibt, die dich wirklich liebt – und zwar nur, um deiner selbst willen?"

„Erspar mir diese Märchenstunde!"

„Sieh mich an, Eric, du warst schon immer ein schlechter Lügner. Du hast dich doch total in sie verliebt, und sie nicht minder in dich. Ich beobachte schon seit einiger Zeit, was sich da zwischen euch anbahnt. Jeder, der Augen im Kopf hat, kann es sehen. Du scheinst hier allerdings gänzlich blind zu sein. Aber dennoch bist du eifersüchtig!"

„Oh Gérard, das hatten wir doch alles schon dutzende Male. Sieh mich an! Glaubst du im Ernst, dass eine Frau wie

Sabrine mir in einer Liebesnacht in dieses Gesicht schauen möchte?"

Indes löste er seine Maske am Hinterkopf und trat direkt vor mich hin. Mir war dieses Gesicht natürlich vertraut und ich scheute auch nicht, es anzusehen. Wir kannten uns nun schon so viele Jahre. Hatten gemeinsam so viele Unwägbarkeiten gemeistert, gemeinsam etwas aufgebaut, und ich kann mit Fug und Recht sagen, wir waren wirklich Freunde. Für mich war Eric immer da, wenn es darum ging, mir wieder einmal bei einer meiner unzähligen zu Ende gehenden Liebschaften beizustehen. Bis Felix und ich endlich ein Paar wurden, gab es eine Menge Stress und Tränen. Doch letztendlich war es Eric, der mich zur Vernunft brachte und dazu, dass ich diesen Schritt, an der Seite von Felix zu leben, wagte. Eric hatte natürlich Recht – seine Beziehungen zu Frauen waren immer schwierig. Anfangs war es für sie amüsant, weil er als etwas Exotisches angesehen wurde, doch zu einer langfristigen Verbindung war bisher keine Frau wirklich bereit – wie auch, er selbst war es ja nicht einmal, und unter den gegebenen Umständen gab er keinem weiblichen Wesen je eine Chance in seine Seele zu blicken. Und ich weiß, keine, wirklich keine Frau hatte ihn bisher ohne Maske gesehen. Trotzdem, ich war mir so sicher, Sabrine war anders, und ich würde einen Besen mit all seinen Borsten fressen, wenn sie seinen Anblick nicht doch irgendwann akzeptieren könnte und es ihr letztlich gleichgültig wäre, wie er hinter der Maske aussah. Fabien, nein – ich konnte mir das einfach nicht vorstellen, vor allem war ich gar nicht auf die Idee gekommen, sie könnte ihn gemeint haben. Aber sicher ist natürlich nichts – es käme jedoch auf einen Versuch an, einmal genau hinzusehen, was so in ihrem hübschen Kopf vorging. Zum augenblicklichen Zeitpunkt hielt ich diese Idee des Herausfindenwollens jedoch für nicht besonders geschickt.

„Hat es dir jetzt die Sprache verschlagen?"

Augenblicklich war ich aus meinen Gedanken gerissen und fragte dann nur:

„Wäre es dir recht, wenn ich sie doch noch in meinem Programm auftreten lasse? Und dann wollte ich noch wissen, was sie wirklich gut singen kann, ich meine, bezogen auf das Thema Musical. Diesen Song hier" – und ich zeigte dabei auf den PC – „kann sie bei mir nicht singen, so wunderbar er auch klingen mag, er passt leider nicht rein."

„Lenk du nur ab, du hast nämlich auch keine Antwort für mich."

Müde ließ er sich auf den Stuhl sinken.

„Was sie intensiv geübt hat und wirklich gut interpretieren kann, sind die beiden Passagen aus „Les Misérables, ‚I dreamed a dream' und ‚On my own'."

Ich war bereits auf dem Weg zur Tür als Eric aufstand und hinter mir herkam.

„Danke Gérard, ich weiß deine Loyalität zu schätzen und dass du mir immer wieder Mut machst, es nochmals zu versuchen. Aber ich bin dieser Szenen überdrüssig."

Einen Moment lang standen wir uns wortlos gegenüber.

„Und ja, du hast Recht, ich liebe Sabrine, so sehr, dass es

mich den Verstand kostet, und ich bin furchtbar eifersüchtig. Doch ganz gleich, welche Frau es auch ist, es wird immer einen Fabien geben, jemanden mit einem schönen Gesicht, dem ich nichts entgegenzusetzen habe."

Ich nickte nur, auch wenn ich da ganz anderer Meinung war. So rückte ich meine Brille zurecht und verabschiedete mich.

Das Gesicht der Wahrheit

Das neue Jahr hatte begonnen, und die Wochen schleppten sich schwermütig dahin. Januar und Februar waren ohnehin nicht die Monate, um sonnige Gemüter hervorzubringen. Die wenigen Stunden, die ich in dieser Zeit über Justus bei Eric noch organisieren konnte, waren grausam, eisig, und ich konnte mir nicht erklären weshalb. Von einem auf den anderen Moment war alles ganz anders – als hätte es die Zeit vorher nie gegeben. Irgendetwas stimmte hier ganz und gar nicht. Ich traute mich aber nicht zu fragen. Wenn ich dennoch den Versuch unternahm, blieb er zwar beherrscht, aber in ihm nahm ich eine Wut wahr, der ich mich lieber nicht aussetzen wollte. Er sprach kein Wort mit mir darüber. Vielleicht ödete es ihn auch einfach nur an, dass sich meine Leistungen nicht verbesserten, trotz seiner unnachgiebigen Art, mir doch noch einen Feinschliff zu verpassen.

Einige Zeit später war mir dann klar, was diese Wandlung verursacht hatte. Die Hoffnung, meine Eskapade bei den Studios Berlin wäre niemandem aufgefallen, wurde gründlich zunichte gemacht. Alles begann damit, dass ich in meinem Büro saß und angestrengt versuchte mich abzulenken. Unaufgeräumte Verzeichnisse in eine Datenbank zu organisieren eignet sich ganz besonders dafür, einem selbst vorzugaukeln, man bekäme sein Leben ohne Anstrengung in den Griff. Der Versuch wurde jedoch schnell durch den Anruf von Gérard unterbrochen.

„Meine liebe Sabrine, wie geht es dir? Wir haben uns eine Ewigkeit nicht gesprochen. Ich ging davon aus, dass wir uns im neuen Jahr sehen würden. Was machen deine Gesangsstunden? Hast du Fortschritte gemacht?"
Ich schwieg, kriegte irgendwie keinen Ton heraus.
„Ist alles in Ordnung bei dir?"
Schon erstaunlich, dass er mich immer fragen musste, ob alles bei mir in Ordnung sei. Machte ich ihm gegenüber einen derart instabilen Eindruck? Zudem war das natürlich eine rein rhetorische Frage, und ganz sicher wollte er keine Antwort oder einen ausführlichen Bericht meines Befindens haben – wie immer.
Ihn interessierte sicherlich nicht, dass ich mich ganz entsetzlich fühlte, dass mir die Nähe zu Eric fehlte und ich eigentlich niemanden sehen noch hören wollte. Am liebsten wollte ich gar keine Gesangsstunden mehr haben – selbst nicht einmal mehr singen und schon gar keine Tiraden über mich ergehen lassen.
„Ja, danke Gérard, alles ist in Ordnung, wie immer. Was kann ich für dich tun?"

„Komm erzähl! Ich höre doch, dass da etwas nicht stimmt."
Ich gab keine Antwort und kämpfte mit meinen Tränen bei
dieser liebevollen Aufforderung, ihm mein Herz ausschütten
zu können.

„Gut, dann habe ich hier etwas sehr Erfreuliches für dich.
Vielleicht bringt dich das jetzt wieder auf die Beine. Du be-
kommst einen Slot in dem Musicalensemble. Und zwar wirst
du ganz zu Beginn aus dem Musical „„Les Misérables' –
‚I dreamed a dream' vortragen. Ich glaube, dass du das mit
Bravour meistern wirst."
Er machte eine Pause. Ich wusste gar nicht, was ich darauf
antworten sollte.

„Gérard, ist das dein Ernst? Du wolltest mich doch partout
nicht in deinem Ensemble haben, da ich dir angeblich
keinen stimmlich Feinschliff bieten konnte und all so was –
warum denn jetzt auf einmal?"
„Ich sprach mit Eric, und er meinte, du gehörst auf die
Bühne, und ich solle dir endlich eine Chance geben."
„Ach tatsächlich? Das glaube ich nicht. Und überhaupt –
weil Eric das so sagt, machst du das jetzt mal so? Dann
weißt du offenbar noch nicht, dass zwischen M. Chagny und
mir eine absolute Eiszeit herrscht. Kann mir zwar nicht erklären weshalb, aber das ist so, und ich glaube kaum, dass
er dir die Empfehlung ausgesprochen haben kann. Es gibt
keine Gesangsstunden mehr bei ihm, weil ich dort nämlich
nicht mehr hingehen werde. Ich habe es satt, mich wie ein
Nichts behandeln zu lassen, und das geht schon seit Anfang

des Jahres so. Hast du eine Ahnung, wie es in mir aussieht?"
Ich fing nun doch an zu heulen, weil sich die Tränen einfach
nicht mehr aufhalten ließen.

„Hey Sabrine, das tut mir leid. Ich kenne Eric, er kann grausam sein, aber glaube mir, er steht sich manchmal nur selbst
im Weg und meint das ganz und gar nicht so. Komm einfach
heute Abend ins Theater, und wir proben deinen Part."

„Manchmal? Das geht jetzt schon seit mehr als zwei Monaten so! Was habe ich denn nur getan?!"

Aus lauter Verzweiflung schrie ich fast in das Telefon.

„Sabrine, komm, beruhige dich doch, ich erkläre es dir
später."

„Ach, und du weißt natürlich warum. Das hätte ich mir ja
auch denken können. Ihr steckt doch alle unter einer Decke
– bloß für mich ist darunter kein Platz."

„Sabrine, bitte..."

Mehr hörte ich nicht, drückte einfach den Knopf mit dem
roten Telefon und schaltete das Handy komplett ab, sodass
mich niemand mehr erreichen konnte.

Sehr schnell hatte ich aber meine Contenance wiedererlangt,
denn hier ging es nun um alles, was ich mir in den letzten
Monaten erarbeitet hatte. Da wollte ich mich doch jetzt
nicht durch eine lapidare Gefühlsduselei mit Eric aus der
Fassung bringen lassen. Die Tränen abgewischt und ein dezentes Make up aufgetragen, erschien ich abends pünktlich
zur Probe.

Gérard empfing mich mit einem aufmunternden Lächeln
und gab mir ein paar Anweisungen zu meinem Auftritt. Die-

ses Lied passte exzellent zu meiner derangierten Stimmung, sodass ich ganz problemlos eine hervorragende Leistung abliefern konnte. Gérard war begeistert und lobte mich in den höchsten Tönen.

Überraschend eröffnete er mir , dass es eine gute Entscheidung war, mich doch noch mit einzuplanen. Gerade als ich wieder aufbrechen wollte, zog er mich beiseite.
„Sabrine, ich muss dir etwas sagen."
Ich dachte nur, jetzt kommt's … und will ich das wirklich wissen?
„Eric hat von deinem Auftritt in Berlin erfahren. Er war außer sich vor Wut. Das Schlimmste dabei ist aber, es war meine Schuld. Irgendjemand hat mir die MAZ zugespielt, und ich muss gestehen, ich war so begeistert, dass ich dachte, Eric sei das auch. Ganz bestimmt war er es auch und ist mächtig stolz auf dich."

Ungläubig starrte ich ihn an.
"Du hast was? Ich drehe dir augenblicklich den Hals um. Du machst Scherze!"
„Es tut mir wirklich leid, aber vielleicht gehst du einfach zu ihm und sagst, dass du bei mir im Ensemble singst. Dass die Berlingeschichte nicht deine Idee war – war sie doch nicht, oder? Und dass es unverzeilich war und all so was."
„Gérard, dann kann ich ja gleich mein Todesurteil unterschreiben. Der macht doch Hackfleisch aus mir, wenn ich bei ihm auftauche."

„Nein, das macht er nicht – ganz sicher nicht!"

„Weshalb habe ich immer nur das Gefühl, alle wissen immer alles viel besser als ich? Kannst du mir das erklären?"

„Jetzt nicht, jetzt gehst du erst einmal zu Eric – bitte!"

„Ja klar, damit du dein schlechtes Gewissen beruhigen kannst. Aber glaube mir, wenn das schief geht, dann darfst du meine Überreste einsammeln."

Ganz spontan nahm er mich in die Arme:

„Du bist ein Pfundskerl, Sabrine, und alles wird gut werden. Ganz bestimmt. Aber leider kann ich dir im Augenblick nicht mehr dazu sagen, vertrau mir einfach."

Ja, wenn das mit dem Vertrauen so einfach wäre. Wortlos löste ich mich aus der herzlichen Umarmung und verließ das Theater.

∗∗∗

Nein, es wäre wohl besser gewesen, ich hätte nicht auf ihn gehört. Aber irgendetwas machte mir Mut, und ich erinnerte mich daran, was Ole an jenem Abend zu mir gesagt hatte – nichts aufschieben, und wenn du mit deinem Kerl reden willst, dann tu das. Na ja, mit meinem Kerl, den ich nicht hatte, konnte ich nicht sprechen. Aber Eric! Vielleicht war es doch keine so schlechte Idee, zu ihm zu gehen und zu versuchen, ihm alles zu erklären.

Wie immer stand das Tor offen, und ich fuhr bis vor das Eingangsportal. Schon komisch, nach unseren letzten, nicht gerade aufbauenden Begegnungen, wieder hier zu sein. Noch während ich die Treppen hinaufging, sah ich, dass die Haustür offen stand, und ich wunderte mich, denn es war niemand zu sehen. Justus konnte ich nirgendwo entdecken. Also betrat ich das Haus und ging mit meinen High Heels, die immer einen Höllenlärm auf diesen Marmorplatten verursachten, direkt auf den Wohnraum zu. Leise öffnete ich die Tür und trat ein.

Mit dem Rücken zu mir stand er an dem gläsernen Esstisch. Ganz offensichtlich hatte er niemanden erwartet und schon gar nicht mich. An das, was er dort gerade machte, kann ich mich nicht mehr erinnern. In demselben Augenblick, als Eric mich wahrnahm und sich umdrehte, erstarrte ich zu einem ganzen Wachsfigurenkabinett.

Schon oft hatte ich versucht mir vorzustellen, was sich wohl hinter dieser Maske verbarg. Hatte im Internet gesurft und mir alle möglichen und unmöglichen Deformationen von Gesichtern angeschaut. Nicht, dass ich mich besonders erschreckt hätte, nein – aber das, was ich nun sah, übertraf all meine Vorstellungen. Im Alter von 14 oder 15 Jahren hatte ich einmal ein Plakat zu einem Film gesehen, auf dem stand so etwas ähnliches wie „Die Nacht der reitenden Leichen." Das Bild, was sich mir jetzt bot, hatte eine gewisse Ähnlichkeit damit, etwas Bizarres, Animalisches.

Verdammt, weshalb konnte ich nur nicht diese Starre unterbrechen und irgendetwas sagen. Welch' ein unglücklicher Augenblick, ausgerechnet heute, ausgerechnet jetzt. Vor allem nach dieser langen Zeit der Distanz und Ablehnung. Zu spät, in nur wenigen Schritten hatte er mich erreicht und an den Oberarmen gepackt. Durch den dünnen Mantel spürte ich seinen festen Griff. Zudem hob er mich hoch, sodass ich auf den Spitzen meiner Schuhe stehen musste. So zwang er mich, ihn direkt anzusehen. Nur wenige Zentimeter trennten mich von seinem Gesicht. Er schrie mich an, schüttelte mich – er war außer sich vor Wut. Für einen Augenblick war mir, als würde er mich wirklich umbringen wollen. Diese Szene lief ab, als wäre ich mitten in einem Film gelandet, so unrealistisch, und doch, der Griff an meinen Armen täuschte nicht darüber hinweg. In meinem Kopf kippte ein Schalter um, und mir erschien plötzlich alles wie aus weiter Ferne. Ich verstand nicht alles, was er von sich gab. Nur so viel, wie ich dazu käme, einfach ohne Ankündigung hereinzuplatzen. Ob ich keine ordentliche Kinderstube gehabt hätte. Was ihn aber wirklich wütend zu machen schien, war mein Auftritt in den Berlin Studios. Erst Gérard hatte ihn auf dieses Spektakel aufmerksam machen müssen. Ich wollte es ihm wohl nicht selbst sagen. Und dann noch etwas von Vertrauensmissbrauch und Verrat, und die Ausbildung meiner Stimme wäre damit völlig umsonst gewesen und so weiter und so weiter. Das ganze Theater dauerte für mich eine Ewigkeit.

Um die Angst vor ihm zu überwinden, konzentrierte ich mich nur auf sein Gesicht. Was im ersten Augenblick hässlich und abstoßend erschienen war, zeigte mir jetzt eine faszinierende Mischung aus normaler Gesichtshaut und solcher, die aussah, als sei sie aus Pergament. Durchlässig und weiß. Markante Wangenknochen, die leicht hervorstanden. Eine Nase im klassischen Sinne hatte er nicht – eher gar keine. Was ich aber sah, waren seine dunklen, grünen Augen mit Sprenkeln darin, einen schmalen Mund, der ohne Maske ganz anders wirkte, und aus dem augenblicklich nur hässliche Worte kamen. Zudem zeichnete sein Gesicht jede Menge kleine Fältchen. Er war wohl nicht mehr so jung, wie ich vermutet hatte. Sein dunkles langes Haar, das er sonst immer zu einem Zopf gebunden hatte, fiel ihm jetzt über die Schultern. Mit dieser Mischung aus Wut und bizarrem Ausdruck gab er eine furchteinflößende Erscheinung ab.

ERIC

„Die Einkäufe von heute habe ich im Wagen gelassen. Ich gehe sie geschwind holen."

Justus blieb einen Augenblick stehen und schaute mich herausfordernd an.

„Wenn man es gewohnt ist, dich ohne Maske zu sehen, ist es gar nicht so grausig, wie du glauben magst. Vielleicht geht das ja nicht nur mir so, sondern abgesehen von Gérard viel-leicht auch noch anderen Menschen."

Dabei blieb mir die bewusste Betonung auf anderen Men-schen nicht verborgen.

„Justus, was versuchst du mir damit jetzt zu sagen? Wir ken-nen uns so viele Jahre. Selbstverständlich macht es mir nichts aus, dass du mich so siehst. Mich stört das ebenso wenig wie dich. Und tue nicht immer so, als wärst du mein Untergebener – das bist du nicht."

Meine Ausführungen völlig ignorierend fuhr er fort:

„Ich habe übrigens für den Esstisch Blumen mitgebracht."

„Blumen?", fragte ich erstaunt. „Wozu?"

„Ich glaube, schöne Frauen lieben schöne Blumen."

Meine Arbeit unterbrechend, sah ich ihn nun doch verwun-dert an.

„Erwartest du Besuch? In meinem Wohnzimmer?"

Eine gewisse Ironie konnte ich mir nicht verkneifen. Fragte mich nur, was er damit erreichen wollte. Von der letzten schönen Frau, die hier ein und aus ging, hatte ich seit Tagen weder etwas gehört noch gesehen. Ich musste mir selbst ein-gestehen, dass mich das nicht wunderte, nach den vielen Wochen, in denen ich mich ihr gegenüber unmöglich be-nommen hatte. Ich vermisste sie schrecklich, aber war auch nicht bereit, meinem Stolz die Krone abzunehmen. Ein typisch männliches Phänomen eben.

„Ja, ich dachte mir, vielleicht sieht es etwas netter aus."

Noch während er sprach, machte er sich wieder auf den Weg Richtung Ausgang.

„Ich gehe rasch vorne herum, um die Einkäufe zu holen, dann muss ich nicht die Treppen durch den Keller nehmen. Mein Ischias, du weißt, mich schmerzt es momentan wieder ganz fürchterlich."

„Ja, Justus, mach das."

Das Klackern der Schuhe hätte mich warnen sollen. Aus welchem Grund auch immer registrierte ich nicht rechtzeitig, dass da jemand direkt ins Wohnzimmer kam. Justus war offensichtlich noch nicht zurück, weshalb die Eingangstür noch offen stand. Meine Maske lag irgendwo im Büro. Um sie zu holen, war es zu spät. Ich hatte keine andere Wahl. So stellte ich mich unwillig der Situation, die nun aber unausweichlich schien.

War es ihr entsetzter Blick, der mich bis ins Mark traf, oder einfach nur die Tatsache, dass ich nie wollte, dass sie mich so sah? Mir blieb keine Zeit, das zu erforschen. Jeder Gedanke verschwand, das Gehirn setzte aus.

Mit nur wenigen Schritten war ich bei ihr, griff sie nicht gerade zärtlich an den Oberarmen, hob sie an und zwang sie somit, mich direkt anzusehen. Ich ließ ihr keinen Spielraum, sich zu wehren. In ihren Augen sah ich blankes Entsetzen. Meine laute Stimme drang bis in die letzte Ecke dieses Hauses. Ich überschüttete sie mit harten Worten und meiner lang aufgestauten Wut über mich selbst. Bis heute hatte ich es nicht fertig gebracht, zu mir selbst zu stehen und meine äußere Erscheinung zu akzeptieren. Irgendwann war mein Pulver verschossen, und ich ließ sie los. Von ihr abgewandt, sagte ich nur noch, dass sie dieses Haus nie wieder betreten solle. Und dann wartete ich darauf, dass sie endlich ging und ich sie nie wieder sehen müsste, auch wenn der Muskel hinter meinem Brustbein hämmerte und etwas völlig anderes schrie als alle meine Worte.

Für einen Augenblick war es still. Wenn ich mit allem gerechnet hatte, aber nicht mit dem, was jetzt folgte. Sie zerrte an meinem Arm und drehte mich zu sich um.

„Was erlauben Sie sich?! Was glauben Sie eigentlich, wer Sie sind?! Anscheinend verwechseln Sie da etwas Entscheidendes. Wir sind hier nicht im 19. Jahrhundert, und ich bin auch kein junges Ding von 20 Jahren, das Ihnen aus lauter Neugier die Maske vom Gesicht reißen muss. Was erlauben Sie sich also, mich derart anzuschreien? Sieht ganz danach aus, als hätten Sie keine Kinderstube gehabt. Und was ich mit meinem Leben mache, geschweige denn mit meiner Stimme, wo und wann und mit wem ich singe, es hat Sie überhaupt nicht zu interessieren!"

Sie wurde immer lauter und eindringlicher. Fassungslos und fasziniert stand ich da. Sie war so schön in ihrem Zorn, und ich musste verrückt gewesen sein, mich ihr gegenüber so aufzubauen.

„Habe ich Ihnen in all der gemeinsamen Zeit auch nur in irgendeinem Moment Anlass dazu gegeben, mich derart zu behandeln? Wissen Sie was Sie sind? Sie sind ein ungehobeltes, chauvinistisches, arrogantes" – sie machte eine kurze Pause, als müsse sie überlegen, als was sie mich bezeichnen wollte – „Scheusal." Den wahren Gedanken sprach sie nicht aus – mir war auch so klar, was gemeint war.

Tief Luft holend kramte sie mit zitternden Händen einen Packen Noten aus ihrer Tasche und warf mir die losen Blätter mit voller Wucht vor die Füße, woraufhin sie in alle Richtungen flogen.
„Und noch eins – ich will Sie nie, nie, nie wiedersehen! Hören Sie, nie wieder!"

Sie hatte es mir gleich getan und stand auf Zehenspitzen ganz nah vor mir. Ihre Augen sprühten Funken, glänzten und füllten sich langsam zu kleinen Seen.
Chapeau. Diese feinsinnig, zierliche Dame bot mir die Stirn und zeigte mir Grenzen auf. Einem Impuls folgend tat ich dann etwas, das mich selbst überraschte. Der Ausgang dieser Szene erwischte mich dann ebenso überraschend handfest.

Sie war schon fast an der Tür, als ich sie am Arm zu fassen bekam und zu mir umdrehte. Mit den Schuhen rutschte sie dabei auf einem der Notenblätter aus, sodass ihr weicher, fliegengewichtiger Körper gegen meine Brust fiel. Sie landete direkt in meinen Armen. Ich weiß gar nicht mehr, was ich ursprünglich damit bezwecken wollte, als ich versuchte sie zurückzuhalten. Vielmehr spürte ich dieses Verlangen in mir, mehr von ihr zu wollen als nur ihre Besuche zu den Gesangsstunden. Mehr als nur Worte. In ihren Augen lag Erstaunen, aber auch eine Spur von Furcht. Ihre Lippen waren nur leicht geöffnet, und so griff ich, wie von einer unstillbaren Sehnsucht getrieben, nicht gerade sanft, in das dichte Haar und drehte ihren Kopf in den Nacken. Mein Kuss war alles andere als zärtlich. Aber er zerbrach die Mauern in mir, brachte die Zurückhaltung, die ich in den letzten Monaten ihr gegenüber so mühsam aufrecht zu erhalten versuchte, zum Einstürzen. Sie wehrte sich nicht. Es schien, als würde sie sich dem Unausweichlichen ergeben. Mit ihrem Körper ließ sie sich in meine Umarmung fallen und beantwortete auf ihre ganz eigene Art meinen Kuss. Wie von selbst wurde ich zärtlicher und meine Sehnsucht nach ihr nur noch stärker. Endlich aber gab ich sie wieder frei.

Touché. In diesem Augenblick nutzte sie ihre Chance. Mit den Händen, die sich in mein Hemd gekrallt hatten, stieß sie mich nun völlig unerwartet zurück. Für einen Moment waren wir beide von dem Geschehen vollkommen überrumpelt und sahen uns an. Doch das Unheil nahm seinen Lauf. Ihre kleine Hand holte aus und ich spürte die handfeste Antwort auf meiner Wange. Ich war erstaunt, aber irgendwie auch unglaublich erleichtert. Zuvor hatte es noch nie eine Frau gewagt, mir derart die Stirn zu bieten. Manche waren unterwürfig, andere suchten die Sensation an meiner Seite oder hielten sich, da ich ihnen unangenehm war, einfach nur auf Abstand. Sabrine aber hatte mich behandelt, als sei ich ein ganz normaler Mann, der sich unmöglich benommen hatte, und das völlig unüberlegt, nicht berechnend, sondern weil sie mich genau so sah. Mir war klar, sie wollte ich um keinen Preis wieder aus meinem Leben gehen lassen.

Zwei, drei Schritte ging sie rückwärts in Richtung Tür – ohne ein Wort drehte sie sich langsam um und verließ mein Haus. Wie angewurzelt stand ich da. Meine Fassung wiedererlangt, wurde mir das Ausmaß dessen, was ich angerichtet hatte, bewusst. Mein Gott, was war nur in mich gefahren. Ich Idiot! All das Vertrauen, das ich so mühsam versucht hatte aufzubauen, hatte ich mit meiner grässlichen Art in den vergangenen Wochen und in nur diesem einen Moment der Schwäche verspielt. Ich war so verdammt eifersüchtig. Nur einen kleinen Hoffnungsschimmer malte ich mir am Horizont aus. Dieser Kuss hatte nicht nur bei mir alles verändert, dessen war ich ganz sicher. Ihre Lippen schmeckten so süß, und ich glaubte zu spüren, dass in ihr das gleiche Verlangen brannte wie in mir.

Justus stand in der Tür, einen wunderschönen Blumenstrauß in einer Vase arrangiert. Er sagte nichts, stellte sie auf dem Esstisch ab und sah mich kopfschüttelnd an.

„Dein Mitleid kannst du dir sparen. Ich habe es nicht anders verdient." Er zuckte mit den Achseln und ging wortlos an mir vorbei.

***

Die Eingangstür meiner Wohnung fiel hinter mir ins Schloss. Von innen lehnte ich meinen derangierten Körper dagegen. Der Kuss brannte noch immer auf meinen Lippen. Die Oberarme taten entsetzlich weh. Das würde ordentliche blaue Flecke geben.

Oh mein Gott – war das einzige, was mir einfiel, als ich gegen seinen harten Brustkorb fiel – bitte nicht noch einmal. Wow, auf die massive Energie von ihm war ich nicht im Geringsten vorbereitet gewesen. Wie geht das? In einem Moment denkst du, er bringt dich um, und in der nächsten Sekunde fällt er über dich her wie ein ausgehungerter Wolf, um dich mit einer Leidenschaft zu küssen, die dir vollends den Boden unter den Füßen wegzieht. Typen ticken doch alle gleich. Da machte Eric anscheinend keine Ausnahme. Über all die Wochen hatte ich ihn als einen disziplinierten, kühlen und distanzierten Mann kennengelernt. Eine Statue, aus Eis gehauen, war das einzige Bild, das sich mir zeigte. Na ja, vielleicht bis auf unseren Tanz beim Maskenball. Was immer ihn dazu auch veranlasst haben mochte, sich mir auf diese Weise zu nähern. Im Traum wäre mir nicht eingefallen, er könnte auch nur einen Funken von Gefühl für mich hegen. Und dann dieser Kuss. Allein bei dem Gedanken daran wurde mir wieder ganz schwindelig. Ich schloss meine Augen, malte mir aus, wie es wohl sein würde, seine schönen Hände auf meiner Haut zu spüren. Wenn der Mann mich mit dieser atemberaubenden Energie küssen konnte, wie würde er erst als Liebhaber sein? Bei dem Gedanken erschauerte ich bis in die letzte Ecke meines Körpers. Und dann war er mir irgendwie wieder ganz nah, ohne Groll und zärtlich. Gesicht hin, Gesicht her — würde ich über diese intensiven Empfindungen für ihn den Schrecken vor diesem Gesicht überwinden können?

Bei der Berührung in seinen Armen stand jede einzelne Zelle meines Körpers in Flammen, und es hatte nicht viel gefehlt, ich hätte mich dem Feuer ergeben. Was mich letztendlich dann zu der Ohrfeige genötigt hatte, mochte mir beim besten Willen nicht mehr einfallen. Vielleicht war es nur die Wut in mir, mit der ich ihm zeigen wollte, so lasse ich mich nicht behandeln. Oder aber war es der verzweifelte Versuch, diesem Gesicht keine Macht über meine Gefühle zu geben? Bei dem Gedanken daran schluckte ich schwer. Ganz sicher aber wollte ich ihm unter diesen Umständen nicht mehr unter die Augen treten. Vor Scham würde ich im Boden versinken.

Die Zeit völlig vergessend, überwand ich mich irgendwann aufzustehen und mich zu entkleiden, um endlich etwas Schlaf zu finden. Ein illusorisches Unterfangen. Mir war, als wäre ich komplett ausgekühlt, dafür glühte mein Kopf, und an den ersehnten Schlaf war nicht zu denken.

„Mama, Mama!"
Die Worte drangen an mein Ohr, aber wirklich realisieren konnte ich sie nicht. Mir war entsetzlich kalt, und ich fühlte

mich unendlich schlecht.

„Jetzt wach doch endlich auf!"

Mein Bewusstsein löste sich aus dem nicht enden wollenden Traum von seltsamen Figuren, Masken und entsetzlich entstellten Gesichtern.

„Sina, was machst du hier? Wie spät ist es? Mir ist so schlecht. Was ist passiert?"

„Ich hatte versucht dich anzurufen, du bist aber nicht ans Telefon gegangen. Das war gestern Vormittag."

„Und was haben wir jetzt?"

„Es ist bereits später Abend, und ich habe den Arzt gerufen."

Nur schemenhaft erkannte ich Elisabeth, die am Ende des Bettes stand.

„Du hast ein total konfuses Zeug fantasiert. Elisabeth hat die halbe Nacht damit verbracht, nach dir zu sehen."

Das Geschehen ignorierend fragte ich:

„Was ist denn passiert?"

„Keine Ahnung, das musst du eigentlich wissen. Ich weiß nur, du glühst wie ein Backofen."

Als der Arzt endlich eintraf, konnte er nichts Gravierendes feststellen, es sei denn, man vernachlässigte die Tatsache, dass ich ganz offensichtlich seit zwei Tagen dieses Fieber hatte und er sich das nicht erklären konnte.

„Sie braucht kalte Wickel und Medizin, mit der diese extrem hohe Temperatur gesenkt werden sollte. Mehr kann ich augenblicklich auch nicht tun. Sollte es morgen nicht besser sein, dann muss sie in die Klinik."

Sina sah erschrocken auf, und Elisabeth versuchte sie zu beruhigen.

„Lass es gut sein, Kind, ich kümmere mich um deine Mutter. Die kriegen wir schon wieder hin."

Es sollte doch noch einige Tage dauern bis ich wieder richtig auf den Beinen war. Nur noch wie ein Schatten meiner selbst, sah ich zum Fürchten aus. Die Erlebnisse von jenem Abend mit Eric wollten sich nicht aus meinem Kopf lösen, und so kämpfte ich mit vielen widersprüchlichen Gefühlen in mir.

Elisabeth vertraute ich meine Geschichte an. Sie war so eine fantastische Frau, die nichts verlangte, einfach nur da war, die vor allem aber keine Fragen stellte. Sie half mir sehr, mich wieder aufzurichten und meine Kraft wiederzufinden. Sie war es dann letztendlich auch, die mir empfahl, mich eine Weile aus dem Hier und Jetzt zu verabschieden und zu verreisen. Es wäre gut, meinte sie, wenn ich Abstand zu dem ganzen Geschehen bekommen würde, vor allem aber zu Eric. Ich wusste auch schon wohin.

Paris – wenn ich irgendwo wirklich glücklich war – dann in Paris. Schnell hatte ich mit Marlis, meiner Freundin, telefoniert und ein Treffen organisiert. Sie steckte direkt in den Vorbereitungen für ihre Vernissage, weshalb sie nicht uneingeschränkt Zeit haben würde. Vielleicht könnte ich sie aber auch dorthin begleiten. Ich liebte ihre Arbeiten, die aus 1,50 mal 1,50 Metern Leinwand bestanden, gemischt aus Ölfarben, bunten Glassteinen, Sand und anderen Materialien. Das Ergebnis waren riesengroße Mandalas in allen Farben. Beim Betrachten der Bilder konnte man sich verlieren und in andere Welten abtauchen. In Vorfreude darauf, sie zu sehen, war der Flug rasch gebucht und die Tasche schnell gepackt.

Ungewohntes Terrain

ERIC

Etwas ziellos lief ich durch mein Haus, suchte nach Beschäftigungen, die mich ablenken sollten. Das funktionierte nicht. Seit bestimmt über einer Woche hatte sich Sabrine nicht gemeldet. Sie erschien weder zu den inzwischen spärlich vereinbarten Gesangsstunden, noch hatte sie sich bei Justus abgemeldet. Diese Ungewissheit machte mich mehr als ungehalten.

„Justus, du weißt, wo Sabrine wohnt?"

„Sicher weiß ich das."

„Ja, ich hatte auch nichts anderes erwartet. Würdest du mich bitte dort hinfahren. Und – das ist keine Option, sondern ein Auftrag."

„Sehr wohl, M. Chagny."

Dabei verneigte er sich auf eine übertriebene Weise hoheitsvoll.

„Bist du denn sicher, dass sie auch zu Hause ist? Willst du nicht vielleicht vorher anrufen? Das macht man nämlich im

Allgemeinen so", versuchte er mich umzustimmen.

„Nein!"

Ich wollte ihr erst gar nicht die Möglichkeit geben, mich zurückzuweisen. Es war zwar schon etwas später am Abend, jedoch hoffte ich, es sei noch nicht zu spät für einen Besuch. Darüber, dass sie mich erst gar nicht anhören, mir gar nicht erst die Möglichkeit geben würde, mich zu erklären, machte ich mir keine Gedanken. Noch vor wenigen Monaten hätte mich nichts in dieser Welt zu einer solchen Aktion getrieben. Aber manchmal ändern sich die Dinge eben.

Vor ihrem Hause blieb Justus stehen.

„Hier wären wir."

„Danke, Justus."

Nun doch etwas nervös stieg ich die Treppen zu dem Haus hinauf. Nach einem kurzen Zögern der Unsicherheit betätigte ich dann die Türklingel. Nichts. Ich versuchte es etliche Male, schaute an der Hauswand hinauf, doch niemand öffnete.

„Zu wem wollen Sie denn?", fragte mich eine Frauenstimme hinter mir wie aus dem Nichts. Mein Erscheinungsbild völlig ignorierend, drehte ich mich erschrocken zu ihr um. Die alte Dame hatte ich gar nicht bemerkt. Ganz und gar ungerührt schaute sie mich an. Sie nickte nur.

„Ach, Sie sind das. Sie wollen zu Sabrine – richtig?"

Etwas verdutzt antwortete ich ihr:

„Richtig." Im ersten Moment war ich noch versucht, sie zu fragen, woher sie wusste, dass ausgerechnet ich zu ihr wollte.

Aber irgendetwas sagte mir, dass es nicht klug sei, und somit schwieg ich lieber. Sie schleppte eine offensichtlich schwere Tasche, die ich anbot, ihr zu tragen. Ohne zu Zögern drückte sie mir diese in meine Hand. Ihr prüfender Blick verursachte mir Unbehagen. War mir nun ganz sicher, sie musste mich kennen, und mir war auch klar woher. Aber wenn ich wissen wollte, was mit Sabrine passiert war, so schickte mir diese Dame der Himmel.

„Kommen Sie, junger Mann, in den dritten Stock."
Das Treppensteigen bereitete ihr etwas Schwierigkeiten, aber sie nahm es gelassen. Wir betraten eine kleine, sehr gemütlich eingerichtete Wohnung. In dem Wohnzimmer, das aussah, als sei es den 70iger Jahren entsprungen, stand direkt vor dem Fenster ein Käfig. Darin saßen zwei Wellensittiche, die fröhlich vor sich hin zwitscherten. Es war eine heimelige Atmosphäre, die mich an mein zu Hause erinnerte als ich noch Kind war. Sonntags hatte meine Mutter immer einen Apfelkuchen mit Rosinen gebacken. Dazu gab es einen starken schwarzen Tee mit viel Milch. Anschließend erzählte sie mir immer eine Geschichte. Ich weiß bis heute nicht, woher sie diese vielen Ideen nahm. Aber es war Tradition, und ich liebte diese Nachmittage, besonders im Herbst, wenn es draußen kalt und ungemütlich war.
„Nehmen Sie Platz. Trinken Sie eine Tasse Tee?"
„Danke, gerne – das ist sehr freundlich von Ihnen."
Etwas ungeduldig setzte ich mich an den massiven Eichenholztisch auf einen Stuhl. Nachdem sie alle Einkäufe ver-

staut hatte und das Wasser aufgesetzt, drehte sie sich zu mir um und sah mich wieder mit einem prüfenden Blick an. Unsicher rutschte ich auf dem Stuhl hin und her. In meinen eigenen vier Wänden hatte ich keine Probleme mit Besuchern. Abgesehen davon, dass niemand kam, den ich nicht sehen wollte. Hier jedoch fühlte ich mich irgendwie ausgeliefert.

„So, Sie sind also jener Mann, der meine liebe Sabrine völlig aus dem Tritt gebracht hat."
Das war eine Feststellung ihrerseits, keine Frage. Jetzt konnte es unangenehm werden.
„Ich wüsste gerne, wo sie ist."
„Ja sicher, das kann ich mir denken, sonst wären Sie wohl kaum hier. Ich nehme an, derartige Besuche sind nicht an Ihrer Tagesordnung."
„Nein, nicht wirklich."
„Was wollen Sie von ihr?"
„Ich würde gerne mit ihr sprechen und ihr einiges erklären."
Oh du liebe Güte, ich kam mir vor wie ein kleiner Junge, der etwas Schlimmes angestellt hatte.
„Sie aber nicht mit Ihnen. Ich bin übrigens Elisabeth, die Nachbarin von Sabrine. Wenn sie nicht da ist und Sina, ihre Tochter, auch nicht hier sein kann, kümmere ich mich um die beiden Kätzchen. Das sind zwei hübsche Perser mit italienischen Namen. Kann sie mir nur nicht so gut merken, diese Namen." Dabei lächelte sie in sich hinein.
Gehörig spannte sie mich auf die Folter – und das ganz

sicher mit Absicht. Weshalb entspannte ich mich nicht einfach und wartete geduldig ab. Die Zen-Mönche machten das auch so – sie hatten alle Zeit der Welt. Zudem sind die Dinge – wie Sabrine jetzt sicher sagen würde – im Leben immer so, wie sie sind, auch wenn es mir sehr schwer fiel, das zu akzeptieren. Meine Philosophie war eher die des autonomen Handelns. Mir waren Gedanken wie „Schicksal" oder „Gottesfügung" gänzlich fremd. Das war etwas für Verlierer – dachte ich zumindest. Das Leben spielte mir hier nun offensichtlich aber einen Streich und belehrte mich eines Besseren. Wollte ich wissen, wo Sabrine ist, musste ich mich diesem vermeintlichen „Schicksal" wohl ergeben. Also atmete ich durch und lehnte mich in dem Stuhl zurück.

„Mein Mann – hab ihn selig, war ein Hitzkopf. Und wir beide hatten einen Dickschädel. Es dauerte eine ganze Weile, bis ich endlich seinen Heiratsantrag angenommen hatte. Wir kamen nicht aus der gleichen Gesellschaftsschicht, müssen Sie wissen, und taten uns recht schwer, uns den Konventionen zu widersetzen. Unsere Entscheidung zu heiraten war damals ein Desaster, was zur Folge hatte, dass mein Mann enterbt werden sollte. Alles, aber das wollte ich nicht. Ich redete immer wieder auf ihn ein, versuchte ihn umzustimmen. War bereit, auf ihn zu verzichten, wenn mir das auch sehr schwer gefallen wäre. Denn es handelte sich um ein nicht unbeträchtliches Vermögen – trotzdem ließ er sich nicht davon abbringen. Also nötigte er mich, mit ihm durchzubrennen – nach Venedig – um uns dort trauen zu lassen.

Albert, so hieß mein Mann, hatte Freunde dort, die uns behilflich sein konnten. Nach dem Krieg war das Leben nicht so einfach. Trotzdem, wir hatten eine wundervolle Zeit in Venedig, wenn wir uns auch so manches Mal größeren Herausforderungen stellen mussten. In den 70zigern kamen wir dann wieder nach Hamburg zurück. Letztes Jahr, als er dann von mir gegangen ist, waren Sina und Sabrine für mich da und gaben mir Mut, das Leben auch allein zu bestreiten. Sie sind mir sehr ans Herz gewachsen, weshalb ich auch nicht will, dass ihnen in irgendeiner Weise ein Leid geschieht. Ich denke, wir haben uns verstanden?!"

Es entstand eine Pause. Was hätte ich darauf auch sagen sollen. Stattdessen sagte sie mir geradewegs ins Gesicht.
„Sie lieben Sabrine. Das sehe ich Ihnen an Ihrer offenbar nicht vorhandenen Nasenspitze an."
Ich schluckte schwer.
„Und ich kann Ihnen versichern, Sabrine ist Ihnen gegenüber bestimmt nicht abgeneigt. Aber da Sie beide glauben, der eine wolle nicht wegen der nicht vorhandenen Nase und der andere nicht, weil er sich einbildet, zu alt zu sein, führen Sie beide so einen Affentanz auf. Wobei Sie sich dabei nicht gerade mit Ruhm bekleckert haben, junger Mann. Im Gegenteil, Sie haben sie sehr verletzt. Nun winden Sie sich nicht wie ein Aal, das müssen Sie jetzt schon aushalten."

In der Tat, ich war zu einem Wurm mutiert, der sich am liebsten im Boden verkrochen hätte. Diese Elisabeth, eine erstaunlich resolute, alte Dame hatte bestimmt Recht – zumindest was mich betraf.

„Möchten Sie vielleicht noch einen Tee?"

„Nein, vielen Dank."

Mehr brachte ich nicht mehr hervor und hatte auch keine Idee, wie ich aus dieser Nummer wieder heraus kam, ohne unverrichteter Dinge diese Wohnung zu verlassen. Elisabeth erkannte wohl meine Gedanken und half mir auf sehr liebenswürdige Weise auf die Sprünge, indem sie mich einfach fragte:

„Nun, sagen Sie mir schon, lieben Sie Sabrine?"

Irgendwie hatte ich das Gefühl, aufstehen zu müssen. Im Sitzen ließen sich solche Sachen nicht so gut sagen. An den Fenstersims gelehnt, schaute ich ihr gerade und mit offenem Blick in die Augen:

„Ja, Sie haben absolut Recht. Ich liebe sie so sehr, dass ich nicht mehr schlafen kann, es nicht abwarten kann, sie endlich wiederzusehen. Ich kann mir gar nicht mehr vorstellen, sie nicht mehr singen zu hören, in ihre strahlenden Augen zu sehen, wenn sie etwas gut gemacht hat. Mag es nicht mehr missen, wenn sie sich ständig etwas Neues einfallen lässt, um mich zu provozieren. Bin ich mit ihr in einem Raum, mag ich mich nicht weiter als eine Armeslänge von ihr wegbewegen. Und dieser Kuss, von dem sie ganz sicher auch wissen, hat mich dann letztendlich ganz aus der Fassung gebracht. Ja, ich liebe sie, dass es schon schmerzt. Reicht Ihnen das?"

Sie lächelte mich an und meinte nur:

„Na sehen Sie, es geht doch!"

Nach einer kurzen Pause sagte sie: „Sie ist bei ihrer Freundin in Paris. Nachdem Sie das arme Kind so zugerichtet hatten, bekam Sabrine hohes Fieber und war ein paar Tage außer Gefecht gesetzt. Ich habe sie während dieser Zeit betreut, weshalb ich auch um ihre Geschichte weiß. Denn in den Nächten fantasierte sie so manches zusammen. Als sie wieder einigermaßen auf den Beinen war, hat Sabrine mir dann die Geschichte anvertraut, die, wie Sie wohl meinten, ganz allein ihre Geschichte sei."

„Ja, ich erinnere mich", gestand ich mit einem unbehaglichen Gefühl in der Magengrube. Bei dem Gedanken daran sah ich wieder die verletzte Seele in ihren Augen, und mir wurde ganz anders. Es war klar, es gab einiges wieder in Ordnung zu bringen, und zwar so schnell wie möglich.

Elisabeth schrieb mir Adresse und Telefonnummer der Freundin auf, und ich erhob mich, um den Heimweg anzutreten. Ich bedankte mich für ihre Offenheit, und wir verabschiedeten uns herzlich.

Es gab nur einen, den ich kannte, der wissen musste, dass Sabrine nach Paris unterwegs war, und der es mir nicht gesagt hatte. Also rief ich Gérard an. Es klingelte unendlich lang, bis er sich am anderen Ende der Leitung meldete.

„Hey Eric", begrüßte er mich überschwänglich. Sehr wahrscheinlich bereits ahnend, was ich von ihm wollte. Ohne mich mit unnötigen Höflichkeitsfloskeln aufzuhalten, wollte ich von ihm wissen:

„Wo ist Sabrine?"

„Eh – in Paris. Ich dachte, du wüsstest das!"

Ich holte tief Luft.

„Nein, das wusste ich nicht. Ich habe es eben erst erfahren, und zwar von Sabrines Nachbarin."

„Aha, von Sabrines Nachbarin – tatsächlich?"

Gérards herablassende Art war mir unerträglich.

„Du bist also wirklich zu ihr gefahren? Zu Sabrine meine ich. Das erstaunt mich schon sehr."

Glücklicherweise war er nur am Telefon. Hätte er mir gegenübergestanden, sehr wahrscheinlich wäre meine Faust dierekt in seinem Gesicht gelandet. Ich holte nur tief Luft und schwieg.

„Vorgestern rief sie an und ließ mich wissen, dass es ihr gar nicht gut ergangen sei, und weshalb sie eine kleine Auszeit brauchte. Wenn ich Justus richtig verstanden habe, den ich natürlich umgehend dazu befragen musste, hattet ihr eine etwas hitzige Auseinandersetzung."

„Wie kommt Justus dazu, dir davon zu erzählen?"

„Er erzählt mir alle seltsamen Vorkommnisse, die bei dir stattfinden, damit ich als dein bester Freund eingreifen kann, wenn es notwendig sein sollte."

„Ich bringe ihn um."

„Das würde ich mir an deiner Stelle nochmals überlegen. Ohne ihn bist du komplett aufgeschmissen."

Sein verstecktes Lachen blieb mir nicht verborgen.

„Du bist mir ein feiner Freund, wenn du mir solche Informationen verheimlichst."

„Sabrine wollte nicht, dass du es weißt. Sorry."

Im ersten Augenblick wusste ich darauf nichts zu erwidern, und es herrschte einen Moment lang Stille:

„Wo ist eigentlich Fabien?", fragte ich dann neugierig.

„Wie kommst du denn jetzt auf ihn?"

Wieder Stille.

„Gérard?"

Den habe ich am Dienstag nach Paris geschickt."

„Wozu? Ist er etwa mit Sabrine zusammen?"

Allein bei der Vorstellung daran geriet mein Blut in Wallung.

„Nein, das glaube ich nicht, sie sind unabhängig voneinander gereist. Wie viel Emma allerdings dazu gesagt hat, weiß ich nicht. Kann mir aber nicht vorstellen ..."

„Gérard, du bist der nächste, der sein Leben lassen wird."

Am anderen Ende hörte ich nur ein herzhaftes Lachen.

„Bevor du mir solche leeren Versprechungen machst, mein Lieber, bring dein eigenes Leben erst einmal wieder in Ordnung. Ich will Sabrine zur Premiere auf der Bühne sehen, und zwar unversehrt. Bis dahin hast du ja nun noch geringfügig Zeit, dich zu organisieren."

Wenn ich es richtig betrachtete, war mein Leben ganz schön aus den Fugen geraten. Es wurde Zeit, dass sich das wieder änderte. Wobei mir der Gedanke, den Zustand wieder herzustellen, wie er war, bevor ich Sabrine begegnete, absolut nicht gefiel.

Gérard hatte aufgelegt, und ich atmete einmal tief durch.

„Justus, buch mir einen Flug nach Paris, gleich die erste Maschine morgen in der Früh."

„Einen Flug buchen nach Paris?"

„Justus, bist du zu einem Papagei avanciert? Oder habe ich mich nicht klar genug ausgedrückt?"

Wir sahen uns an – ich nickte, er schüttelte den Kopf.

„Wir fahren mit dem Auto und sind noch vor der ersten Maschine in Paris. Ich organisiere die Übernachtung bei Clément, der für den Aufenthalt von zwei oder drei Tagen ausreichend Platz zur Verfügung stellen kann – einverstanden?"

Ich nickte ihm nur kurz und dankbar zu. Gérard hatte wohl recht, was würde ich ohne Justus machen?

Umwege der Gefühle

PARIS

Im Flughafengebäude sah ich immer wieder Einheiten von Militär oder Polizei. Nach den Anschlägen vom letzten November und den erst kürzlich stattgefundenen Attentaten in Brüssel schien man in Alarmbereitschaft versetzt zu sein. Mir selbst war auch etwas mulmig zumute, ich bemühte mich jedoch, das Gefühl nicht an mich herankommen zu lassen.

Mit dem RER fuhr ich direkt in die Innenstadt und mit der Metro weiter in Richtung Saint-Mandé. Hier hatte ich im Le Ruisseau – wie immer wenn ich hier war – ein kleines Hotelzimmer bekommen. Es war mehr als schlicht, unglaublich klein, aber sauber, und die Menschen so zuvorkommend und freundlich.

Am Place de la Republique machte ich einen kurzen Stopp und verließ die Metrostation. Als ich die Treppen emporstieg fiel mein Blick direkt auf das Monument mitten auf dem Platz. Zu Füßen der Statue hatten Menschen noch immer ein Meer aus Blumen, Kerzen und Bildern niedergelegt. Zwischendrin schauten Stofftiere hervor, und auf Bannern prangten anklagende Schriftzüge. Selbst die Statue war mit mahnenden Texten bedeckt.

Bei dem Anblick hatte ich Mühe, mir die Tränen zu verdrücken. Wie viele junge Menschen hatten vor allem hier im Bataclan ihr Leben lassen müssen, wurden von jetzt auf gleich herausgerissen – und die meisten waren so alt wie Sina. Ich mochte mir gar nicht vorstellen was passieren könnte, wenn sie in den einschlägigen Discos unterwegs war oder Konzerte besuchte, die sie so liebte. Zuhause in Hamburg, weit weg von dem Geschehen, konnte ich damit umgehen, aber hier mitten in der Energie der Menschen, die versuchten damit zu leben, traf es mich doch intensiver als vermutet. Meinem momentan etwas angeschlagenen Nervenkostüm wollte ich aber nicht noch zusätzlich Nahrung für meine Dramen geben, und so nahm ich wieder die Metro und fuhr ins Hotel in Vincennes.

In dem kleinen Café Le Paris an der Ecke der Avenue de Paris setzte ich mich an der Straße an einen kleinen Tisch. An diesem schönen Platz konnte ich schon die ersten Sonnenstrahlen genießen – ein Privileg, das ich mir leisten konnte. Dessen war ich mir sehr wohl bewusst. Von hier aus hatte man einen freien Blick auf den Platz, an dem die Menschen aus dem Quartier jedes Wochenende den Markt besuchten. Es gab wirklich alles, angefangen von Lebensmitteln, über Kleidung, Mobiliar, Blumen und noch vieles andere mehr. Direkt angrenzend lag das kleine Hotel, in dem ich wohnte, und das Haus dahinter beherbergte unter dem Dach das Atelier von Marlis. In dem Geruch aus einer Mischung von Ölfarben und Terpentin kreierte sie ihre Kunstwerke und verlieh ihnen einen ganz eigenen Zauber.

„Hey meine Liebe!"
Die helle, fröhliche Stimme erkannte ich sofort. Ich öffnete meine Augen wieder, und da stand sie – Marlis – in einem ausgefallenen Ensemble aus blauer Seide, cremefarbener Baumwolle und kleinen, weißen Lederstiefelchen. Sie hatte so ihren ganz eigenen Stil und gab ihrer Persönlichkeit damit einen besonderen Ausdruck.

Nach einer stürmischen Begrüßung setzen wir uns zusammen an einen kleinen Bistrotisch abseits der anderen Gäste. Natürlich gehörte unser erstes Thema den Anschlägen in Brüssel und dass man auch hier in Paris Angst vor weiteren Aggressionen hatte. Mit diesem Umstand zu leben, schien in der Stadt jedoch bereits Alltag zu sein. Ich brannte aber darauf, ihr meine Geschichte zu erzählen, und so verließen wir diese düsteren Gedanken ganz schnell wieder, und ich begann mit den Erlebnissen der letzten Monate. Immer wieder geriet sie in Erstaunen, machte große Augen oder jubelte vor Entzücken. Als ich die Geschichte beendet hatte, meinte sie nur:

„Sabrine, das ist ja unglaublich, darüber könntest du glatt ein Buch schreiben."

Lächelnd erwiderte ich:

„Ja, vielleicht sollte ich das einmal versuchen, ich habe nur so gar keine Idee, wie die Geschichte ausgehen könnte."

„Na, die hat natürlich ein Happy End!", entgegnete sie mir enthusiastisch.

Marlis, ausgestattet mit einer herzerfrischenden Laune und unerschütterlichem Gemüt, blickte immer positiv auf alles, was sie tat. Irgendwie ließ ich mich durch ihre Heiterkeit anstecken und entschied, augenblicklich weder an Eric noch an sonst irgendwelche mit Dramen verbundenen Situationen zu denken. Schließlich war ich hierher gekommen, um alles einmal hinter mir zu lassen. In unserem Lieblingsrestaurant, dem Afrikaner, aßen wir später noch zu Abend und schlenderten anschließend durch die Straßen zurück in unser Quartier. Wir hatten uns so viel zu erzählen, und ich fing an, mich freier und entspannter zu fühlen. Es tat gut, eine mentale und räumliche Distanz zu den nicht gerade harmonischen Wochen aufzubauen, die hinter mir lagen.

Autolärm und Sonnenstrahlen beendeten meine dann doch unruhige Nacht. Die Erlebnisse der vergangen Zeit steckten mir ziemlich tief in jeder Faser meines Körpers. Mühsam quälte ich mich aus dem Bett. In der Erwartung, dass sich die jüngste Vergangenheit vertreiben ließe, nahm ich ein Duschbad. An diesem Tag hatte Marlis keine Zeit für gemeinsame Aktivitäten, und so entschied ich, mich allein auf den Weg durch die Straßen von Paris zu machen. Mit der Metro fuhr ich bis zum Saint-Michel, schlenderte von da aus in Richtung Châtelet und schließlich zum Place de l'Opéra. Ein unglaublicher Fußmarsch, bei dem ich die Hoffnung hatte, Klarheit in meinen Kopf zu bekommen, da sich mir über Nacht all meine Probleme wieder in Erinnerung riefen. Weit gefehlt, das Gefühlschaos wurde nur noch undurchsichtiger. Vielleicht könnte sich mir in der Sacré-Coeur die heilbringende Lösung eröffnen. Ich liebte diesen Platz und verbrachte bereits vor vielen Jahren schon jedes Wochenende in diesem prunkvollen Bau.

Damals arbeitete ich hier als Projektleiterin für eine Werbeagentur und lernte das Leben und die Menschen in Paris kennen und lieben. Aber das lag nun schon sehr lange zurück. Als ich die Kirche umrundete und das Hauptportal erreichte, hatte sich vor dem Eingang eine endlose Schlange gebildet. Alle Besucher wurden bis aufs Hemd gefilzt. Mich dort anzustellen, dazu verspürte ich nun überhaupt keine Lust. So suchte ich mir zwischen all den Touris einen Platz ganz oben auf dem Treppenabsatz vor der Kirche und schaute hinunter auf diese wunderschöne Stadt. Der durchdringende Klingelton in meiner Tasche wirkte nervend. Ich wollte jetzt niemanden sprechen. Wie das aber immer so ist, auch an mir nagte die Neugier, und ich griff doch wieder zu diesem kleinen Apparat. Da war der sehnsüchtige Wunsch, am anderen Ende könnte sich jemand melden und mir sagen wollen, wie sehr er mich vermisste und all so was. Bei meinem kurzen Blick auf das Handy jedoch entwischte mir nur ein entnervtes Grunzen – Fabien. Er war nun wirklich der letzte, von dem ich mir irgendwelche schmalzigen Geschichten anhören wollte. So wartete ich, bis das Klingeln gnädig verstummte und ich sicher sein konnte, dass er aufgegeben hatte.

Durch diesen Anruf und das Bild von Fabien wurden Erinnerungen in mir wach. Damals, vor mehr als 25 Jahren, schickte mich die Agentur nach Paris. Für eine neu geschaffene Stelle als Directrice eines Modelabels sollte ich diese interessante Position übernehmen. Es hieß, ein ungewöhnliches Projekt warte dort auf mich, und ich sollte schauen, ob mir das zusagen würde. Natürlich hätte es einen Umzug nach Paris bedeutet. Um aber keine voreilige Entscheidung zu treffen, arbeitete ich erst einmal sechs Monate an dieser spannenden Herausforderung, einen ganzen wunderbaren Sommer lang.

Es war ein heißer und damit anstrengender Tag gewesen, doch mit den Arbeitskollegen zusammen hatte ich eine Menge Spaß gehabt und ließ mich gerne dazu überreden, noch um die Häuser zu ziehen. Wir hatten in Saint-Germain ausgelassen gefeiert, und es war sehr spät geworden. Völlig erschöpft und müde stand ich am Saint-Michel und wartete auf ein Taxi. Ein unmögliches Unterfangen. Nachts um zwei Uhr gab es keine Taxen, und an den dafür vorgesehenen Ständen prügelten sich die Menschen schon darum, wenn doch einmal wieder eines auftauchte. In der Disco bis zum Umfallen ausgelassen getanzt, schmerzten mir jetzt die Füße grausig. Trotzdem beschloss ich nicht länger zu warten und ging den ganzen langen Weg bis zur Metrostation Châtelet zu Fuß. Vielleicht ließ sich hier ein Taxi auftreiben, das mich in das 18. Arrondissement brachte.

Dann sah ich ihn – Joaquim. Langes schwarzes Haar zu einem Zopf im Nacken gebunden. Einen schlanken Körper mit einem lässigen Gang. Zusammen mit seinem Freund schien es, als hätten sie den gleichen Weg wie ich. Zuerst bemerkte ich die beiden gar nicht, bis sie unmittelbar vor mir hergingen. Manchmal verlangsamten sie ihren Schritt, und ich fühlte seine Blicke in meinem Rücken. Dann wieder, ohne dass ich etwas davon mitbekommen hatte, waren sie wieder direkt vor mir. Dieses Spiel wiederholte sich etliche Male, bis ich endlich an der Metrostation Châtelet angekommen war. Noch immer lag die Hitze des Tages in der Luft, und die Stadt war in den frühen Morgenstunden voll mit Menschen. Ich wollte den beiden Typen, die noch immer in meiner Nähe waren, über die viel befahrene Hauptstraße entwischen, als ich mich noch einmal zu ihnen umsah. Das hätte ich besser nicht tun sollen, denn in dem Augenblick, als mich dieser schwarzhaarig gezopfte Typ ansah, lachten mich zwei große braune Augen an. Noch bevor ich die andere Straßenseite erreicht hatte, kam er mir bereits entgegen. Er musste geflogen sein.

Sofort verwickelte er mich geschickt in ein Gespräch. Fragte mich, ob ich Touristin sei und was ich hier so allein in den frühen Morgenstunden machte. Auf dem Weg zum Place de l'Opéra hatte uns sein Freund in einem gebührenden Abstand eine geraume Weile begleitet, war dann aber irgendwann verschwunden. In einem Café auf dem Boulevard des Italiens, das morgens um fünf Uhr noch oder schon wieder geöffnet hatte, saßen wir, tranken Tee und redeten und redeten und redeten.

Das Leben schenkte uns drei aufregende Jahre in unbändiger Leidenschaft und mit verheerendem Trennungsschmerz. Liz Taylor und Richard Burton hätten wir glatt in den Schatten gestellt, so viele Male, wie wir uns trennten, um dann doch wieder auf ungewöhnliche Weise zusammenzufinden. Es war die aufregendste Zeit meines Lebens. Aber eines Tages dann war es einfach vorbei.

Wieder läutete es in meiner Tasche, und wieder wartete ich, bis der dezente Klingelton entmutigt aufhörte. Das Bild von Joaquim verschwand, und an dessen Stelle trat eine ganz andere Gestalt mit einer machtvollen Energie, die mich noch viel mehr in den Bann gezogen hatte als irgendjemand anderes zuvor.

Einerseits fehlte Eric mir sehr, und andererseits quälten mich die Gedanken, ob ich überhaupt mit ihm auf Augenhöhe würde stehen können. Ich wünschte es mir so sehr.

Aber mit dem Wünschen ist das so eine Sache. Wir können alle Werkzeuge, die uns zur Verfügung stehen, wie Mentaltraining oder positive Affirmationen, einsetzen, um ein Ziel zu erreichen. Das Leben aber hat seine ganz eigenen Gesetzmäßigkeiten für jeden Einzelnen von uns, und es interessiert sich herzlich wenig für irgendwelche Wünsche, und für meine schon drei Mal nicht.

Aufgerüttelt durch meine Gefühle machte ich mich auf den Weg zurück nach Vincennes. Marlis hatte schon ihre Sachen gepackt. Die Bilder waren bereits verladen und alle weiteren Vorbereitungen getroffen, um eine erfolgreiche Ausstellung in einem kleinen Ort in der Nähe von Marseille zu erleben. Sie war so aufgeregt, wie jedes Mal vor solch einem Event. Zur Entspannung kochten wir gemeinsam und setzten uns noch zu einem guten Glas Rotwein zusammen. Ich hatte mich entschieden, sie nicht zu begleiten. Wer weiß warum – aber ich sage ja, das Leben hat so seine ganz eigene Inszenierung in dem Theaterstück unserer ganz eigenen Weltbühne.

Fabien war hartnäckig, und irgendwann nahm ich sein Gespräch entgegen. Darin erklärte er mir, er müsse mich unbedingt sehen, und ich entgegnete nur, dass ich gar nicht da sei. Davon gänzlich unbeeindruckt meinte er, Gérard habe ihm aufgetragen, ich solle ihn zu einem Freund mit Namen Maxim begleiten. Ungläubig hörte ich ihn sagen, dass er in Paris sei und wir uns in der Rue Saint-Dominique treffen müssten. Dort nächtigte er derzeit bei einem Freund. Einen Teufel würde ich tun und ihn dort treffen schon gar nicht. Noch am späten Abend versuchte ich Gérard zu erreichen, der mir hoffentlich erklären konnte, was das zu bedeuten hatte.

„Woher weiß Fabien eigentlich, dass ich in Paris bin, und weshalb ist er überhaupt hier?", wollte ich von ihm wissen.

„Hast du ihn auf diese idiotische Idee gebracht?"

„Ich möchte, dass du Maxim – meinen Freund – kennenlernst. Er organisiert unser gemeinsames Projekt „Art meets Musical" in seinem Chalet in der Bretagne. Das wird eine ganz außergewöhnliche Show. Deshalb ist auch Fabien vor Ort. Da ich hier verständlicherweise momentan nicht abkömmlich bin, habe ich ihn zur Unterstützung der Vorbereitungen zu Maxim geschickt."

„Und was soll ich dabei tun? Den beiden die Händchen halten, oder was hast du dir vorgestellt?"

Mein unüberhörbares Schnaufen sollte ihm signalisieren, davon bin ich überhaupt nicht begeistert.

„Triff dich mit den beiden – ich möchte einfach nur, dass Maxim dich kennenlernt. Er ist derzeit auf der Suche nach interessanten Menschen, die sein Projekt künstlerisch bereichern sollen. Mir kam dabei die Idee, dass du durchaus zu einem seiner besonderen Kreise dazugehören könntest."

War das wieder einer seiner seltsamen Einfälle? Doch in der Tat wäre das für meine musikalische Karriere, sofern Maxim von mir überhaupt begeistert sein sollte, hilfreich.

„Ok, wo und wann soll das stattfinden?"

„Es ist ein Tisch für 21 Uhr im Restaurant Le Meurice Alain Ducasse in der Rue de Rivoli bestellt. Bitte sei pünktlich." Die Recherche im Internet zeigte mir ein außergewöhnlich teures Restaurant. Was sollte ich dazu nur anziehen? Ich hatte kein extravagantes Outfit eingepackt – wozu auch. Also blieb mir nichts anderes übrig, als unnötig Geld auszugeben für einen Fummel, den ich alle Jubeljahre einmal anziehen würde. Letztendlich gefunden hatte mich dann ein kurzes, enges, schwarzes Kleid, bestehend aus etwas Stoff mit viel schwarzer Spitze, einem tiefen Ausschnitt, der hinter der Spitze sicherlich zu maßlosen Fantasien anregen würde. Der Rücken war quasi eine Kopie des Vorderteils, nur ohne Spitze und einem noch tieferen Ausschnitt. Den Kontostand würde diese Errungenschaft komplett ruinieren. In Paris war das überhaupt keine Schwierigkeit.

Die Aufforderung Fabiens, ihn zu treffen, hatte ich bewusst ignoriert. Stattdessen betrat ich selbstverständlich verspätet das Restaurant auf der Rue de Rivoli. Als mir ein Kellner aus meinem Mantel half und mich zu dem Tische führte, nahm ich aus den Augenwinkeln wahr, wie mich die anderen Gäste mit ihren Blicken verfolgten. In diesem Kleid mit schwarzen Strümpfen, meinen so geliebten Mordinstrumenten von High Heels und den kunstvoll drapierten Haaren konnte man schon einen starren Blick bekommen. Zeigten sie mir doch, ich hatte es noch drauf. Fabien blieb dann auch schier die Luft weg, denn er sah mich mit weit geöffnetem Mund an, was seinen Tischnachbarn dazu veranlasste, ebenfalls in meine Richtung zu schauen. Dieser Mann erhob sich als erstes und kam mir entgegen. Schwarze, dichte Locken umrahmten ein markantes mit einer recht großen vorwitzigen Adlernase nicht gerade schönes Gesicht. Dafür hatte er dunkle undurchdringliche Augen, die mich aufmerksam musterten. Er war nicht so groß – ein echter Franzose eben, dachte ich so bei mir, in einen seltsam blauen Anzug gekleidet. Den französischen Männern war es wichtig zu leben, zu essen, zu lieben und ganz nebenbei Geschäfte zu machen. Wohnungseinrichtungen und Kleidung gehörten nicht unbedingt zu ihren Prioritäten. Natürlich – es gab auch Ausnahmen.

Als er mich zu meinem Platz zwischen ihm und Fabien führte, stellte er sich kurz vor. Das also war Maxim. Irgendwie hatte ich ihn mir schillernder, auffallender vorgestellt. Er wirkte so normal und wenig künstlerisch. Ein großes Projekt und ausgefallene Ideen konnte ich mir im Zusammenhang mit ihm erst einmal nicht vorstellen. Zu meiner Überraschung gab es aber noch weitere Gäste. Zwei Typen, die im Gegensatz zu Maxim mit eher bunt zusammengestellten Outfits auftraten, saßen an der gegenüberliegenden Seite des Tisches. Er stellte sie mir als seine engsten kreativen Köpfe vor, die an der Konzeption des geplanten Projektes beteiligt waren, und Emma – Emma?
Wir begrüßten uns, und ich sah sie fragend an:
„Was machst du denn hier? Dich hätte ich jetzt gar nicht erwartet."

„Oh Sabrine, entschuldige, ich werde dir das alles später erklären."

„Hm, das brauchst du nicht – ich nehme an, ihr habt euch abgesprochen, und Gérard hatte mal wieder gute Gründe, mich vorher nicht einzuweihen."

Von meinen Worten wenig beeindruckt zeigte sie mir nur eine gespielte Betroffenheit. Und mit einer ebenso gespielten Miene gab ich zurück:

„Komm her, du kleines Biest!"

Wobei ich sie herzlich in die Arm nahm und fortfuhr:

„Ich überlege mir noch, ob ich später böse auf dich sein werde. Es scheint ohnehin ein interessanter Abend zu werden." Dabei schaute ich in die Runde.

„Erwartet ihr noch weitere Gäste? Oder weshalb sind hier noch zwei Plätze eingedeckt?"

Emma zuckte nur leicht mit den Schultern. Ich ließ es auf sich beruhen, denn sie würde mir nichts dazu verraten. Wann immer es um heikle Situationen ging, konnte sie sehr verschwiegen sein. Diese Erfahrung hatte ich nun schon des Öfteren gemacht. Eigentlich hätte mich das auch warnen sollen. Doch dummerweise erwartete ich keine weiteren Überraschungen und nahm den für mich vorgesehenen Platz am Tisch ein. Ganz und gar unvorsichtig von mir, wie sich später noch herausstellen sollte.

Maxim nahm mich sogleich in Beschlag, und wir unterhielten uns sehr angeregt. Er schilderte mir in den buntesten Farben, wie er sich das Event, das im Sommer stattfinden sollte, vorstellte. Während seiner Erzählung malte ich mir das Chalet ähnlich spektakulär aus wie das „bescheidene" Haus von Gérard – riesengroß und üppig ausgestattet, was meiner Vermutung widersprach, Franzosen würden keinen Wert auf stilvolles Wohnen legen. Maxim gehörte hier augenscheinlich zur Ausnahme.

Ich wurde den Eindruck nicht los, dass sie alle irgendwie miteinander verbandelt waren. Gérard, Maxim, Fabien und natürlich auch Eric. Den Gedanken an ihn mit einem Herzstolpern noch nicht zu Ende gesponnen, sah ich, wie der Kellner, der ausschließlich für unser Wohlergehen zuständig war, quer durch das Restaurant auf uns zusteuerte, zwei Personen im Schlepptau, die sehr vertraut miteinander schienen.

In meinem Gesicht, aus dem gänzlich die Farbe gewichen sein musste, stand ungläubiges Entsetzen, als ich Eric mit einem vollbusigen Vamp an seiner Seite erblickte. Sie hatte langes, dunkelblondes Haar und war in einen weißen Schlauch gezwängt, zu dem man eventuell Kleid hätte sagen können. Bestürzt überlegte ich, ob das wohl seine Flamme war. Das würde natürlich auch erklären, weshalb er mich immer auf Abstand hielt. Ich hatte ja keine Ahnung – wow, das war sein Typ? Ich war mehr als erstaunt und konnte ihn nur fassungslos anstarren. War er ihretwegen hier? In den vergangenen Monaten war nie jemals der Name Maxime oder Frankreich gefallen, und in den spärlichen Gesprächen hatte auch Eric nie etwas davon erwähnt. Na ja, aus gutem Grund sehr wahrscheinlich, wie man jetzt sehen konnte. Oh mein Gott, was war das hier eigentlich – eine Schmierenkomödie, in der ich geopfert werden sollte? In meinen Adern gefror jeder einzelne Blutstropfen.

Allen hier Anwesenden jetzt aber meine wahren Gefühle zu zeigen, kam überhaupt nicht in Frage. Also schluckte ich meine Fassungslosigkeit hinunter, an der ich fast zu ersticken drohte. Alle standen auf, und Eric begrüßte jeden herzlich. Aha, ja klar – man kannte sich natürlich, fiel es mir wie Schuppen aus den Haaren.

„Welch' eine Überraschung Sie hier zu sehen, Sabrine."
Und dann sagte er kaum hörbar:
„Wir müssen reden, bitte."
„Sie können versichert sein, M. Chagny, meine Überraschung, Sie hier zu sehen, steht dem in nichts nach, und reden, nein danke, reden möchte ich überhaupt nicht."
Ich vermied es, ihm in die Augen zu sehen – meine Blicke hätten ihn wie ein Schwert durchbohrt, und er wäre glatt tot umgefallen.
„Darf ich Ihnen dann Lola vorstellen, sie ist ..." – weiter kam er nicht.
„Nein, vielen Dank – bemühen Sie sich nicht. Ich verzichte auf die Bekanntschaft."
Ich ließ beide einfach stehen, und wie ein trotziges Kind setzte ich mich wieder auf meinen Platz. Fabien lächelte

mich an und meinte, das wäre seine Idee gewesen, und er fand den Einfall geradezu genial. Welchen Einfall fragte ich mich? Dann dämmerte es mir langsam. Fabien hatte Eric hierher bestellt und die Schmierenkomödie inszeniert? Elender Schuft – was wollte er denn damit bezwecken? Emma inzwischen damit beeindrucken und mich aus verletztem Stolz brüskieren, da er bei mir nicht landen konnte? Emma, steckte sie etwa mit Fabien unter einer Decke? Vielleicht hatte ich hier aber auch nur etwas Entscheidendes verpasst, was sich mir im Augenblick nicht zu erschließen schien.

Beide, Lola und Eric, nahmen mir gegenüber Platz, und das Schauspiel, was mir geboten wurde, brachte das bis jetzt völlig erfrorene Blut zum Kochen. Diese Lola hing an Eric wie eine Klette, sprach unentwegt und zog alle Aufmerksamkeit auf sich. Die Konversation verlief nur noch auf Französisch, von dem ich aufgrund der Schnelligkeit ausschließlich Bruchteile mitbekam. In der Zwischenzeit war das Essen gekommen, und ein exquisiter Rotwein wurde dazu gereicht. Jeder Bissen, den ich versuchte in den Magen zu befördern, blieb mir im Halse stecken. Lola wurde immer unerträglicher – Eric schien das aber nur zu amüsieren. Und dann explodierte es in meinem Kopf – ich konnte gerade noch zu Maxim sagen: „Bitte verzeihen Sie, aber ich muss das hier jetzt einfach tun."

Mit einem Ruck sprang ich auf, so heftig, dass der Stuhl nach hinten gegen den Nachbartisch polterte. Plötzlich waren alle

Gespräche verstummt, und man schaute gebannt auf die Szene, die sich an unserem Tisch abspielte. Fabien, und vor allem in erster Linie er, sollte seinen Auftritt bekommen – sollte seinen genialen Einfall, die Krönung des heutigen Abends so richtig auskosten. Ich nahm mein Weinglas, füllte es bis zum Rand mit der roten Flüssigkeit und schüttete es Fabien geradewegs ins Gesicht. Das wollte ich immer schon einmal machen. So lange ich denken kann, träume ich davon, dass ich in aller Öffentlichkeit so provoziert würde, dass ich diesem Verlangen hätte nachgeben können. Leider bot mir hierzu bisher noch nie jemand einen Anlass. Aber jetzt, wo ich die Gelegenheit dazu bekam und auf die Genugtuung wartete, fühlte ich mich nur elend, und der ersehnte Triumph stellte sich nicht ein. Eric würdigte ich keines Blickes mehr, schmetterte die Serviette auf den Tisch und ging langsamen Schrittes auf den Ausgang zu. Der Kellner war sehr umsichtig. Er hatte die Situation schnell erfasst und half mir in den Mantel. Ganz sicher war er froh, einen so peinlichen Gast wie mich schnellstens wieder loszuwerden. Als ich endlich vor die Tür trat, kämpfte ich mit den Tränen und beeilte mich, diesen Ort so schnell wie möglich zu verlassen, bevor sich irgendjemand besann und die Idee hatte, mich aufzuhalten.

Ziellos lief ich durch die Straßen. Die Tränen ließen sich nun nicht mehr zurückhalten, sodass ich alles nur noch durch einen Schleier wahrnahm. Ich erinnere mich nicht mehr, wie lange ich so unmotiviert herumlief, bis ich wieder am Saint-Michel ankam. Das war nicht unbedingt mein Ziel gewesen. Aber da ich nun schon einmal hier war, setzte ich mich in eines dieser Straßencafés, um einen starken Espresso zu bestellen. Mir knurrte der Magen, denn ich hatte nicht viel gegessen – eher gar nichts. So ließ ich mir noch ein Sandwich kommen und vertilgte es mit einem Heißhunger. Gestärkt und einigermaßen wieder gefasst, fühlte ich, wie die Müdigkeit in mir Einzug hielt und die Knochen unerträglich schmerzten. Trotzdem setzte ich meinen Weg fort, bis ich am Opernhaus ankam. Seltsam, dass mich der Weg ausgerechnet hierher führte. Ich ließ mich auf den Treppenstufen nieder, direkt vor dem Gebäude, und wie von selbst tauchten all die Situationen die ich mit Eric erlebt hatte, vor meinem inneren Auge wieder auf. Mein Gott, was hatte es mich erwischt – ich unternahm alle Anstrengungen um herauszufinden, ob er ebenso empfand wie ich, ob ich ihm irgendetwas bedeutete. Jetzt wusste ich es, er wollte mich nicht. Du liebe Güte, was fand er nur an diesem, ja, wie sollte ich sie beschreiben, unerträglich verkorksten Modell, einer dürren exaltierten Ziege? Ich konnte mir die beiden zusammen überhaupt nicht vorstellen. Was hatte sie, was mir offensichtlich fehlte? Besondere innere Werte? Heuschrecken vielleicht? Mich selbst ermahnend versuchte ich alle weiteren mir unerträglich aufkommenden Gedanken beiseite zu schieben und mich auf die kommende Zeit zu konzentrieren. In wenigen Tagen sollte ich im Theater singen. In diesem Zustand lagen die Chancen schlecht, eine klare Stimme hervorzubringen. Vor allem dann nicht, wenn ich weiterhin hier auf den Treppen sitzen bleiben wollte. Damit riskierte ich vielleicht noch eine verkratzte Stimme, und dann hätte es sich mit dem Auftritt ohnehin erledigt.

Aus den Augenwinkeln bemerkte ich, wie sich mir eine Gestalt näherte. Nein – natürlich war es nicht Eric – wie auch, er wusste ja gar nicht, wo ich war. Oder hatte ich die Hoffnung, er könnte diese glorreiche Eingebung haben, mich hier finden zu wollen? Was sich mir stattdessen da ziel-strebig näherte, war ein ganz gewöhnlicher französischer Bürger – ein Mann, versteht sich. Ich hatte damals gleich am ersten Tag, als ich meinen Fuß auf die Straßen von Paris setzte, lernen müssen, dass es für die Männer üblich ist, Frauen auf der Straße anzusprechen, um zu schauen, ob was geht. Dieses Exemplar hier war viel kleiner als ich, in einen mausgrauen Regenmantel gewickelt und auf der Nase eine Brille. Sicherlich machte ich einen erbärmlichen Eindruck, weshalb er sich wohl dazu berufen fühlen musste, mich „trösten" zu wollen. Energisch wies ich ihn zurück. Er faselte dann noch etwas von „Je suis très désolé" etc. etc. Ja, ich auch. Ohne ihn weiter zu beachten, ging ich langsam zum Taxistand hinüber. Mit einem letzten Blick auf das faszinierende Gebäude stieg ich in den ersten Wagen ein und ließ mich zum Hotel fahren.

In dieser Nacht wollte sich der Schlaf überhaupt nicht ein-stellen. Mit einem aufgewühlten Geist drehte ich mich von einer auf die andere Seite. Die Zeit schien still zu stehen. Endlos quälten sich die Minuten, eine nach der anderen, vor sich hin. Das Leben dieser Stadt drang bis in mein Zimmer. Ein Müllwagen fuhr mit lauten Signalen durch die Straßen. Es war noch dunkel, als ich mich endlich aus den warmen Kissen quälte und meine Tasche packte.

Ich rief ein Taxi, das mich zum Flughafen brachte, und buchte meine bereits bestehende Verbindung nach Hamburg auf den ersten Flug an diesem Tag um. Stunden später befand ich mich wieder in meinen eigenen vier Wänden, schaltete alle Telefone ab und fiel total erschöpft in die eigenen Bettfedern. Das penetrante Maunzen der Miezen drang nur noch ganz entfernt an meine Ohren, und dann war ich auch schon in einen komaähnlichen Schlaf gesunken.

Die verpasste Chance

Die Sonne schien in mein Gesicht. Wie aus einem Dornröschenschlaf erwachte ich am späten Nachmittag. Adrenalin setzte ein, denn mir wurde bewusst, der Tag des großen Auftritts rückte immer näher. Vor lauter Aufregung konnte ich kaum noch einen klaren Gedanken fassen. Da war aber noch etwas – ein gewisses Gesicht, das mir mit und ohne Maske meine so harmoniebedürftige Mitte raubte. Es ging mir trotz aller Widrigkeiten einfach nicht mehr aus dem Sinn. Ganz gleich wo ich war und was ich tat, ich hatte immer das Gefühl, seine Energie war mein ständiger Begleiter. Ich sehnte mich nach ihm, nach den Gesprächen, seinen Blicken, die, wenn er glaubte, ich würde es nicht bemerken, so viel Wärme ausstrahlten. Doch unnötigerweise mischte sich immer wieder das Bild von Lola und Eric dazwischen, wie sie zusammen... Allein bei der Vorstellung daran drehte sich mir bereits der Magen um. Aus purem Selbstschutz jedoch mochte ich mir weitere Szenarien gar nicht detaillierter ausmalen.

Schließlich war der Abend gekommen an dem wir, also die Solisten, die Möglichkeit hatten, vor der Premiere letzte Unsicherheiten auszuräumen. In ungezwungener Atmosphäre sollten wir uns miteinander austauschen oder uns auch einfach nur gegenseitig Mut zusprechen. Gérard stellte sich zudem vor, dass jener Kreis, der noch nicht zu den Profis gehörte, und der an der Generalprobe Schwäche zeigte, sich sein Selbstvertrauen stärken sollte. Einzig zu diesem Anlass lud er zu sich nach Hause ein. Es war mal wieder eines seiner extravaganten Happenings, wie ich von Emma wusste. Für das leibliche Wohl würde gesorgt sein, allerdings ohne Alkohol, damit wir Künstler uns ganz auf unsere jeweilige Rolle konzentrieren konnten. Ich glaube, er wollte uns alle nur noch einmal um sich herum scharen, um ganz sicher zu gehen, dass die Patzer, die wir uns in der Generalprobe geleistet hatten, ausgeräumt werden konnten.

Wie so oft, war ich mal wieder spät dran, als sich endlich die Tür zu seinem Haus öffnete. Einer seiner unzähligen Lakaien gewährte mir mit einem distinguierten Ausdruck auf seinem Gesicht Einlass. Seit dem Maskenball war ich nicht mehr hier gewesen, und als ich diesen „Saal" betrat, sah er ganz anders aus, als ich ihn in Erinnerung hatte. In der hinteren Ecke in Richtung der Fenster stand nun ein wunderschöner Flügel. In der Mitte des Raumes war eine riesig lange Tafel über Eck aufgebaut, an der alle Platz hatten. Vor den Fenstern und gegenüber an der Wand standen kleine Couchen. Ich fragte mich, wo man wohl das ganze Mobiliar aufbewahrte, wenn keine dieser ausschweifenden Veranstaltungen stattfand.

„Hallo Sabrine, schön, dass du es doch noch geschafft hast zu kommen."

Gérards arg verformte Stirnfalten ließen nichts Gutes ahnen. Er schaute mich missbilligend an. Über mein Zuspätkommen war er nicht gerade entzückt. Seine Hände in die Hüften gestemmt, konstatierte er:

„Könntest du dir vorstellen in Zukunft pünktlich zu sein? Ich meine ja nur so, du würdest uns allen damit helfen, den Zeitplan einzuhalten."

Dabei setzte er ein gespielt grinsendes Gesicht auf.

„Ja, entschuldige, ich habe mich irgendwie in der Zeit verloren."

„Ja, das ist ganz prima. Morgen darf dir das aber nicht passieren, sonst bekommst du ein ernsthaftes Problem. Ich erwarte absolute Disziplin von dir. Wo hast du denn nur deinen Kopf?"

Weshalb war er denn jetzt so ungehalten? Es saßen doch ohnehin alle nur herum und waren am Essen und Reden. Ihm jedoch Widerworte zu geben, war ganz schlecht. Damit konnte man es sich bei Gérard gehörig verderben. Es lag mir aber ganz und gar fern, denn schließlich wollte ich singen. So gab ich kleinlaut zurück:

„Gérard, du hast absolut Recht – zukünftig bemühe ich mich, dir das Leben nicht so schwer zu machen."

Dabei machte ich ein ehrlich reumütiges Gesicht.

„Mein Liebes, es wäre ein Traum. Aber sag, du siehst

umwerfend aus – hast du heute noch etwas vor?"

Aus einem unerfindlichen Grund hatte ich das Kleid angezogen, das ich an jenem unheilvollen Abend in Paris trug. Dieses Mal jedoch kaschiert mit einer Pelerine. Leider konnte ich ihm daraufhin keine passende Antwort mehr geben, denn Emma, die mich entdeckt hatte, kam herüber und fragte ungehalten:

„Wo hast du denn nur gesteckt? Wir warten bereits alle auf dich."

„Ja, das hat mir Gérard bereits unmissverständlich klar gemacht."

Eine kurze Pause entstand, während sie auf eine Erklärung von mir wartete.

„Mir geht es im Augenblick nicht so gut. Das solltest du doch besser wissen – oder etwa nicht?"

„Sabrine, es tut mir so unendlich leid, ich hatte wirklich keine Ahnung."

„Ach nein? Wer sagte mir denn, ich hätte keine Augen im Kopf? Aber du hast sie – ja? Lass es gut sein, ich glaube dir kein Wort. Aber es ist jetzt ohnehin gleichgültig. Entspann dich, mir ist augenblicklich nicht nach Streitereien zumute", und so lächelte ich sie versöhnlich an. Gérard trat zu uns und bat darum, sich auf die Plätze zu begeben. Er wollte vorab noch ein paar wichtige Punkte bezüglich der bevorstehenden Premiere besprechen.

„Du sitzt dort drüben, neben Susanne, auf der gegenüberliegenden Seite", und er wies unmissverständlich in die entsprechende Richtung.

Auch das noch, die dralle Susanne. Bisher hatte ich den direkten Kontakt zu ihr gemieden. Sowohl mir als auch so manch anderem war nicht richtig klar, weshalb sie immer und bei jedem Treffen zugegen war. Ihr Anteil bei diesen Zusammenkünften war nicht wirklich produktiv. Trotzdem lag sie ganz offensichtlich in der Gunst Gérards ganz vorn. Sie fehlte nie, nicht im Theater und auch sonst bei keiner Veranstaltung. Sehr wahrscheinlich war sie bei dieser großen Familie einfach nur eine seiner unzähligen Nichten. Ich fügte mich also in mein Schicksal und nahm neben ihr Platz.

Die einzelnen Gesichter musternd schaute ich in die Runde, um zu sehen, wer heute alles dabei war. Ich zählte einige Nachwuchstalente mit außergewöhnlichen Stimmen – und ich saß mitten unter ihnen. Die Profis machten sich sicherlich einen schönen Abend und würden erst morgen zur Premiere erscheinen. Somit blieb ich als Newcomer mit all den anderen mal mehr mal weniger erfahrenen Talenten alleine. Ganz langsam schlich sich Nervosität ein. Würde ich hier bestehen können? Würde ich mich mit diesen hervorragenden Künstlern messen können? Gérard klopfte auf den Tisch und bat um Ruhe. Meine innere Spannung stieg merklich an. Er begann zum wiederholten Male den Ablauf zu besprechen – wann wir uns zur Kostümierung und dem farblichen Ausstaffieren der Gesichter treffen wollten. Darüber hinaus, wie die Zeitabläufe bezüglich der Garderobe organisiert waren, wie viel Zeit uns für die unterschiedlichen Frisuren blieb sowie die Reihenfolge der Auftritte. Ich war die Erste. Mit dem Song aus „Les Misérables" war das eine grandiose Herausforderung. Bisher standen hierzu nur wahre Größen auf der Bühne. So war ich mir nun gar nicht mehr so sicher, ob ich dem auch gewachsen sein würde. In den Proben zu singen, war eine Sache, aber so ganz allein auf der Bühne zu stehen und eine richtig gute, fehlerfreie Leistung zu bieten, eine ganz andere. Bei der Vorstellung wurde mir unwohl, und ich bekam kalte Füße. Wen wunderte es – in der Generalprobe hatte mein Einsatz zu wünschen übrig gelassen, und auch sonst gab es noch einige Wachstumsmöglichkeiten, was meine Darbietung betraf. Doch jetzt wurde es ernst.

„Bin schon ganz gespannt auf deinen Gesang. Du hast ja nicht gerade einen trivialen Part zu bestreiten."
Überrascht schaute ich zu meiner Linken. Susanne versuchte sich in aufmerksamer Konversation.
„Dabei fällt mir auf, ich habe dich seit dem Casting seinerzeit noch nicht wieder singen gehört."
Wow, dass sie sich da an mich noch erinnern konnte! Ich an ihrer Stelle hätte mich glatt vergessen.
„Na ja, dazu hast du ja nun Gelegenheit", konterte ich etwas zu übertrieben affektiert.
„Ja, ich bin schon so gespannt."
Ihre Ausführungen waren immer so überschwänglich und übertrieben, dass sich einem die Augen überrollten, wenn man nicht achtgab. Aber eigentlich war sie nett, etwas unsicher vielleicht, was sie in eben dieser nervigen Art zum Aus-

druck brachte. Dabei musste sie mit ihren 17 Jahren eigentlich schon die Zeit der Pubertät hinter sich gebracht haben. Durch das Geplapper mit ihr hatte ich nur vage den Gong wahrgenommen, der einen weiteren Gast ankündigte.

„Eric!"

Der Ausruf von Susanne verursachte bei mir einen Blitzschlag, bei dem ich eigentlich hätte umgehend vom Stuhl fallen müssen – tat ich aber leider nicht. So wagte ich nur zögerlich einen Blick in Richtung Tür. Seit der unsäglichen Szene in Paris hatte ich uns keine Möglichkeit gegeben, miteinander zu sprechen. Ich wagte es nicht, ihm unter die Augen zu treten, auch wenn Gérard mich eindringlich gebeten hatte, Eric anzurufen, da er angeblich darauf warten würde. Woher nahm ich mir aber das Recht, ihn für seine schon etwas extravagante Auswahl der Liebsten zu verurteilen und mich in dieser undiszipliniert Art zu verhalten? Bei seinem Anblick stockte mir dann doch schier der Atem. Zweifelsfrei würde ich unter diesen Umständen in seiner Nähe nicht lange zu leben haben – mir blieb ja ständig die Luft weg. Aber darüber musste ich mir nun keine Gedanken mehr machen, dank Lola.

Gérard war der Erste, der ihm vertraut die Hand auf die Schulter legte. Zu meiner großen Überraschung war er tatsächlich nicht das bedauernswerte, einsam, ewig im Dunkeln lebende Wesen, wie es in der Geschichte des Phantoms der Oper beschrieben ist. Den ersten Eindruck hierzu hatte ich bereits in Paris gewonnen. Neben Oskar, dem Maskenbildner, Richard, dem Stylisten, und einigen anderen waren auch etliche Mitstreiterinnen dabei, die sich erhoben hatten, um ihn ebenfalls zu begrüßen. Küsschen links und Küsschen rechts. Ich konnte nur staunen. Als hätte er mich schon längst erspürt, drehte er sich ganz langsam in meine Richtung. Seinem Blick konnte ich nicht standhalten und schaute krampfhaft nach unten auf das Blatt Papier, den Regieplan, den ich inzwischen in zitternden Händen hielt.

„Ist er nicht ein Traum von einem Mann – den würde ich um keinen Preis von der Bettkante stoßen. Mit seiner Maske sieht er immer so verwegen und abenteuerlich aus", schaute Susanne mit einem verträumten Blick in seine Richtung. Hinter dieser Maske verbarg sich jedoch alles andere als ein Traum – ich wusste das, aber wusste sie das auch? Dabei fiel mir ein, hatte Lola ihn eigentlich schon einmal ohne Maske gesehen?

Eric umrundete den Tisch, immer wieder aufgehalten von netten Worten der anderen, bis er Susanne erreicht hatte. Sie war aufgesprungen und ihm im wahrsten Sinne des Wortes entgegengestürmt. Durch seinen Auftritt war ein allgemeines Geplauder und damit eine gewisse Unruhe entstanden. Diese Gelegenheit nutzte ich, um mich aus dem Staub zu machen. So schnell ich nur konnte, verließ ich zur anderen Seite hin den Salon und suchte die Waschräume auf. Eine gefühlte Ewigkeit später wagte ich mich wieder hervor. In der Zwischenzeit waren fast alle aufgestanden und unterhielten sich oder saßen in kleinen Gruppen zusammen. Eric konnte ich zwischen all den Anwesenden nicht mehr ausmachen. War er vielleicht schon wieder gegangen?

„Dachtest du, Flucht sei eine gute Idee?"
Seine Stimme direkt hinter mir, überzog Gänsepelle jeden Quadratzentimeter meiner Haut. Ich schloss die Augen. Dieses vertraute „du" aus seinem Munde war so ungewohnt und doch so elektrisierend. Ich hätte mich am liebsten in seine Arme geworfen. Mit Götterspeise in den Knien wagte ich es, mich zu ihm umzudrehen. Seine Nähe, sein faszinierender Geruch riefen die Bilder von jenem Abend als er mich küsste wieder in mir wach. Die Nähe war mir plötzlich unerträglich, da ich wusste, er würde meine Gefühle nie erwidern. Stattdessen schüttelte ich nur langsam meinen Kopf. Mich nicht aus den Augen lassend sagt er leise:
„Auch auf die Gefahr hin, dass ich mich wiederhole, wir müssen miteinander reden, Sabrine, bitte."

Noch immer den Kopf schüttelnd brachte ich nur hervor:
„Ich glaube, ich möchte jetzt aber nicht reden. Außerdem schätze ich, das würde Lola gar nicht gefallen. Wo ist sie eigentlich? Kletten wird man in der Regel nicht so leicht los, oder?"
Mit einem sonderbaren Glanz in den Augen sah er mich an.
„Du bist eifersüchtig!"
„Pah, auf dieses, dieses Schreckgespenst? Das glauben Sie doch selber nicht – das ist absolut unter meinem Niveau."

217

Gérard klatschte laut in die Hände, sodass sich alle wieder auf den eigentlichen Zweck des Abends besannen und Platz nahmen.

„Können wir jetzt mal anfangen, sonst sitzen wir hier noch bis in die frühen Morgenstunden. Wir müssen aber ausgeruht und erholt sein. Also, wer fängt an?" Gérard klang ungehalten.

Eric und ich standen noch immer ganz nah voreinander.

„Ich glaube, ich verstehe – ja, wenn das so ist, meine Liebe." Er zögerte einen Moment und ließ mich dann ohne ein weiteres Wort einfach stehen.

Merde – Eric, nein, du hast gar nichts verstanden. Meine Blicke hefteten sich an seine schlanke, große Gestalt, bis er sich an die Säule auf der anderen Seite dieses unendlich weitläufigen Raumes gelehnt hatte.

„Sabrine, laut meinem Plan bist du die Erste. Sabrine? Bist du noch da?" Inzwischen klang Gérard ungeduldig.

Wie angewurzelt verharrte ich auf der Stelle. Er sah suchend auf, bis er mich hinter sich entdeckte. Mit einer hochgezogenen Augenbraue und einem eindringlichen Blick sagte er herausfordernd:

„Alors, das ist dein Part – los geht's."

Emma eilte herbei und befestigte das Mikro an meinem Kleid. Ihre Blicke signalisierten, ich solle mich jetzt zusammenreißen, ungeachtet aller unbequemen Situationen.

Ein leichtes Gemurmel hatte sich wieder eingestellt, denn Gérard kramte noch in irgendwelchen Unterlagen herum, da Oskar mit einer Frage an ihn herangetreten war. Worum es ging, interessierte mich nicht, ich war viel zu sehr mit mir selbst beschäftigt.

Ganz tief Luft holend, wandte ich mich der großen Fensterfront zu und schaute in die Dunkelheit. Es hatte angefangen zu regnen, und die Tropfen rannen die Scheiben herunter. In diesen Fenstern spiegelte sich der gesamte Salon wider. Was ich jetzt tat, stand nicht im Regieplan, und Gérard würde mir dafür ganz sicher die rote Karte zeigen. In Anbetracht der letzten Tage war mir das nun aber auch gleichgültig. Wenn es noch eine Chance gab, meinem Leben einen Sinn zu geben, dann diese, heute Abend und genau jetzt. Also begann ich zu singen, noch bevor Gérard die Tasten auf dem Klavier berührte.

Szene 2:

Wie von selbst kamen mir die Worte über die Lippen, und wie schon so oft zu Beginn leise und unsicher:

> *Du allein warst mein Beschützer,*
> *Inhalt meines Lebens.*
> *Du warst mir ein Freund und Lehrer,*
> *jetzt ruf ich vergebens.*

Mit jedem Schritt den ich vor den nächsten setzte, ging ich Eric in dem Spiegelbild der Fenster entgegen.

Könntest du doch wieder bei mir sein,
seit du fort bist leb ich kaum.
Oft schien es mir, ich wär bei dir,
doch es war nur ein Traum.

Auch ohne eine musikalische Begleitung spürte ich die Kraft und Klarheit in mir selbst und in meiner Stimme. Noch immer in das Fenster schauend, erahnte ich seine Blicke. Wie ein Ertrinkender hielt ich mich daran fest.

Könnte ich doch deine Stimme hören,
Wärst du noch einmal ganz nah.
Träumen allein hilft mir nicht zu sein,
Sei mir doch wieder nah.

Mich dem Fenster wieder abgewandt sah ich Gérard mit einem undurchdringlichen Gesichtsausdruck am Piano sitzen. Ich war mir ganz sicher, nach diesem Auftritt hatte ich meine Chance auf eine Gesangskarriere verwirkt. Aber ich wollte diese letzte Chance nutzen, ungeachtet dessen, was daraus folgen würde

Kreuze, Moos und Friedhofsengel,
steinern, stumm und schmerzlich.
Wie bist du hierher geraten?
Du warst weich und herzlich.

Flehentlich sah ich in das versteinerte Gesicht von Gérard. Eine Entschuldigung andeutend drehte ich mich wieder zu Eric um, der nicht mehr an der Säule lehnte, sondern auf meiner Höhe auf der anderen Seite der langen Tafel stand. Das Gemurmel war völlig verklungen, und man warf sich nur noch fragende Blicke zu. Jeder wusste, das hier war eigentlich nicht das, was ich hätte singen sollen. Für mich war es mein ganz besonderer Auftritt.

Den Blick an Erics Gestalt festhaltend, fuhr ich mit einer noch kraftvolleren Stimme fort:

Wie lang muss ich warten auf dich?
Kann ich mich nie mehr freun?
Könntest du doch wieder bei mir sein
mich verstehn und mir verzeihn...
nimm was zerbrach und gib mir dann
Stärke allein zu sein.
Keine Tränen mehr, keine Bitterkeit,
keine Trauer um längst verlor'ne Zeit.
Hilf mir stark zu sein!
Hilf mir stark zu sein!

Noch bevor ich den letzten Refrain beendet hatte, stimmte Eric in meinen Gesang mit ein. Jemand hatte ihm ein Mirko gegeben, weshalb mir seine intensive Stimme jetzt durch Mark und Knochen fuhr.

Eric:

> *Hilfloses Kind, so schwach,*
> *so rührend, lass dich von mir führen.*

und ich antwortete ihm:

> *Lehrer, bist du`s, ob Freund, ob Engel...*
> *oder Phantom, zeig dich!*
> *Engel komm sprich zu meiner Sehnsucht,*
> *komm zu mir her, neig dich!*

Eric:

> *Lang musstest du mich entbehren.*
> *Lang waren wir uns nicht nah.*

und mit voller Überzeugung stimmte ich erneut ein:

> *Will mein Verstand sich auch wehren,*
> *aber nun sagt mein Herz doch ja.*

Parallel hatten wir uns zu dem anderen Tischende bewegt, bis wir uns gegenüberstanden und unsere Stimmen wie in einem Feuerwerk explodierten.

So laut und ekstatisch es in einem Augenblick war, so absolut still und leer war es in dem nächsten. Niemand rührte sich, niemand sagte auch nur ein Wort. Und Eric stand da und schaute mich an. Endlich – Gérard durchbrach die Stille.

„Das war wirklich grandios, ihr zwei. Vielleicht sollte ich noch einen Slot für euch beide einräumen. Das hätte was. Abgesehen davon, dass du", und dabei schaute er zu mir herüber „mal wieder völlig aus der Reihe getanzt bist, warst du richtig gut, das muss man dir lassen. Sieht so aus, als könnte ich dich mit einem ruhigen Gewissen auf die Bühne lassen. Habe nur ernsthafte Bedenken, Sabrine, das du mir etwas anderes zum Besten gibst, als im Regieplan steht."

Ungeachtet dessen, was Gérard von sich gegeben hatte, blieb ich reglos vor Eric stehen. Mein Inneres nach außen gekehrt und ihm zu Füßen gelegt, hatte ich versucht ihn für mein nicht gerade damenhaftes Verhalten um Verzeihung zu bitten, aber er sah mich unverwandt an, noch immer mit diesem eigenwilligen Glanz in den Augen. Wenn wir auch dicht voreinander standen, berührten wir uns nicht. Offenbar reichten meine Gefühle nicht aus, ihn zu dem letzten Schritt zu bewegen.

Schon eigenartig – wäre es nicht eigentlich an ihm gewesen mich zu diesem zu bewegen, wenn man hier die Geschichte des Phantoms der Oper berücksichtigen würde? Je länger wir in dieser Unbeweglichkeit verharrten, desto klarer wurde mir, er wollte mich nicht. Vielleicht war es irgendwann auf unserem Weg sein Wunsch gewesen, doch diese Lola schien eine stärkere Anziehungskraft auf ihn auszuüben als ich. Mag auch sein, ich hatte durch mein albernes Verhalten die Chance auf ihn verwirkt.

Manchmal wünschen wir uns etwas so sehr, dass wir glauben, ohne die Erfüllung nicht mehr leben zu können. Dabei liegt der wahre Sinn aber genau darin, darauf zu verzichten, wenn es auch noch so schmerzhaft ist. So nach Andreas Buranis Song „Hey“: „... der Sinn des Lebens hat sich bis zur Unkenntlichkeit getarnt“.

Sollte ich so manchem Autor Glauben schenken, dann war ohnehin das ganze Leben nur eine Illusion. Dieser Augenblick zeigte mir allerdings eine ganz andere Sprache. Schmerz – unerträglicher Schmerz. Als wäre ich mitten in einem Theaterstück aufgestanden und hätte meinen Platz verlassen, da mir die Handlung absolut nicht gefiel, verließ ich, ohne weiter auf die Protagonisten zu achten, das Haus.

Erst als ich schon auf dem Weg zu meinem Auto war, stellte ich fest, ich hatte kopflos nach meinem Mantel gegriffen, ohne darauf zu achten, auch meine Tasche mitzunehmen. Wie blöd – darin waren meine Papiere, Geld und natürlich mein Schlüssel. Und wenn ich das richtig sah, würde ich ohne diese Utensilien Stunden brauchen, um zu Hause anzukommen. Müsste sehr wahrscheinlich Elisabeth aus dem Bett klingeln, wenn sie es überhaupt hörte. Zu allem Überfluss mit völlig deformierten Füßen, denn in den hübschen

High Heels könnte ich kaum eine halbe Stunde überstehen. Aber nichts in der Welt brachte mich dazu in dieses Haus zurückzukehren. Also entschied ich mich, den Weg in Richtung Hauptstraße zu nehmen und darauf zu zocken, dass sich ein netter Taxifahrer fand, der mich erst einmal unentgeltlich in meine sichere Behausung brachte.

Schon nach ein paar hundert Metern spürte ich den Schmerz in meinen Füßen. Wie eine giftige Schlange suchte sich Wut einen Weg von meinem Magen hoch bis in den Rachen. Als sollte ich daran ersticken, stiegen mir zu allem Überfluss mal wieder die Tränen in die Augen. Verdammt, was für eine verfluchte ... – war das einzige, was mir in diesem Augenblick in den Sinn kam.

Das Zeitgefühl völlig verloren, erreichte ich endlich diese Hauptstraße. Weit und breit war von einem Taxi aber nichts zu sehen. Mag aber auch sein, dass ich durch die verheulten und völlig aufgequollenen Augen mal wieder nicht mehr wirklich etwas sehen konnte, und das alles selbstverständlich ohne Brille. Unschlüssig in welche Richtung ich jetzt gehen sollte, fuhr ein dunkles Auto an mir vorbei, um unmittelbar danach anzuhalten. Oh bitte, nicht auch noch das. Bloß keinen durchgeknallten Typen, der hoffnungsfroh war, eine Mieze aufreißen zu können. Der Wagen setzte zurück und kam direkt neben mir zum Stehen.
„Sabrine!"

Die Stimme erkannte ich sofort und dankte Gott für den liebevollen Wink des Schicksals.

„Oh Justus, wie kamen Sie nur auf die geniale Idee, mich hier aufzustöbern?"

Ganz sicher bot ich einen katastrophalen Anblick, denn er kam wortlos auf mich zu, um meine geschundene Seele in die Arme zu nehmen. Daraufhin fing ich gleich noch mehr an, wie ein Schlosshund zu heulen.

„Kommen Sie, steigen Sie erst einmal ein."

Durch das Schluchzen fragte ich ihn, was er um diese Zeit in dieser Gegend machen würde.

„Ich bin auf dem Weg, um M. Chagny abzuholen."

„Oh nein bitte, ich will dahin nicht wieder zurück."

Während er mich ansah, schüttelte ich nur vehement den Kopf, nicht in der Lage, den nächsten Tränenstrom aufzuhalten.

„Gut, dann fahre ich Sie jetzt erst einmal nach Hause."

Ein ersticktes Danke war alles was ich hervorbrachte. Er schrieb noch eine kurze Nachricht auf dem iPhone und wir setzten uns in Bewegung. Ich wollte gar nicht wissen, was er Eric wohl geschrieben haben mochte.

Wir waren schon eine Weile gefahren, und Justus schwieg auf eine sehr rücksichtvolle Weise. Mir jedoch platzten der Kopf und meine Emotionen. Trotzdem bemühte ich mich um eine zwanglose Konversation.

„Wie kommt M. Chagny jetzt nach Hause, wenn Sie ihn nicht fahren?"

„Interessiert Sie das wirklich?"

„Nein!"

„Sie sollten nicht so streng mit ihm sein."

„Wie bitte? Ich und streng? Wer hat sich denn die ganze Zeit über so seltsam verhalten. Wer, wenn nicht er, hat sich mir gegenüber benommen, als sei ich es gar nicht wert, seine Aufmerksamkeit zu erhalten? Ich gebe ja zu, manches Mal war ich vielleicht nicht ganz fair, habe seine Nerven ganz schön strapaziert, aber doch nur, weil er sich mir gegenüber wie ein – ach, ist ja auch egal. Es ist überhaupt alles gleich." Justus musste lachen.

„Meine liebe Sabrine, ich kenne M. Chagny seit meiner frühesten Jugend. Ich weiß nur zu gut, was in ihm vorgeht, was er fühlt. Und Sie sind die erste Frau, die ihn völlig aus dem Konzept gebracht hat. Durch Sie hat er sich zu Dingen verleiten lassen, die er bisher nur in seiner Jugend zuließ, als er noch naiv genug war zu glauben, er könnte die Geschehnisse für sich entscheiden."

„Ach, tatsächlich?"

Er sah mich von der Seite an.

„Sie wollen mir aber jetzt nicht sagen, dass Sie nicht bemerkt haben, was zwischen Ihnen beiden vor sich geht?"

„Nein Justus, ich weiß es nicht."

Es entstand eine Pause, und ich nutzte die Gelegenheit, da ich mich zwischenzeitlich beruhigt hatte, die Richtung des Gespräches zu ändern.

„Wann und wie haben Sie sich eigentlich kennengelernt, Sie und Eric?"

„Das war 1968 in London. Wir waren Nachbarn und lebten in Bayswater, einem Stadtteil von London. Ich war mit meinem Studium fertig, er hatte seines erst gerade begonnen. Kennengelernt haben wir uns über unsere Eltern. Es gab uneingeschränkte Nachbarschaftshilfe, und man unterstützte sich gegenseitig, wenn es nötig war. Und natürlich liefen wir uns immer wieder über den Weg. Er ließ aber niemanden wirklich an sich heran. Als wir noch Kinder waren, erkrankte sein Vater an einer nicht heilen wollenden Kriegsverletzung, und seine Mutter war mit der Pflege und der Erziehung Erics teilweise stark überfordert. Meine Mutter half dann öfter einmal aus und versuchte sie, so gut es ging, zu unterstützen. Dabei freundeten sie sich an. So blieb es natürlich nicht aus, dass auch wir irgendwann näher Kontakt zueinander bekamen. In jenem Jahr spielte Pink Floyd bei uns in der Porchester Hall, und ich fragte ihn, ob er sich mit mir nicht das Konzert anschauen wollte. Das war der Anfang.

Wir verloren uns wieder aus den Augen, da ich nach Wien ging und er nach Paris an die Sorbonne. Aber wir trafen uns nach Jahren zufällig hier in Hamburg wieder. Zwischenzeitlich war ich verheiratet, und er hatte Gérard kennengelernt, der in Hamburg seine Wurzeln hatte. Zusammen führten sie ein kleines privates Theater und ich eine Anwaltskanzlei."

„Aber von dem Advokaten, der Sie ganz offensichtlich einmal waren, ist nicht so viel übrig geblieben – weshalb? Ich hatte eher den Eindruck, Sie führen Eric das Haus, das passt so gar nicht zusammen."

„Nein, da haben Sie recht. Meine Frau hatte ich damals in Wien kennengelernt. Sie kam aus Hamburg. Das erklärt, weshalb ich hierher kam. Wir führten eine wunderbare Ehe, bis sie krank wurde und nach einer unendlichen Zeit des Leidens verstarb. Da wir keine Kinder hatten, sah ich in dem, was ich damals tat, keinen Sinn mehr und gab alles auf. Eric war dann derjenige, der mich verpflichtete, für ihn und Gérard die Geschäfte zu führen, und so bin ich heute immer noch bei ihm. Er half mir damit, wieder auf die Beine zu kommen, und ich war ihm wohl eine Stütze darin, sein Leben so zu führen, dass er sich alle Annehmlichkeiten leisten konnte, ohne sich zu sehr in der Öffentlichkeit bewegen zu müssen. Gérard, der ständig wechselnde Beziehungen pflegte, hielt uns mit seinen emotionalen Ausbrüchen ganz schön auf Trab. So wurden wir, jeder Einzelne von uns mit seinen ganz speziellen Beweggründen, zu einer Gemeinschaft zusammengeschweißt – bis heute. Dafür bin ich beiden und vor allem aber Eric sehr dankbar."

Schweigend hatte ich zugehört und mich dabei vollkommen entspannt. Neben ihm in diesem Auto zu sitzen, hatte so etwas Heimeliges, Vertrautes für mich.

„Und Sie? Was ist Ihnen auf Ihrem Weg des Lebens widerfahren bis zu dem Zeitpunkt, als Sie bei uns vor der Tür erschienen sind?"
Justus lächelte mich von der Seite her aufmunternd an. Es hatte den Anschein, als wolle er mich auch weiterhin nicht

in diesem mitleidvollen desolaten Zustand belassen, und so ließ ich mich dankbar darauf ein.

„Mein Leben war wesentlich unspektakulärer als das Ihrige oder das von Eric und Gérard. Wohl behütet wuchs ich bei meinen Eltern auf. Da ich es aber meiner Mutter ganz offenbar sehr schwer gemacht habe, mich in diese Welt zu befördern, entschlossen sich meine Eltern, keine weiteren Kinder zu bekommen. Manches Mal habe ich das sehr bedauert – wie gerne hätte ich Geschwister gehabt! Andererseits war ich ihr Mittelpunkt der Welt."

Bei dem Gedanken an die vielen Streiche, die ich ihnen in meiner Kindheit gespielt hatte, musste ich unweigerlich schmunzeln. Meine Mutter war oftmals sehr verärgert darüber, doch mein Vater nahm mich einfach nur liebevoll in die Arme, bereit, mir jede Schandtat zu verzeihen.

„Ich bin in Kanada aufgewachsen. Mein Vater kommt von dort. Meine Mutter ist in jungen Jahren während des Krieges zu Verwandten nach Paris geflohen. Die Familie ihrer Mutter stammt aus dem Süden Frankreichs, aus Biscarrosse. In Paris dann sind sich meine Eltern über den Weg gelaufen, und mein Vater, so seine eigenen Worte, war schier geblendet von ihrer Schönheit. Er hat mir immer wieder erzählt, er habe sie einfach in einen Koffer gepackt und mit nach Kanada genommen. Dort leben sie heute noch und genießen ihren gemeinsamen Ruhestand. In regelmäßigen Abständen telefonieren wir zusammen und erzählen uns aus unserem Leben. Noch sind sie bei klarem Verstand, und es ist immer schön, ihre Stimmen zu hören. Aber Kanada, ich wollte nicht dort bleiben. Ich wollte unbedingt nach Europa, ich wollte nach Paris, und so brach ich nach meinem Studium auf in die Stadt der Liebe.

Vielleicht hegte ich damals die Hoffnung, mir würde ein ebenso großes Glück zuteil wie meinen Eltern. Diese große Liebe fand ich dort erst viel später, jedoch ohne Zukunft – einen Franzosen mit portugiesischem Blut in den Adern hat man nun mal nicht alleine – ganz gleich wie attraktiv man selbst als Frau ist. Aber ich lernte Marlis kennen, und wir arbeiteten zusammen in einem kleinen Atelier in der Rue Belliard. Das war eine wundervolle Zeit."

„Und wie sind Sie dann nach Hamburg gekommen, und wie kommt es, dass Sie so ein akzentfreies Deutsch sprechen?", wollte Justus wissen.
„Na ja, wie das im Leben manchmal so spielt – Marlis und ich kamen nach Hamburg, um unsere Kollektionen einem deutschen Kunden vorzustellen. Von unserer Arbeit konnten wir ihn nicht überzeugen. Stattdessen war er von mir absolut überzeugt und umwarb mich mit einer Ausdauer, die es mir unmöglich machte ihm zu widerstehen. Er gab mir Sicherheit und ein angenehmes Leben, und er schenkte mir Sina – meinen Lebensinhalt schlechthin. Wenn auch von meiner Seite die Gefühle mehr auf einer freundschaftlichen

Ebene basierten, für Sina habe ich ihn geliebt. Aber das reichte nicht aus, um gemeinsam alt zu werden, und so trennten wir uns nach kaum fünf Jahren wieder. Von nun an hieß es aber auch, richtig Geld zu verdienen. Ich wechselte von der kreativen Branche in die Welt der Werbung. Es war nicht das, was ich mir erträumt hatte, aber es brachte mir das Geld ein, was ich für uns beide brauchte. Ja, und so bin ich in Hamburg geblieben.«

Mir war gar nicht aufgefallen, wie schnell nun doch die Zeit verstrichen war, und Justus hielt vor dem Haus an, in das ich nun hoffte, Einlass zu finden. Er machte keine Anstalten, mich aussteigen zu lassen. Ich schaute an der Fassade nach oben, um zu sehen, ob Elisabeth vielleicht noch wach oder schon wieder wach war. Seit letztem Jahr schlief sie schlecht und wachte immer öfters in der Nacht auf, von Träumen geplagt, in denen sie ihren Mann verzweifelt suchte.

„An dem Tag, als Sie auf dem Weg nach Paris waren, habe ich M. Chagny hierher gefahren. Er wusste nicht, dass Sie nicht da sind, bestand einfach nur darauf, Sie unbedingt aufsuchen zu müssen. Er ist dann auf Ihre Nachbarin getroffen, die ihn zu einem Tee einlud."

„Das habe ich nicht gewusst, das hat sie mir gar nicht erzählt!"

„Ich glaube, Sie wissen so manches nicht, meine liebe Sabrine."

„Wenn das ein Vorwurf sein soll, kommt er erstens zu spät, und zum anderen ist er augenblicklich sehr verletzend", gab ich etwas konsterniert zurück.

„Ich weiß, Sie beide haben sich so sehr verletzt, und das war so völlig unnötig", versuchte Justus mich zu trösten.

„Sie haben die Szene an jenem Abend mitbekommen, richtig?" Mir saß ein dicker Kloß im Hals.

Er wartete einen Moment.

„Ja, natürlich habe ich das. Eric war außer sich – er wollte sich Ihnen um keinen Preis der Welt ohne Maske zeigen."

„Dabei habe ich mich auch noch so unsäglich schräg benommen, und es wurde durch unser Zusammentreffen in Paris nicht besser. Ich habe nicht verstanden, weshalb er dort auftauchte, und dann noch mit dieser, diesem abgedrehten, vollbusigen, männermordenden Wesen. Was sollte ich denn in dem Augenblick denken? Ich hatte doch überhaupt keine Ahnung was gespielt wurde. Kam mir vor wie in einer Schmierenkomödie. Und als ich ihn heute wiedersah, wollte ich nur im Erdboden versinken und gleichzeitig in seinen Armen. Ich habe doch nichts unversucht gelassen, ihn für mich zu gewinnen, aber er will mich nicht."

„Von welchem männermordenden Wesen sprechen Sie da eigentlich?"

„Na von dieser Lola natürlich, dieser unerträglichen Klette, dieser nervigen… , ach, weiß ich was-auch-immer."

Justus fing an, schallend zu lachen und kriegte sich gar nicht mehr ein.

„Können Sie mir verraten, was daran so komisch sein soll?"

„Ja, das kann ich – oh, du meine Güte – Lola ist die Frau von Clément, dem Bruder von Fabien. Sie will Schauspielerin werden und lässt keine Gelegenheit aus, das in aller Öffentlichkeit auszuprobieren."

Er schüttelte sich noch immer vor Lachen, als er weiter ausführte:

„ … und Fabien hat sicherlich dazu das Drehbuch geschrieben. Sie müssen wissen, er will Regisseur werden."

„Oh nein! Sagen Sie bitte, dass das alles nicht wahr ist. Das kann jetzt nicht Ihr Ernst sein! Und ich habe tatsächlich angenommen, Eric wäre mit dieser Lola verbandelt. Das kann ich nie wieder gut machen!"

Mir wurde ganz anders – und natürlich verstand ich nun auch Fabiens fröhliche Anmerkung, als er sagte, das sei alles seine Idee gewesen, ein geradezu genialer Einfall – und ich hatte nichts besseres zu tun gehabt, als ihm das Glas Wein ins Gesicht zu schütten. Aber wie sollte ich denn das alles auch wissen, wenn ich eben nicht mit allen unter einer Decke steckte.

Nachdem Justus den Lachanfall überlebt hatte, wurde er wieder ernst.

„Für M. Chagny ist diese Situation ganz und gar neu. Noch nie hat er sich bisher auf ein weibliches Wesen so weit eingelassen wie bei Ihnen – und ganz bestimmt nicht auf Lola. Verständlich, dass er zwischen Flucht und Nähe zu Ihnen hin und hergerissen ist. Ich muss Ihnen gestehen, dass Ihrer beider Begegnung nicht ganz zufällig war. Letztes Jahr, ich glaube es war Ende August, da rief Gérard mich an und meinte, dass eine gewisse Sabrine Forster vorsprechen würde, und ich solle dafür sorgen, dass sie bei Eric um jeden Preis Gesangsunterricht bekommen sollte. Er meinte, wenn überhaupt, dann sei sie jemand, der ihm ebenbürtig sei und die Kraft und das Bewusstsein dazu mitbrächte, die Frau an seiner Seite zu sein. Er wisse jetzt noch nicht so genau, was ihn dazu veranlasste, aber es sei so ein Bauchgefühl. Und so standen Sie bei uns vor der Tür."

Fassungslos und doch gerührt und erleichtert, ja sogar etwas glücklich, versuchte ich das Gehörte in die richtige Ecke meines Bewusstseins eindringen zu lassen. Irgendwie war ich plötzlich unglaublich müde geworden. Mein Blick nochmals auf die Fassade gerichtet, sah ich, wie das Licht bei Elisabeth anging. Justus war meinem Blick wohl gefolgt, als er fragte, ob ich telefonieren möchte.

„Ja, sehr gerne. In dem ganzen Durcheinander habe ich bei Gérard meine Tasche stehen gelassen. Da ist natürlich auch mein Handy drin. Meinen Sie, Sie könnten schauen, dass ich sie wiederbekomme?"

Mit einem Lächeln stimmte er nickend zu. Es dauerte eine Weile bis Elisabeth ans Telefon ging. Ich verabschiedete mich von Justus, und er riet mir, auf schnellstem Wege zu Bett zu gehen, denn so verkatert könnte ich morgen – oder war es schon heute – auf gar keinen Fall auf der Bühne stehen.

Der letzte Schritt

Die Hände gefesselt und mit dem Rücken an einer feuchten, kalten Steinmauer angelehnt, saß ich in einer Wasserlache und es war stockfinster. Ich fror und hatte entsetzliche Angst. Irgendjemand hielt mich gefangen, und ich wusste, es gab keine Möglichkeit zu fliehen. Ich war mir sicher, was mich hier erwartete, war der sichere Tod. Alle Kräfte mobilisierend, versuchte ich mich von den Fesseln zu befreien, aber vergeblich. Ich hatte keine Chance. Mir schien vor Angst der Kopf zu zerplatzen, als ich plötzlich, aus weiter Ferne wie aus einer anderen Welt, ein Schellen in mein Bewusstsein drang, welches immer intensiver wurde. Ich dachte nur, jetzt kommen sie, um mich zu holen. Und dann war es direkt in meinem Ohr. Die Türschelle! Sie erlöste mich aus diesem grauenvollen Traum. Sie war eindringlich und ausdauernd, sodass sich die Miezen in die letzte Ecke verkrochen hatten. Mühsam, wie erschlagen, quälte ich mich aus dem Bett. Ein kalter Schauer lief mir über den Rücken – oh Gott, welcher Tag ist heute, wie spät ist es? Die Premiere! Mit einem Schlag war mir die Gegenwart ins Hier und Jetzt gesprungen. Hastig öffnete ich die Tür.

„Na endlich! Ich dachte schon, es sei was passiert!"

Emma, völlig aufgelöst, stürmte an mir vorbei direkt ins Wohnzimmer und stellte ganz nebenbei meine Tasche mitten im Raum ab.

„Wäre es auch beinahe, du hast mich vor dem sicheren Tod bewahrt."

„Was redest du da? Für derartige Scherze haben wir jetzt keine Zeit. Hast du im Entferntesten eine Ahnung was passiert, wenn du nicht pünktlich bist? Los jetzt, unter die Dusche und zieh dich an – ich gebe dir noch genau fünf Minuten."

Wie vom Blitz getroffen, band ich mir lose das Haar zusammen, ließ heißes Wasser über meinen Körper fließen und huschte in meine Kleider, um knapp zehn Minuten später bei Emma im Auto zu sitzen. Mit einem Affentempo fuhr sie quer durch die Stadt, bis wir direkt vor dem Theater anhielten. Während der ganzen Fahrt sprachen wir kein einziges Wort zusammen. Ich war viel zu sehr mit mir selbst beschäftigt – und Emma? Ganz sicher war sie von meiner nicht gerade disziplinierten Art reichlich genervt.

„Los, beeil dich, ich parke nur noch rasch das Auto. Ella erwartet dich schon."

Den Wagen verlassend spürte ich, wie mir dieser Traum noch immer ganz schön in den Knochen saß, schwer wie

Blei. Eine vage Ahnung dessen, was er vielleicht bedeuten sollte, kroch in mein Bewusstsein, und ich fragte mich, wie er wohl ausgegangen wäre, hätte Emma nicht vor der Tür gestanden. Abgesehen davon wollte ich mir erst gar nicht ausmalen, wenn ich in diesem Traum weiterhin gefangen geblieben und damit zu spät zur Premiere gekommen wäre. Sämtliche Vorbereitungen hatte ich schon erfolgreich verpasst. Mit eben diesen bleigefüllten Beinen versuchte ich nun auf dem schnellsten Weg zu den Garderoben zu gelangen, um mich in die professionellen Hände von Ella zu begeben. Letztendlich konnte sich das Ergebnis sehen lassen. Die Haare wurden zu mehreren Zöpfen geflochten und am Kopf festgesteckt. Sämtliche Tiegel und Quasten benutzt, konnte ich mein Gesicht vor lauter Schminke und Pomade kaum noch wiedererkennen. Aber ich musste auch gestehen, es sah toll aus – Ella hatte wirklich ein fantastisches Bild gezaubert.

Ella, eine zurückhaltende, eher stille junge Frau mit roten kurzen Haaren und etlichen Tattoos auf Armen und Füßen, hatte ihre Ausbildung als Visagistin noch vor nicht allzu langer Zeit beendet. Dafür war sie ein wahres Naturtalent und künstlerisch ausgesprochen begabt. Ihr lagen die Worte nicht so leicht auf den Lippen, dafür war sie in ihre Arbeit viel zu sehr versunken. Im Gegensatz hierzu Rita, die geradezu ein wandelndes Plappermaul war. Sie betrat in dem Augenblick die Garderobe, als ich aufgestanden war, um mir die Beine zu vertreten.

„Na meine Liebe, da hast du aber gerade noch die Kurve gekriegt. Hier ist dein Kleid. Spute dich, du hast nicht mehr viel Zeit, dich zu sammeln."

Ohne weiter nachzufragen, rupfte sie an meinen Kleidern, um mir beim Umziehen zu helfen. Die Robe für das Bühnenbild bestand aus einem groben, etwas voluminösen dunkelblauen Stoff mit Puffärmeln und war am züchtigen Ausschnitt mit weißen Rüschen besetzt. Mich im Spiegel betrachtend, glaubte ich inzwischen an meinem Lampenfieber ersticken zu müssen. Es waren nur noch wenige Minuten bis zum Auftritt. Wo Emma nur blieb. Ich hätte sie gut zur moralischen Unterstützung gebrauchen können.

Dann endlich war es soweit. Gérard selbst hatte mich als Newcomer angekündigt und meinte, er freue sich sehr, mich für sein Ensemble verpflichtet haben zu können. War mir nicht sicher, ob ich diese Huldigung verdient hatte. Von Rita erfuhr ich, dass am Nachmittag bereits einiges bei den Requisiten auf der Bühne schief gelaufen war. Auch ein kurzzeitiger Stromausfall trug nicht unbedingt zur Aufmunterung der Verantwortlichen bei. Aber das alles sei nun behoben und bedeutete letztendlich nur so viel, dass die Premiere ein voller Erfolg werden würde. Ich sollte da, was meine Person betraf, ganz zuversichtlich sein.

So stand ich wenige Minuten später im Rampenlicht, atmete die faszinierende Luft der Bühne ein und machte mir bewusst, welch wunderbarer Augenblick es für mich war. Und ich durfte und wollte Gérard nicht enttäuschen. Von dem Publikum kaum etwas zu erkennen, strahlten die Scheinwerfer mit voller Kraft ganz allein auf mich, machten es mir unmöglich, jemanden ganz Bestimmten dort draußen im Publikum zu finden. Die Musik setzte ein, und mit voller Konzentration begann ich zu singen.

„There was a time when men were kind ..."

Meine Hände waren feucht und kalt. Ich wusste nicht, wovor ich mich mehr fürchtete, hier so ganz allein auf der Bühne zu stehen oder zu hoffen, irgendwo dort im Publikum würde jemand sitzen und mir zuschauen. Jemand, der eine Maske trug und für den ich dieses Lied sang und von dem ich mir so sehr wünschte, er würde mich endlich sehen.

In diesem Bewusstsein und mit jeder weiteren Strophe wuchs ich mit der Intensität der Musik und meiner Stimme über mich selbst hinaus. Ich spürte den Bann zwischen der Musik und meinem Gesang.
Der anschließende frenetische Applaus traf mich dann auch wie eine lang ersehnte Erfüllung mitten ins Herz. Die Tränen niederkämpfend verbeugte ich mich immer wieder. Das Publikum hatte sich erhoben und wollte gar nicht mehr aufhören mir zu applaudieren.

Zurück in der Garderobe fing ich an hemmungslos zu heulen. Ich war so überwältigt von meiner eigenen Darbietung, meiner Stimme, der Reaktion des Publikums. Auf diesen Erfolg war ich nicht vorbereitet. Davon hatte Eric mir nie etwas gesagt, wie es sich anfühlt, über sich selbst hinauszuwachsen, Erfolg zu haben. Leise öffnete sich die Tür, und Emma trat ein.

„Oh Sabrine, du warst grandios. Das war fantastisch."
Sie kam zu mir, zog mich in ihre Arme und hielt mich einfach nur fest.
„Komm Süße, das ist kein Grund für Tränen – du darfst dich freuen, unendlich stolz sein auf dich selbst. Gérard wird sehr, sehr stolz sein auf dich, und ich bin mir sicher, da gibt es noch jemanden, der sich mächtig über deinen Erfolg freut. Du hast ihn bestimmt nicht enttäuscht."
Bei dem Gedanken daran liefen die Tränen erneut, und die Schminke verschmierte komplett. Die Tür öffnete sich, jedoch dieses Mal wesentlich energischer. Gérard trat ein, Rita und Ella im Schlepptau.
„Meine liebe Sabrine, das war genial. Das Publikum liegt dir zu Füßen."
Er kam auf mich zu und stutzte.
„Was ist los? Ist dir der Erfolg schon jetzt so zu Kopf gestiegen?"
„Ach Gérard, ich hatte ja keine Ahnung, wie es sich anfühlt."
Und im gleichen Atemzug, ohne darüber nachzudenken, fragte ich:
„Eric – er ist nicht hier – nicht wahr?"

Er antworte nicht, sagte stattdessen:

„Du musst nochmals auf die Bühne – ich will dich dem Publikum noch einmal präsentieren."

Dieser geniale Geistesblitz allein schien aber noch nicht alles zu sein. Er druckste etwas herum, wollte nicht so recht mit der Sprache heraus, bis er endlich seine Idee zum Besten gab. Dabei sah er mich nicht an, sondern ging in dem kleinen vollgestopften Raum mit Schminktisch und Requisiten auf und ab:

„Du singst noch einmal – mit Paul zusammen."

„Wie bitte? Ich habe doch noch nie mit Paul zusammen gesungen, wenn überhaupt, habe ich noch nie mit irgendjemandem zusammen gesungen. Was ist denn das jetzt bitte für eine Laune von dir?"

„Vorsicht, nicht übermütig werden."

„Schon gut, und was hast du dir so gedacht, was ich mit Paul zusammen singen soll?"

Mir wurde schon wieder ganz schlecht. Ich dachte, ich hätte fürs Erste alles ganz prima hinter mich gebracht, wäre für heute fertig, und jetzt noch einmal? Er wartete endlose Sekunden. So sahen wir uns nur an.

„Gérard, hallo? Ich möchte nicht unhöflich sein, aber was soll das sein, und wie stellst du dir vor, wie wir das bis zum Ende dieser Veranstaltung noch einstudieren sollen?"

Emma und Ella waren ganz still. Rita hatte zwischenzeitlich den Raum verlassen, nur um mit einem bunten Kostüm nach kurzer Zeit wieder aufzutauchen.

„Aus dem Phantom der Oper ‚Der letzte Schritt'", waberten

mir wie in Zeitlupe seine Worte entgegen. Meine Augen weiteten sich, und der Mund blieb mir vor Fassungslosigkeit offen stehen.

Stille!

„Nein Gérard, das ist jetzt nicht dein Ernst. Das können wir nicht darstellen. Das ist viel zu schwer."

„Weshalb? Du hast doch nur einen Einsatz, und den wirst du schon nicht verpassen. Außerdem habe ich mir vorgestellt, ihr nehmt euch die kommende Stunde zum Üben. Das reicht völlig aus."

Noch immer sah ich ihn fassungslos an.

„Und was ist, wenn ich das gar nicht kann, ich meine, wenn ich den Text nicht beherrsche?"

„Ich bin mir so was von sicher, dass du das kannst, meine liebe Sabrine."

Er blieb total ernst, kein Lächeln, kein verschmitztes Augenzwinkern oder „ach, das war nur Spaß" – ihm war es tatsächlich ernst.

„Ich verlasse mich auf dich. Ella wird deinen desolaten Anblick wieder in Ordnung bringen, und du ziehst das Kleid an, das Rita gerade gebracht hat. Paul wird eine schwarze Maske tragen. Er ist bereits bei Oskar, der ihm darunter eine, sagen wir, etwas gruselige Kreation zaubert. Du wirst ihm, nachdem der letzte Part gesungen ist – also ‚Christine, mehr will ich nicht von dir' – die Maske herunterreißen."

Aus meinem Gesicht musste blankes Entsetzen sprechen, denn Emma hielt ihre Hand vor den Mund und gluckste vor sich hin. In ihren Augen erkannte ich den „Das wird ein

schönes Spektakel"-Ausdruck. Mit erstickter Stimme
brachte ich nur noch hervor:

„Und dann?"

„Dann ist es fertig."

Mit zusammengekniffenen Augen wiederholte ich noch einmal, um ganz sicher zu gehen:

„Also, ich nehme ihm die Maske ab, schaue in sein gruseliges
Gesicht, und dann ist es fertig? Das glaubst du doch selber
nicht."

Diese Vorstellung allein fand ich dermaßen komisch, dass
ich anfangen musste zu lachen. Ich kriegte mich gar nicht
mehr ein, was zur Folge hatte, dass die anderen, bis auf
Gérard natürlich, der das Ganze offensichtlich gar nicht lustig fand, in mein Lachen mit einstimmten.

Es brauchte eine ganze Weile, bis ich mich endlich wieder
beruhigt hatte. Noch völlig außer Atem bemerkte ich dann
nur:

„Gérard, jetzt sei mal ehrlich, da fehlt doch etwas ganz
Entscheidendes, oder nicht?"

Jetzt hatte er ein seltsames Lächeln in den Augen und
bemerkte lakonisch:

„Den Rest überlasse ich dir. Du bist ja so ein Genie in der
Improvisation. Dazu fällt dir dann ganz sicher noch etwas
Passendes ein."

„Ja bestimmt, aber dir ist schon klar, das ist coram publico,
also nicht einfach nur bei dir zu Hause. Das kann auch
gehörig schief gehen."

„Ich verlasse mich da ganz auf dich. Bin mir absolut sicher, du machst das schon."

„Gérard, an deiner Stelle wäre ich mir da gar nicht so sicher."

Er nickte nur und ließ mich mit völlig verwirrten Gefühlen alleine zurück.

„Ich kenne ihn nicht so lange und so gut wie du, Emma. Meine innere Stimme sagt mir aber, er heckt irgendetwas aus. Das ist doch nicht normal! Welcher Produzent denkt sich ein derart windiges Spiel aus? Jedes halbwegs nüchtern denkende Wesen würde davon ausgehen, dass das gehörig schief geht. Was wird hier eigentlich gespielt?"

„Ich habe wirklich keine Ahnung. Vermute nur, da das Publikum so positiv auf dich reagiert hat, will er dich unbedingt noch einmal präsentieren. Er verbucht das für sich als Erfolg."

„Emma, das glaubt kein Mensch – und ich bin mir ziemlich sicher, da steckt irgendetwas anderes dahinter."

Emma sah mich mitleidig an, und Ella zerrte mich vor den Spiegel, um mein etwas in Unordnung geratenes Gesicht wiederherzustellen. Zudem mochte ich augenblicklich auch nicht weiter darüber nachdenken, wie diese Geschichte wohl ausgehen würde. Hatte nur das Gefühl, mein Lampenfieber war wie eine rote Alarmglocke angesprungen, um mir zu signalisieren, dir wird gerade der sichere Boden unter den Füßen weggezogen.

Es dauerte nicht lange, und ein vollkommen in schwarz gekleideter Mann mit ebensolch schwarzer Maske betrat den Raum. Im ersten Moment, als ich ihn erblickte, hielt ich den Atem an. Doch schon nach der ersten Silbe, die er sprach, entspannte ich mich sofort wieder. Mir fiel ein Stein vom Herzen – es war tatsächlich Paul.

Irgendwo in der letzten Ecke meines scheinbar nicht mehr so gut funktionierenden Hirns vermutete ich nämlich, es könnte sich um Eric handeln. Vielleicht sollte ich etwas Baldrian nehmen, um meine Sinne zu beruhigen.

„Hallo Sabrine, bist du bereit?"

„Nein Paul, nein – ich bin überhaupt nicht bereit und habe auch ehrlich gesagt keine Ahnung, wie wir dem Publikum unser Trauerspiel erklären sollen. Oder glaubst du wirklich, es könnte funktionieren?"

„Keine Ahnung, was sich Gérard dabei gedacht hat. Zuweilen ist er eben sehr exzentrisch und rennt ohne Umwege direkt mit dem Kopf durch die Wand. Entspann dich, Sabrine, und lass uns das Stück einmal proben. Noch vor wenigen Minuten hast du eine hervorragende Leistung geboten, weshalb sollte das jetzt anders sein? Auch gestern Abend warst du einfach genial. Ich war schwer beeindruckt. Statt meiner sollte jedoch besser Eric mit dir singen – ihr passt perfekt zusammen."

„Seltsam, wie ihr alle ohne Einschränkungen von mir überzeugt seid und ein genaues Bild davon habt, mit wem ich was singen soll. Allen voran Gérard. Schade nur, dass ich von dem Ganzen noch nicht überzeugt bin. Ich werde einfach das Gefühl nicht los, hier stimmt etwas nicht. Vor allem, erinnere mich bitte nicht an gestern Abend."

Ohne weiter darauf einzugehen, drückte er mir die Notenblätter mit dem deutschen Text in die Hand – auch das noch. Englisch wäre für mich in Ordnung gewesen, aber in der deutschen Sprache? Diesen Part Christines hatte ich immer und immer wieder gesungen – ganz allein nur für mich, hatte ihn textlich gemischt aus dem offiziellen Musical und aus dem Musicalfilm. Diese Fassung gefiel mir erheblich besser. Unermüdlich probte ich ihn, bis er für mich vollkommen klang. In der Tat konnte ich mir als Partner niemand anderes vorstellen als Eric. Seltsam, irgendwie schlich sich das Gefühl ein, ich würde ihn hintergehen, weil ich diesen für mich schönsten Part mit Paul singen sollte. Rational war das natürlich völliger Blödsinn. So fiel es mir auch sehr schwer, das entsprechende Gefühl da hineinzubringen, das es erforderte.

Paul lächelte mich nur an:

„Komm Kleines, das schaffst du schon."

Manchmal tat ich mich schon schwer mit diesem lockeren, vertrauten Umgang am Theater. Paul war nun nicht gerade jemand, mit dem ich sehr viel private Zeit verbrachte, umso mehr mutete mir dieses vertraute „Kleines" doch mehr als seltsam an.

Wir beide gaben alles. Nein, das stimmte nicht – ich gab nicht alles, und das war auch unüberhörbar. Große Zweifel spielten sich hinter meiner Stirn in den grauen Gehirnzellen ab. Das würde nie funktionieren. Finstere Gedanken halfen aber jetzt nicht weiter, und so bemühte ich mich um etwas mehr Zuversicht.

Dabei wurde mir plötzlich bewusst, dass ich noch nicht die richtige Ahnung hatte, wie die Szene eigentlich ablaufen sollte und fragte Paul:

„Sag mal, Paul, gehst du eigentlich in diesem schwarzen Anzug und der Maske auf die Bühne?"

„Ja, weshalb?"

„Mir fiel nur gerade die Szene zum letzten Schritt von dem Bühnenstück ein. Ich dachte schon du würdest deinen Körper mit dieser unsäglich scheußlichen Decke kaschieren. Diese Bühnenszene hätte ich schon lange umgeschrieben. Habe nie verstanden, was daran so attraktiv sein sollte. Das heißt, Gérard hat sich hierbei an dem Film orientiert. Na ja, das ist wenigstens etwas Erfreuliches. Das Kostüm steht dir auch viel besser als diese Decke."

Die letzten Gedanken hatte ich so mehr für mich gesprochen, denn Paul verließ bereits die Garderobe wieder, und ich zog ein wunderschönes auf Taille gearbeitetes Kleid an. Das Oberteil war aus weißer Spitze, der weite lange Rock aus dunkelroter Seide. Ein breiter, kunstvoll verzierter Gürtel unterbrach die Kombination und zauberte mir damit eine traumhafte Figur.

Mit unerträglichem Lampenfieber stand ich bereits auf meinem Posten an der linken Seite der Bühne. Paul kam mit schnellen Schritten auf mich zu und wünschte mir alles Glück.

„Kopf hoch, Kleines, alles wird gut."

Kleines! Mit etwas Phantasie könnte ich deine Mutter sein. Diesen Gedanken sprach ich jetzt aber nicht aus. Wir schauten uns noch einmal kurz den Ablauf an, und dann verschwand er, um auf der anderen Seite der Bühne auf seinen Einsatz zu warten. Ich hingegen erhielt bereits das Signal für meinen Einsatz und begann mit Angstschweiß im Nacken – hoffentlich ging das gut:

Kein Arg, kein Zweifel lebt in ihrem Blick,
verliebt und aufgeregt träumt sie vom Glück

Mitten auf der Bühne stand eine kleine Bank, die aussah, als wäre sie aus Stein, halbrund und mit einer von kleinen konischen Säulen durchbrochenen Rückenlehne. Sonst nichts. Der Scheinwerfer war nur auf mich gerichtet, und so steuerte ich mit weichen Knien auf diese Bank zu. Ich ließ mich darauf nieder, mit dem Gedanken, nicht wieder aufstehen zu wollen. Verträumt fingerte ich an einer weißen Rose herum, die zu meinem Requisit gehörte.

ERIC

In meinem Leben gab es sehr viele Augenblicke, in denen ich mich unwohl fühlte, in denen ich nicht den leisteten Schimmer hatte von dem, was mich erwartete. Aber das hier übertraf alles. Immer wieder musste ich tief durchatmen, um mich überhaupt dazu zu bewegen, mich dieser Herausforderung zu stellen. Gérard hatte die Idee. Er war so absolut von unserem Gesang letzten Abend überzeugt gewesen, dass er mich wie ein winselndes Hündchen bekniete, ich möge doch diesen Part zusammen mit Sabrine singen. Ihm schien ganz klar zu sein, wenn wir an dem gestrigen Abend so eine Darbietung zu Wege brachten, ohne Proben und ohne Drehbuch, dann wären wir zu einer wahren Meisterleistung fähig. Bei dem Gedanken daran war mir absolut nicht wohl, vor allem deshalb nicht, da Sabrine davon ausging, Paul würde diesen Part übernehmen. Mochte mir gar nicht ausmalen, was passierte, wenn sie mich erkannte. Und das würde sie zweifelsohne sofort tun, sobald ich die ersten Silben auftrug.

Paul kam zu mir mit einem breit grinsenden Gesicht. Gérard hatte ihn wohl bis ins kleinste Detail in dieses Spektakel eingeweiht. Er nickte mir nur zu und nahm beide Daumen hoch.

Die Musik setzte ein und ich betrat die Bühne.

Endlich kommst du,
ich hab mich nicht in dir geirrt.
Das verborgene Gefühl das dich drängt,
will sich zeigen, zeigen.

Mit dem Rücken zu mir saß sie auf einer kleinen Bank. Als wäre meine Stimme eine Sirene, hob sie ganz langsam den Kopf und drehte sich in meine Richtung. Staunend, mit leicht geöffnetem Mund schaute sie zu mir herüber. Ich wusste doch, das war keine gute Idee. Nur spielte das jetzt keine Rolle mehr in Anbetracht dessen, dass hunderte von Menschen zusahen und von uns eine professionelle Präsentation für ihr Geld erwarteten.

Ja, ich rief dich,
dass die Glut in der Flamme wird,
niemand kann seinen Träumen entsagen,
drum wolltest du lang schon den Schritt mit mir wagen.
Und nun ist die Stunde hier,
du bist bei mir.
Nun ergib dich, ergib dich.

Keine Sekunde ließ ich sie aus den Augen. Zwischenzeitlich hatte ich gelernt, bei ihr auf alles gefasst zu sein. Als wahrer Künstler der Wandlung konnte man nie gewiss sein, was sie im nächsten Augenblick vorhatte. Oder handelte sie in dem, was sie tat, auch nur aus ihrer Inspiration? Für mich war sie wie ein vollgeschriebenes Blatt, auf dem ich jedoch nichts lesen konnte.

Sie war aufgestanden und kam mir mit langsamen Schritten entgegen. Immer wieder schüttelte sie leicht den Kopf. Unsere Blicke waren auf wundersame Weise miteinander verbunden.

Wag mit mir den letzten Schritt,
durchbrich die Schranken
und lass die Welt der Zweifel hinter dir.

Lös dich los mit einem Schritt
von den Gedanken
und schweb auf deinen Träumen fort mit mir.

Wir hatten uns erreicht, und ich trat in ihren Schatten. Umfing ihre zarte Gestalt mit meinen Armen und lehnte sie gegen meinen Körper. Beide verschränkten wir unsere Hände ineinander. Ihren Kopf leicht zu mir gewandt, hatte sie die Augen geschlossen.

Welch wildes Meer zerfrisst den Damm?
Welch scharfer Speer zerreißt das Herz?
Welch süßes Sterben stillt die Schmerzen?

Fast widerwillig ließ ich sie los und führte sie auf Armeslänge von mir weg, bis sie wieder alleine stand.

Wag mit mir den letzten Schritt.
Vergiss die Fragen,
nimm nichts als die geheime Ahnung mit.
Und wag mit mir den letzten Schritt.

Eigentlich wäre das jetzt ihr Einsatz gewesen. Aber sie rührte sich nicht und machte auch keine Anstalten, daran etwas zu ändern. Für einen Augenblick herrschte eine unerträgliche Stille. Ich wusste nicht, was jetzt passieren würde. Sie sah mich nur an.

Glücklicherweise war Henri, unser Dirigent, immer auf der Hut und verstand es auch jetzt, mit unglaublichem Feingefühl sich auf den Einsatz von Sabrine einzustellen. Nach endlos langen Sekunden dann, ganz leise, vernahm ich ihre Stimme:

Durch dein Rufen nahmst du unsichtbar meine Hand,
Deine Stimme drang deutlich zu mir durch das Schweigen,
Schweigen
Ja, nun komm ich,
endlich schwindet mein Widerstand.
Meine Arme verlangen nach deinen, ich will
meinen Körper mit deinem vereinen.

So leise und zaghaft wie sie begonnen hatte, so intensiv und kraftvoll sang sie mir nun förmlich entgegen. In einem Halbkreis hatte sie sich zuerst von mir entfernt, um dann wieder auf mich zuzukommen. Wir standen nun im vorderen Teil der Bühne, allerdings noch immer ein paar Meter voneinander entfernt.

Nun ist die Stunde hier, nimm mich zu dir,
ja hier steh ich, ergeb mich.

Als würden ihre Worte mitten in meine Seele treffen, konnte ich nur staunend dastehen und musste hilflos mit ansehen, wie mein ganzes Sein, wie heißes Wachs in ihren Händen dahinschmolz.

Mit einer jetzt durchdringenden Stimme bewegte sie sich wieder auf mich zu – ganz langsam. Ich wagte kaum noch zu atmen. Sie hatte es verstanden, sie war richtig gut, denn sie sang ganz tief aus ihrer Seele heraus.

Nein, jetzt gibt es kein Zurück.
Durchbrich die Schranken.
Ich frag nicht mehr nach Böse oder Gut.
Nun zählt nur der Augenblick, nicht die Gedanken.
Ich leb erst wenn mein Ich in deinem ruht.
Wann reißt die Flut die Mauern ein?
Wann wird die Glut zum Flammenmeer?
Wann wird das Feuer uns verzehren?

War es nur eine Ahnung oder der Wunsch, sie könnte das, was sie jetzt sang, wirklich auch so aus ihrem Innersten heraus für mich empfinden? In den letzten Strophen färbte sich ihre Klangfarbe in etwas Dunkles, Erotisches und mit solch einer Intensität, dass ich dachte, ich würde den Halt verlieren. All meine Sinne zusammennehmend stimmte ich in den letzten Refrain mit ein – hoffentlich sangen wir jetzt auch das Gleiche:

> *Nein, jetzt gibt es kein Zurück, zerstör die Brücken!*
> *Lass alles hinter dir und nimm mich mit!*
> *Und wag mit mir den letzten Schritt!*

Erleichtert atmete ich auf. Auch wenn sie mal wieder ihren ganz eigenen Text kreiert hatte, so gab es keinen Patzer, keine Blamage. Sollte aus dem Publikum jemand die Passagen genau kennen, wunderte er sich vielleicht über die eigenwillige Darstellung. Ihre Hände lagen in den meinen, und ich drückte sie gegen meine Brust. Noch immer sahen wir uns an. Das war die schönste Liebeserklärung, die wir uns geben konnten, kam es mir in den Sinn. Die Geigen des Orchesters spielten noch immer ganz leise. Und ohne den Blick von ihr abzuwenden, sang ich den letzten Teil, wobei ich ihre rechte Hand öffnete und einen Ring hineinlegte. Irgendwie dachte ich mir, es sei passend.

> *Gib mir Liebe, um mir Mut zu geben,*
> *rette mich vor meiner Einsamkeit,*

gib mir Liebe, teil mit mir mein Leben.
Geh von nun an jeden Weg mit mir,
Liebe, mehr will ich nicht von...

Jetzt wurde es spannend. Die Scheinwerfer erloschen nicht. Auch wollte der Vorhang nicht fallen. Selbstverständlich hatte Gérard noch etwas in der Hinterhand – so eine ganz eigene Kreation, wie er meinte. Ich hatte keinen Schimmer, was Sabrine aus dieser Situation jetzt machen sollte. Was würde ich darum geben, in ihre Gedanken hineinschauen zu können! Sie löste sich von mir und trat einen Schritt zurück. Dann ging alles ganz schnell – noch bevor ich richtig registrierte, was passierte, spürte ich plötzlich, wie sie mir die Maske vom Gesicht riss. Ungläubig starrte sie mich an. Ja, ich musste zugeben, Oskar hatte sich mit seiner Arbeit übertroffen. Das war ein Meisterwerk – vor allem in weniger als einer Stunde. Mit allen Tricks wurde über mein ohnehin nicht gerade ansehnliches Gesicht ein noch grausigeres Bild gezaubert – sofern das aus meiner Sicht überhaupt noch möglich war. Auch wenn es von Gérard so geplant war, konnte man nicht wirklich sicher sein, ob Sabrine seine Dramaturgie auch entsprechend umsetzen würde. Vor allem in Anbetracht dessen, dass ich es war und nicht Paul, der sich hinter dem Don Juan verbarg. Ihren Blick auf die Maske gerichtet, die sie in ihren Händen hielt, entfernte sie sich von mir und wandte ihren Blick dem Publikum zu – es hatte den Anschein, als würden die unterschiedlichsten Szenen in ihrem Kopf Kapriolen spielen. Langsam empfand ich ein

Unbehagen. So machte sich dann auch nur noch ein Gedanke in mir breit. Verdammt, lass doch endlich diesen Vorhang herunter! Aber es geschah nichts. Noch immer verharrte sie unbewegt, mit einem scheinbar leeren Blick in den Zuschauerraum. Ungläubig den Kopf schüttelnd, betrachtete sie die Maske und den Ring in ihren Händen, bis sie sich wieder zu mir drehte und mit weicher Stimme neu ansetzte:

Seltsames, schillerndes Wesen,
was für ein Leben führst du?
Glaub mir, du bist nicht alleine,
das lass ich nicht zu!

Die Maske hatte sie achtlos auf die Bank fallen lassen, den Ring an ihren Finger gesteckt und war wieder auf mich zugekommen. Sie griff in die Rüschen meines Hemdes und zog mich zu sich hinab.

Als sich ihre Lippen über den meinen schlossen, umfing ich ihre Taille, und sie ließ es geschehen. Nicht nur das, sie schmiegte sich förmlich an mich. Dieser Kuss – das war kein Kuss für die Bühne – dieser Kuss war echt und schmeckte nach mehr, nach Sehnsucht und Hingabe, nach Verzweiflung und Wut. Trotz allem war er unglaublich zärtlich, ähnelte so gar nicht dem Gefühlsausbruch von jenem Abend, als ich sie überrumpelte. So antwortete ich ihr auch mit der gleichen Intensität, ungeachtet dessen, dass uns ein ausverkauftes Haus dabei zusah. Gérard würde es sicherlich die gewünschte Aufmerksamkeit bringen. Ich war mir jetzt ganz sicher, diese Szene war genauso gewollt und über die ganze Zeit sein eigentliches Ziel gewesen. Fragte sich nur noch, wo es hinführte.

Als die Musik verklungen war, lösten wir uns voneinander und schauten uns an. Endlich – der Scheinwerfer verlor sein Licht und der Vorhang hatte die Güte hinabzufallen. Es war fast ganz dunkel auf der Bühne. Draußen im Zuschauerraum tobte das Publikum. Doch wir konnten uns nicht bewegen – wie hypnotisiert verharrten wir auf dem Fleck, weitere endlose Sekunden vergingen.
Wenn auch nur langsam, begriff ich doch, wir konnten hier nicht ewig so stehen bleiben – ich würde mich um keinen Preis der Öffentlichkeit zur Schau stellen. Zu spät. Das Licht ging wieder an, und der Vorhang lüftete sich.

Ohne ein Wort nahm sie meine Hand und führte mich in den vorderen Teil der Bühne. Gemeinsam verneigten wir uns. Als sie mich nur kurz anschaute, versuchte ich die Gefühle in ihrem Gesicht zu ergründen. Ihre Wangen waren gerötet, und ein warmer Glanz schimmerte in ihren Augen. Diese Darbietung war magisch, einzigartig, und ich war davon bis in die letzte Ecke meines Seins berührt. Ob ihr es wohl ähnlich erging, und ob dem Publikum wohl bewusst war, was hier gerade passierte? Es stand nicht im Programmheft. Vor allem würde es diese Vorstellung kein zweites Mal geben – das hier war einmalig.

Nachdem ich einige Vorhänge überstanden hatte und nun auch all die anderen Künstler auf die Bühne kamen, zog ich es vor, mich ganz schnell zurückzuziehen. Ich wollte weg von diesem Schauspiel, weg von den Menschen. Wollte mich von dieser Maske befreien, die mir das Gefühl gab, nicht mehr atmen zu können.

***

Nach tosendem, endlosem Beifall schaffte ich es irgendwann, in meine Garderobe zu kommen. Komplett erschöpft, ließ ich mich auf den Hocker am Schminktisch fallen. Vergrub das Gesicht in meine Hände und konnte mich zwischen Lachen und Weinen, Wut und Hilflosigkeit nicht entscheiden. Ich war stolz auf mich selbst, eine derartige Farce lebend überstanden zu haben. Gleichzeitig aber auch unsagbar wütend darüber, dass man mich einfach ins offene Messer hatte laufen lassen. Offenbar wussten alle bescheid – ALLE – nur ich mal wieder nicht. Das war doch ein ganz durchtriebenes, abgekartetes Spiel. In all diese verwirrenden Gefühle mischten sich vor meinen geschlossenen Augen wie von selbst ein von Zärtlichkeit erfülltes Augenpaar – grün mit braunen Sprenkeln. Wenn mich meine Sinne nicht trogen, so war dieser Ausdruck voller Liebe. Und er sah so unverschämt gut aus. Seine schlanke Gestalt, gekleidet in schwarze Hosen, die in blitzblank geputzten ebenso schwarzen Stiefeln steckten. Sein Haar war im Nacken mit einem breiten Seidenband gebunden. Er trug ein schwarzes Cape, dessen Innenseite mit rotem Samt genäht war, und darunter ein weißes Baumwollhemd mit Rüschen. Die schwarze Maske ließ ihn sehr verwegen aussehen. Bei den Erinnerungen an diesen Moment auf der Bühne spürte ich augenblicklich eine unerträgliche Sehnsucht. Ich setzte mich wieder aufrecht, um mich nicht in diesem Gefühlschaos zu verlieren. Ich schaute in den Spiegel, bereit, meine Maske aus Eyeliner, Pomade und bunten Farben abzunehmen. Noch ganz in die Gedanken und Gefühle versunken, wurde die Tür aufgerissen, und Rita stürmte herein.

„Da bist du ja Liebes, wo hast du denn die ganze Zeit gesteckt?"
Aufgeschreckt drehte ich mich zu ihr um – dabei blieb sie wie angewurzelt in der Tür stehen:
„Welche ganze Zeit bitte? Hallo! Wo soll ich denn gesteckt haben? – hier natürlich! Ich warte schon die ganze Zeit auf dich, damit du mir aus diesem Kleid hilfst!", erwiderte ich ungehalten.
„Schätzchen, das muss noch einen Moment warten – bin gleich wieder zurück!"
„Rita?!"
Sie hörte mich nicht mehr, denn die Tür fiel mit einem lauten Knall ins Schloss. Musste ich das jetzt verstehen? Ich hatte keine Lust, noch länger hier zu sitzen – ich wollte einfach nur nach Hause und allein sein. Wollte ich das wirklich, allein sein? Nein, ich würde mich jetzt umziehen und mich

auf die Suche nach Gérard und Eric machen, um sie zur Rede zu stellen und ihnen zu sagen... ja – was eigentlich? Ich war ganz schön durcheinander. Also setzte ich meine Überlegungen in die Tat um und beschloss, mir selbst zu helfen, das war ohnehin immer die bessere Lösung. Im selben Augenblick, als ich aufstehen wollte, um mich aus diesem etwas antiquierten Kleid zu befreien, funkelten mir tausende von Prismen entgegen. Durch das einfallende Licht der Halogenstrahler, die an der Decke befestigt waren, blitzte der Ring, den mir Eric in die Hand gedrückt hatte, und den ich noch immer am Finger trug, entgegen. Die Steine darin schienen um die Wette zu eifern, jeder einzelne mit dem Ziel, am stärksten und am schönsten leuchten zu wollen. Versonnen betrachtete ich das Farbenspektakel.

Das Schmuckstück sah nicht so aus, als wäre er aus einem Kaugummiautomaten gezogen. Bei dem Gedanken daran musste ich schmunzeln. Gab es diese Automaten heute überhaupt noch? Als kleines Kind bekam ich manchmal von meiner Mutter zehn Pfennig. Damit ging ich dann zu diesen Automaten. Das Kaugummi schmeckte himmlisch und war bestimmt tödlich für die Zähne. Was jedoch noch viel erstrebenswerter war, das waren diese Ringe mit den bunten Steinchen, die in der Sonne so wunderbar blinkten. Ich sammelte sie zusammen mit Tauschbildern in einer Zigarrenkiste, die mir mein Opa überließ, nachdem der Inhalt verraucht war. Das waren meine Schätze, die ich wie ein Geheimnis hütete.

Mich aus dieser Erinnerung lösend, rang ich mir selbst das Versprechen ab, Eric diesen Ring unbedingt und schnellstens wieder zurückzugeben, auch wenn ich ihn gerne behalten hätte. Energisch stand ich auf und startete den Versuch, die unzähligen Häkchen, die das Kleid am Rücken zusammenhielten, zu lösen. Weshalb hatte man nicht einfach einen Reißverschluss eingenäht, das wäre um so vieles leichter gewesen. So quälte ich mich jetzt mit diesen Verschlüssen. Meine Arme krampften schon, als ich bemerkte, wie sich eine dieser dämlichen Ösen verhakte. Fluchend zerrte ich daran herum. Wo blieb eigentlich Rita – sie müsste doch schon längst wiedergekommen sein. Himmel und eins. Ich wurde richtig zornig.

Dann hörte ich, wie sich die Tür wieder öffnete.
„Rita, endlich – magst du mir mal erklären, wo du jetzt so lange gesteckt hast?"
Es blieb seltsam ruhig. Keine enervierende Stimme und auch keine schnellen Schritte, die zu Rita gehörten. Ich konnte nichts erkennen, da ich mit dem Rücken zur Tür stand und mich leicht nach vorne gebeugt hatte, noch immer krampfhaft versuchend, dieses Kleid zu öffnen. Das lange Haar war mir dabei ins Gesicht gefallen.

Ich hielt die Luft an, als sich zwei Hände an meinem Rücken zu schaffen machten, um diese Haken zu lösen. In letzter Sekunde konnte ich noch geistesgegenwärtig meine Hände vor die Brust nehmen, ansonsten wäre mir das Kleid komplett heruntergerutscht, und ich hätte in meiner Wäsche vor ihm gestanden. Zweifelsohne schöne Wäsche – aber zum derzeitigen Zeitpunkt gänzlich unpassend. Langsam, ganz langsam drehte ich mich zu ihm um. Da stand er in Jeans, einem seiner berühmten weißen Hemden, mit einer Jacke aus braunem weichen Leder, die er offen trug. Ein für mich völlig fremdes Bild. Konnte mir bisher gar nicht vorstellen, dass er sich so kleiden würde. Die grässliche Maske war verschwunden – an deren Stelle war wieder sein gewohnter Anblick getreten. In meinem Gesichtsausdruck hatte er offensichtlich die Gedanken erraten, denn er schaute mich mit einem süffisanten Lächeln an.

„Überrascht?"

Meine Antwort nicht abwartend, zog er mich nah an sich heran. Seine Hände streichelten zärtlich über die nackten Oberarme. Ich folgte seinem Blick zu jenen Stellen, an denen er mich durch seinen festen Griff für eine ganze Zeit lang gebrandmarkt hatte.

„Die Spuren sind nicht mehr so sichtbar", hörte ich mich selber mit kaum hörbarer und brüchiger Stimme sagen. Wie schade, er ließ mich wieder los und ging zur Tür, um sich dann rücklings dagegen zu lehnen und die Arme vor seiner Brust zu verschränken. Ich räusperte mich.

„Ich würde mich gerne umziehen."

Mit einer ausladenden Geste entgegnete er:

„Nur zu – ich warte."

Mit aufgesetzter Hilflosigkeit schaute ich mich in dem beengten Raum um. Hier gab es keine Möglichkeit sich umzukleiden, ohne von allen Seiten beobachtet zu werden. Also blieb ich einfach nur stehen, darauf wartend, was als nächstes passierte. Ich war so unerträglich nervös, aber auch gleichzeitig erleichtert. Ich freute mich wie ein kleines Kind, dem ein lang ersehnter Wunsch endlich in Erfüllung zu gehen schien.

„Solltest du darauf warten, dass ich den Raum ohne dich verlasse, ist das vergebens. Mit oder ohne Kleid – das ist mir völlig gleich. Nochmal wirst du mir nicht davonlaufen."

Er schien ernsthaft entschlossen zu sein.

„Gut", sagte ich „kürzen wir das Ganze ab – du drehst dich einfach um, und ich schlupfe in mein Kleid – aber nicht mogeln."

Beide Hände erhoben, drehte er sich mit dem Gesicht zur Tür, noch immer mit blitzenden Augen. So schnell ich konnte, entledigte ich mich des Kostüms, streifte mir mein eigenes Kleid über und band das Haar zusammen.

„Fertig."

Nur allein dieses eine Wort fühlte sich an, als hätte ich mich gerade zum allerletzten Schritt entschieden.

Ohne jegliche Vorwarnung oder Einleitung kam er wieder auf mich zu:

„In meinem Leben war ich auf fast alles vorbereitet, Sabrine – nur nicht auf dich. Wenn du in meiner Nähe bist, kann ich nicht mehr klar denken. In den Nächten streifst du unermüdlich durch meine Träume. Manchmal habe ich das Gefühl, ich kann nicht mehr atmen, wenn du weniger als einen Meter um mich herum bist. In deiner Nähe zu sein und dich nicht berühren zu können, ist einfach nur schmerzhaft. Du hast dich in mein Herz, in meine Seele geschlichen – fast unmerklich, aber dafür umso intensiver, und fast hätte ich es zu spät begriffen. Wenn wir uns bewusst oder auch ungewollt berühren, steht jede Faser meines Körpers lichterloh in Flammen. Ich begehre dich. Ich liebe dich, Sabrine."

Er machte eine Pause und zog mich wieder in seine Arme. „Könntest du dir vorstellen mit einem – wie hattest du mich doch gleich genannt: ungehobelten chauvinistischen, arroganten Scheusal – zusammenzuleben?"
Überwältigt und zugleich unfähig, etwas darauf zu antworten, entzog ich mich ihm wieder und machte einen Schritt zurück.
„Eric, seit ich dich ohne Maske gesehen habe, versuchte ich mir immer wieder vorzustellen, wie es wohl sein würde, abends neben dir einzuschlafen und morgens wieder aufzuwachen, dich zu lieben und dabei in dein Gesicht zu sehen. Wie es wohl sein würde, jeden Tag an deiner Seite zu sein. Wenn ich ehrlich bin, habe ich augenblicklich noch nicht so die richtige Ahnung, ob und wie das gehen kann."
Bei den Worten sog er hörbar den Atem ein, so, als wollte er etwas dazu sagen, schien es sich dann aber doch wieder anders zu überlegen und schaute mich nur an.
„Aber ich will es um jeden Preis versuchen."
Dann lächelte ich ihn an und fuhr fort:

„Ich habe mich die ganze Zeit schon gefragt, ob du wohl in einem Warteraum einer Arztpraxis sitzen würdest, an einer Supermarktkasse stehen oder in Kaufhäusern shoppen. Ob du in ein Theater oder Kino gehen würdest, dich mit mir in ein Restaurant setzen oder Fahrrad fahren wolltest – eben all diese vielen alltäglichen Dinge mit mir zusammen machen würdest."

Dieses Mal war ich wieder auf ihn zugegangen und legte meine Hände auf seine Brust. Durch das Hemd spürte ich die Wärme und wie ihm das Herz bis zum Halse zu schlagen schien. Etwas irritiert, aber liebevoll sah er mich an und streifte fast unmerklich mit dem Daumen über meine Lippen, sodass mir ganz schwindelig wurde.

„Meine Liebe, wenn Supermarktkassen, Arztpraxenwarteräume, Shoppen und all solche Dinge auf deiner Prioritätenliste ganz oben stehen, dann muss ich dich leider enttäuschen. Das findet bei mir nicht statt – zumindest bis jetzt nicht. Mit dir an meiner Seite könnte ich mir allerdings vorstellen, mich durch dich dazu verleiten zu lassen, verrückte Dinge zu tun, oder aber vielleicht auch ganz alltägliche."
„Dazu gehört kein Shoppen?", lockte ich ihn scherzhaft.
„In London, Paris oder New York kennt dich kein Mensch, und dort wirst du ganz bestimmt auch gar nicht auffallen."
Er legte seinen Kopf schief, kniff seine Augen halb zusammen und meinte:

„Vielleicht – wenn du vorerst nicht noch weitere abstruse Erwartungen an mich stellst."

Mit meinen Händen fuhr ich über seine Wange an der Unterseite der Maske entlang bis ich den Verschluss am Hinterkopf spürte. Ich fingerte so lange daran herum, bis er sich löste und ich ihm die Maske vom Gesicht nehmen konnte. Einen Augenblick verharrend legte ich sie dann auf dem Spiegeltisch ab.

Meine Finger glitten über sein Gesicht, über die vielen kleinen Falten, seine markant hervorstehenden Wangenknochen – über den Teil, wo eine Nase hätte sein sollen und über seinen Mund, der so herrlich küssen konnte. Irgendwie empfand ich das Gesicht plötzlich gar nicht mehr so entsetzlich. Aber klar, mit dem Blick durch eine Brille aus tief rosafarbenen Glasbausteinen wirkte es einfach nur schön. Es war ein wunderschönes Gesicht, das sich nur nicht als das zeigte. Aber was zeigte sich in der heutigen Welt schon als das, was es wirklich war? Hässlichkeit begegnet uns an jeder Ecke, kaschiert als wunderschöne Gesichter. Durch sie lassen wir uns verletzen und zerstören, und nur weil wir glauben, in der Hülle läge die Wahrheit und die Erfüllung. Wir glauben an Illusionen, die uns genau das vorgaukeln, was wir sehen wollen. Ich hatte inzwischen gelernt, dass Äußerlichkeiten trügerisch sein können. Hatte begriffen, um es mit den Worten von Saint-Exupéry zu sagen: „Man sieht nur mit dem Herzen gut – das Wesentliche ist für das Auge unsichtbar." Und das nicht erst, seit ich Eric kennengelernt hatte.

Meine Arme um seinen Nacken geschlungen, zog ich ihn zu mir und berührte zärtlich seine Lippen. Er fühlte sich so gut, so richtig an – jede Ecke, jede Rundung meines Körpers passte sich an den seinen so wunderbar an.

„Ich lebe erst, wenn mein Ich in deinem ruht" – genau das war es, was ich jetzt fühlte. Ich war angekommen in einem Augenblick voller Glück.

Als hätten wir ein ganzes Leben nachzuholen, mochten wir uns nicht voneinander trennen. Bis aus irgendeiner Ecke ein gleichmäßiges Surren zu hören war. Eric griff in seine Jackentasche und zog ein Handy heraus.

„Hallo Gérard – was gibt es?"

Ich hörte laute Musik und Gérard, der regelrecht ins Telefon schrie.

„Verflixt, wo bleibt ihr denn?"

„Noch im Theater – warum?"

„Was macht ihr noch da? Wir feiern hier bereits den grandiosen Erfolg und warten nur noch auf euch. Ich gehe davon aus, dass Sabrine bei dir ist?"

„Gérard, wir haben jetzt keine Zeit. Manchmal gibt es im Leben Wichtigeres zu tun, als auf einer deiner ausschweifenden Partys zu erscheinen."

„Unsinn, dafür habt ihr noch den Rest eures Lebens Zeit. Ich erwarte, dass ihr hier auftaucht, und zwar unverzüglich."

Damit war das Telefonat beendet. Er hatte einfach den Knopf mit dem roten Symbol gedrückt.

„Was meinst du, sollen wir ihm die Freude machen und ihn

mit unserer von Erfolg gekrönten Anwesenheit beehren?"
Und in seinen Augen leuchtete grenzenloser Spott.
„Bist du immer so maßlos von dir überzeugt?"
„Meine liebe Sabrine, wusstest du es noch nicht? Das ist
schließlich meine Expertise.

Abschied

Justus erwartete uns am Vordereingang. Er hatte das Auto nicht gerade legal abgestellt und kam etwas ungehalten auf uns zu.

„Na endlich, ihr habt aber sehr lange gebraucht. Bin schon ein paar Mal um den Block gefahren."

Wir beeilten uns und waren gerade dabei einzusteigen, als ich meinen Namen hörte.

„Sabrine, Sabrine bist du es?"

Die Stimme kam mir vertraut vor, und als ich mich umdrehte, erkannte ich Ole, der mit langsamen Schritten auf mich zukam. Ich dagegen rannte auf ihn zu. Freute mich wie ein Schneekönig und umarmte ihn herzlich, sofern das bei diesem Körpervolumen für mich überhaupt möglich war.

„Hey, was machst du denn hier?", fragte ich freudestrahlend.

In seinen Augen war ein seltsam trauriger Glanz, und ich wagte nicht weiter zu fragen. Stattdessen antwortete er mir:

„Du warst großartig – ihr beide – du und dein Kerl – das ist er doch – oder?"

Ich nickte nur stumm mit einem scheuen Lächeln.

„Elli und ich haben immer schon Musicals geliebt – und wo immer es eine Aufführung gab, da sind wir hin."

Er machte eine Pause, kämpfte mit seinen Emotionen, und mir stiegen die Tränen in die Augen, ahnend, was passiert sein musste. Er nickte nur:

„Ja, sie hat es nicht geschafft, meine Elli. Sie hat nicht einmal mehr das neue Jahr erlebt."

Ich brachte kein einziges Wort mehr heraus, ließ meinen Tränen einfach nur freien Lauf. Ganz sicher gaben wir ein seltsames Bild ab, was Eric wohl auch dazu veranlasst haben musste, wieder auszusteigen, um zu sehen, was uns zu so einer innigen Umarmung verband. Ich hörte ihn nicht kommen, und doch wusste ich, er stand hinter mir. Mich aus der Umarmung lösend, stellte ich die beiden gegenseitig vor. Sie reichten sich die Hände, und Eric betrachtete ihn mit einem warmen Blick, so, als wüsste er bereits, was passiert war. Das schätze ich so an ihm, seine ausgeprägten Antennen für die Empfindungen anderer Menschen. Man konnte ihn einfach nicht belügen. Er konnte ohne Worte sehen, was wirklich in einem vorging. Da half auch keine noch so kunstvoll – mit einem verzerrten Grinsen – drapierte Maske.

„Versprechen Sie mir – passen Sie gut auf mein Mädchen auf. Aber wenn ich Sie so ansehe, dann weiß ich schon, sie ist bei Ihnen in den besten Händen."

„Können wir irgendetwas für Sie tun?", fragte Eric ohne

weiter auf seine Ausführungen einzugehen.

„Ja, was wirst du denn jetzt machen?", fragte ich ebenfalls mit erstickter Stimme.

„Heuere bei dem nächsten Äppelkahn an und gehe auf See. Das war schon immer mein Traum."

„Ach Ole, Flucht ist doch keine Lösung."

„Keine Angst, das ist für mich keine Flucht. Da bin ich meiner Elli ganz nahe – genau da, zwischen Himmel und Wasser. Hab meine Ersparnisse genommen und dafür gesorgt, dass sie eine Seebestattung bekommt, und mit dem Rest ziehe ich dann los."

Wir tauschten noch unsere Telefonnummern aus, und schweren Herzens verabschiedete ich mich von ihm, mit dem Wissen, ihn vielleicht nie wieder zu sehen. Mit meinen Gedanken noch so ganz bei Ole und seinem Drama, wirkte das gleichmäßige Geräusch des Wagens langsam einschläfernd auf mich. Die Anspannungen der letzten Wochen schienen sich aus meinem verkrampften Körper zu lösen. Eric hatte seinen Arm um mich gelegt, und ich meinen Kopf an seine Schulter gelehnt – die Augen geschlossen. Ein ganz neues Gefühl überkam mich. Als hätte ich den Schalter beim Fernsehprogramm von einem Dokumentarfilm über Eisenbahnromantik in eine spannende Liebesgeschichte geswitcht, breitete sich in mir das Gefühl aus, als sei ich in ein komplett neues Leben eingetaucht. Seit langer Zeit empfand ich wieder einmal den Augenblick vollkommenen Glücks.

Wenn es wirklich ein Leben an der Seite Erics geben sollte, dann wusste ich, das würde vielleicht nicht so einfach werden. Er konnte anstrengend sein, sehr beherrschend, zuweilen unnachgiebig. Ich wollte mir erst gar nicht ausmalen, wie wir wohl miteinander umgehen würden, nachdem uns das Leben gnädig ein paar wunderschöne Jahre geschenkt hatte. In mir tauchte aber auch immer wieder die Frage auf, ob ich mich diesem Gesicht auch wirklich stellen konnte, mich daran gewöhnen würde, es jeden Tag zu betrachten. Doch welche Gedanken auch immer versuchten, mir diesen einzigartigen Augenblick zu zerstören, ich ließ es nicht weiter zu. Wenn es so weit war, sofern es überhaupt dazu kommen würde, wäre immer noch Zeit, darüber nachzudenken.

Um so vieles intensiver waren jetzt die Gefühle für ihn, wenn er mich ansah, mich berührte. Hier in seiner Umarmung spürte ich die Liebe und Zärtlichkeit, die wir für-einander empfanden – hier war ich zu Hause, durch ihn war ich bei mir selbst angekommen. Das war alles, was jetzt zählte – kein Vorher und kein Nachher.

Der Triumph

„Habt ihr es endlich geschafft!"
Gérard persönlich hatte die Tür geöffnet, um uns zu empfangen.
„Mon Dieu, das war ein ganz schönes Stück harte Arbeit."
Während er sich mit uns unterhielt oder besser gesagt einen endlosen Monolog hielt, führte er uns in den riesigen Salon, der so überfüllt war, dass man nur mühsam Luft zu bekommen schien.
Kaum, dass wir ihn betreten hatten, ließen es sich einige Freunde Gérards und auch die Mitstreiter aus dem Ensemble nicht nehmen, uns überschwänglich zu gratulieren. Dazwischen reihten sich noch einige ein, die mir persönlich bisher nicht bekannt waren.
Endlich dem Tumult entronnen, hatte mich Eric an sich gezogen, und wir standen an eine Wand gelehnt, als Gérard erneut zu uns kam. Mit einem breiten Grinsen auf den Lippen nahm er uns beide überschwänglich in die Arme.
„Das haben wir doch prima hingekriegt!"
„Gérard, wer hat hier was ganz prima hingekriegt?"

In Erinnerung an die Inszenierung auf der Bühne spürte ich Groll in mir aufsteigen und das unbändige Bedürfnis, mit Gérard abzurechnen.

„Ich glaube, ich habe dich noch als Hühnchen zu rupfen. Was hast du dir eigentlich dabei gedacht, mich derart auflaufen zu lassen? Was glaubst du, was man mit dir gemacht hätte, wäre die Show in die Hosen gegangen?"

„Ging sie aber nicht – du hast es hervorragend verstanden, meine Dramaturgie zu erahnen."

„Du spinnst doch, Gérard."

„Nee, denn mit diesem Programm gehen wir ab dem kommenden Monat auf Tour."

Ich sah Eric an, der schmunzelte, mich dabei reumütig ansah und seine Achseln hochzog.

„Steckst du etwa mit Gérard unter einer Decke? Habt ihr euch das letztendlich gemeinsam ausgedacht? Ja klar, wie sonst hätte das auch funktionieren können!"

Mehr scherzhaft, aber doch mit einer entsprechenden Geste, fuhr ich echauffiert fort:

„Da habt ihr mich aber gehörig unterschätzt – diese Szene heute war einmalig und wird sich bestimmt nicht wiederholen. Dieser Augenblick lässt sich nämlich in keiner Weise wiederholen!"

Herausfordernd schaute ich Eric an.

„Oder bist du hier anderer Meinung?"

Als könnte er in meinen Augen lesen, nahm er mich behutsam bei der Hand und führte mich mitten unter die Tanzenden. Gérard ließen wir, ohne weitere Interventionen zu seinen Ideen anzumerken, einfach stehen. Die Berührung, als er mich an seinen Körper zog, raubte mir wieder mal den Atem. Mochte mir gar nicht ausmalen, wie es wohl sein würde, wenn unsere nackten Körper sich berührten. Sehr wahrscheinlich würde ich aus absoluter Ermangelung an Luft ohnmächtig werden – wie überaus peinlich! Bei der Vorstellung daran musste ich lachen.

„Verrätst du mir, was dich so amüsiert?"

„Nein, nein – ganz bestimmt nicht. Verrate du mir aber lieber mal, was es mit dem Auftritt auf sich hatte. Was meinte Gérard damit, als er sagte, wir hätten das ganz prima gemeistert? Was war denn eigentlich dein Anteil daran?"

„Ich gebe ehrlich zu, ich war daran nicht ganz unbeteiligt. Als du gestern Abend so schnell verschwunden warst, kam Gérard auf mich zu und meinte, er habe es ernst gemeint mit einem gemeinsamen Auftritt. Zunächst war ich dagegen. Aber bei näherer Betrachtung fand ich die Idee ganz amüsant. Durch die aufgesetzte Maske würde man mein Gesicht nicht erkennen, und zudem gab es mir die Möglichkeit, deinem ständigen Davonlaufen ein Ende zu setzen."

„Was heißt denn hier eigentlich mit meinem ständigen Weglaufen – du hast es schließlich auch nicht verhindert. Weshalb hast du mich nicht aufgehalten – damals – nach unserem Essen?"

„Meinst du, jenen Abend, als du mir angedroht hast, beim nächsten Mal Frostschutzmittel mitzubringen? Habe mir lange den Kopf zermartert, was du damit wohl gemeint haben mochtest. Zu der Zeit bewegte ich mich jedoch, was dich betraf, auf ganz dünnem Eis. Also, Frostschutzmittel wäre zu dem Zeitpunkt mein sicherer Tod gewesen," gestand er augenzwinkernd.

„Also, verrate du mir, was dich zu dieser Äußerung getrieben hat."

„Für mich bedeutete es nur, mich dir gegenüber nicht mehr zu öffnen. Ich war so verletzt, und du bist einfach darüber hinweggegangen, als wäre gar nichts passiert. Und dann dieser Wutausbruch von dir, als ich, zugegeben, unangemeldet bei dir auftauchte. Du hast mich angeschrien, dass mir fast das Trommelfell in Fetzen geflogen wäre. Nur, weil du keine Maske getragen hast?"

„Meine Liebe, wenn ich alles wollte, aber ganz sicher nicht, dass du mich so siehst. Ich hatte entsetzliche Angst, du könntest dich von mir abwenden, um nicht meinen Anblick ertragen zu müssen."

„Ja, aus dem gleichen Grund gab ich dir dann sehr wahrscheinlich die Ohrfeige – ich wollte meinen aufkommenden Gefühlen der Ohnmacht widerstehen. Aber warum dann der Kuss? Mein Gott, du hast mich so leidenschaftlich geküsst, dass ich bereit war, alle Zweifel und Ängste über Bord zu werfen."

„Das hat dir gefallen?", fragte er amüsiert und zog mich noch näher zu sich heran.

Das einzige, was ich ihm entgegenzusetzen hatte, war nur ein leidenschaftliches „ja". Trotzdem wollte ich noch viel mehr wissen, vor allem, was ihn dazu gebracht hatte.

„Dieser Wunsch brannte schon in mir seit wir uns die ersten

Male gesehen hatten. Meine Achtung und die Sorge der Zurückweisung hielten mich jedoch davon ab, dir zu erklären, was in mir vorging. Vor allem, weil ich, was Fabien und dich betraf, unsicher war. Als du dann gestern Abend dieses Lied gesungen hast, kriegte ich richtig weiche Knie, und in mir brannte die Hoffnung, da könnte doch mehr sein als nur ein Spiel. Bis du dich wieder aus dem Staub gemacht hast. Kann ich dir sonst noch irgendwelche Fragen beantworten?", konterte er sarkastisch.

„Ja klar – weshalb warst du eigentlich auf dem Maskenball? Dich hätte ich dort überhaupt nicht erwartet."

Er lachte dieses Mal schallend auf.

„Das kann ich dir sagen – ich wollte wissen, ob du wirklich so gut Tango tanzen kannst – wollte sehen, was du tun würdest, wenn ich dich dazu brächte, es mir zu beweisen. Du hast nicht übertrieben – du warst richtig gut. Bloß, erkannt hast du mich nicht. Und dann diese Farce mit Fabien. Sabrine, Sabrine, ich bin über alle Maßen enttäuscht von dir."

Mit einer gespielten Entrüstung wand ich mich aus seiner Umarmung.

„Ja, was den Tango betrifft, warst du nicht schlecht. Hast mich allerdings gehörig an der Nase herumgeführt, indem du mich glauben machen wolltest, du könntest es womöglich von mir lernen. Du Schuft."

Zärtlich küsste er mich auf den Mund, aber nicht, ohne sich einmal umgeschaut zu haben, um ganz sicher zu gehen, dass uns auch niemand dabei zusah – völlig illusorisch. Ich war mir ganz sicher, wir wurden mit neidvollen Blicken durchbohrt.

„Da gibt es aber noch etwas nicht Unerhebliches, was du mir erklären musst. Paris – ich wollte einmal ganz für mich sein, für mich herausfinden, was wirklich wichtig war – und plötzlich waren alle wieder um mich herum versammelt. Alle, denen ich um jeden Preis entfliehen wollte – dich inbegriffen."

„Das war mir, als wir uns in dem Restaurant begegneten, dann auch klar. Ich bin nach Paris gekommen, um endlich mit dir zu reden. Dachte, es sei eine gute Idee, denn ich wollte nicht länger warten. Du glaubst gar nicht, wie verblüfft ich war, als Gérard mich telefonisch in Paris erreichte und mir das Treffen mit Maxim vorschlug. Er meinte, Maxim bräuchte zu seiner Veranstaltung unbedingt noch ein paar Anregungen von mir. Dann meldete sich auch noch Fabien und bat mich, Lola mitzubringen. Sie hätte wohl einen handfesten Streit mit Clément gehabt und suchte nun etwas Zerstreuung – so zumindest die Version Fabiens. Bin mir aber inzwischen sicher, er hat sich das nur ausgedacht, um seine abstrusen Ideen in Szene setzen zu können. War's das?"

Mitten zwischen all den anderen Tanzenden blieb er mit mir stehen, nahm meine Hand und schaute auf den Ring, der Funken sprühte. Reumütig sah ich ihn an.

„Den hätte ich fast vergessen – ich wollte ihn dir schon längst zurückgegeben haben."

Etwas zögerlich griff ich danach, um ihn abzustreifen. Er hinderte mich jedoch daran und führte meine Finger stattdessen an seine Lippen.

„Willst du ihn behalten?"

Ich zögerte keinen Augenblick.

„Ja – ja, ich will ihn um jeden Preis behalten, und ich glaube, am liebsten mit dir zusammen."

ENDE

Anmerkungen

Die benannte Castingshow bezieht sich auf die erfolgreiche Show „The Voice of Germany" (englisch für Die Stimme Deutschlands, abgekürzt auch TVOG). Es ist die deutsche Gesangs-Castingshow, die seit November 2011 von den Fernsehsendern ProSieben[1] und Sat.1[2] ausgestrahlt wird. Sie basiert auf dem Castingshow-Konzept The Voice, das erstmals Ende 2010 in den Niederlanden unter dem Titel The Voice of Holland umgesetzt wurde. Die Jury bestand 2015 aus Rea Garvey, Silbermond-Sängerin Stephanie Kloß, Andreas Bourani und Michi Beck & Smudo von den Fantastischen 4. Die Sendung diente in diesem Kapitel als Grundlage zur Geschichte.

Im Jahre 1989 sah ich das Musical „Phantom der Oper" zum ersten Mal in Wien mit Alexander Göbel und Luzia Nistler. Ich war davon so eingenommen, dass es danach für mich keine anderen Interpreten gab, als diese beiden. Die Stimme Alexanders ließ jene faszinierende Gestalt in meinem Kopf entstehen, die sich durch all die Jahre nicht verändert hat.

Zum Thema Phantom der Oper:
https://de.wikipedia.org/wiki/Das_Phantom_der_Oper_
(Musical)

Die im Buch befindlichen kursiv geschriebenen Texte sind
jene Textpassagen aus dem Musical-Theater sowie aus dem
Film mit Gérard Butler und Emmy Rossum; zum Teil habe
ich sie nach meinem eigenen Gusto adaptiert.

Marlis Laduree:
http://mandala-marlisladuree.com

Erika Frickinger:
http://www.dualseelen.org

*Du kannst immer nur eine
Weile vergessen wollen, was
zu dir gehört | wirst dich
an dich erinnern.*

Titelbild:
Alexander Bolotov, Ukrainischer Maler
http://www.tuttartpitturasculturapoesiamusica.
com/2013/03/Alexander-Bolotov.html

Das Buch kann auch direkt über:
http://www.amanda-m-ash.de bezogen werden.